L E S
ETUDES
CONVENABLES
A U X
DEMOISELLES·

LES
ETUDES
CONVENABLES
AUX
DEMOISELLES,

CONTENANT

LA GRAMMAIRE, LA POESIE,
la Rhétorique, le Commerce des Lettres, la
Chronologie, la Géographie, l'Histoire, la
Fable Héroïque, la Fable Morale, les Regles de
la Bienféance, & un court Traité d'Arithmetique.

*OUVRAGE DESTINE' AUX JEUNES
Penfionnaires des Communautés & Maifons
Religieufes.*

TOME I.

A LILLE,

Chez ANDRE'-JOSEPH PANCKOUCKE.

ET SE VEND A PARIS,

Chez TILLIARD, Libraire, Quai des Auguftins,
près le Pont Saint Michel.

M. DCC. XLIX.
Avec Approbation & Privilege du Roi.

PREFACE.

S I les Dames ne se distinguent point par de gran-
des actions, c'est qu'on
leur en ôte les moyens,
en les éloignant des grands em-
plois ; cependant on peut dire que
par leur esprit, par leur politesse,
& par tous les charmes qu'elles
sçavent répandre dans leurs manieres, elles font, quand on en-
visage les qualités solides, la plus
grande partie de l'agrément de la
société civile. Si l'on doit aux
soins & à l'habileté des hommes,
l'ordre & la regle qui conserve
les Etats, on doit rapporter aux
soins, à l'économie & à l'intelli-

gence des femmes l'ordre & la regle qui conferve & qui augmente le bien des familles.

L'application & l'adreffe avec lefquelles elles s'acquittent de ce qu'on leur laiffe à faire, font pour elles un préjugé favorable du fuccès qui répondroit à des foins plus importans ; ce n'eft pas toujours leur faute fi l'on eft plus fenfible à des attraits frivoles & paffagers qu'à des agrémens folides, & fi la beauté leur attire les foins & les complaifances que leur pourroient fouvent attirer le mérite & la vertu : il eft donc de leur intérêt qu'on travaille de bonne heure à leur former l'efprit & le cœur, en les appliquant à des études & des lectures convenables à leur état. C'eft à quoi l'on a deffein de contribuer par les Traités qui compofent cet Ouvrage. Il auroit été naturel de parler d'abord de la Religion, dont l'étude est essentielle à tout le monde, à tout âge, à tout sexe, à toute condition, & ne peut être suppléée par aucune autre : mais nous avons sur cette matiere des Traités si excellens, si bien faits, que je me suis fait un devoir d'y renvoyer. Je me contenterai d'indiquer qu'après le Catéchisme de chaque Diocèse, on ne sçauroit mettre entre les mains des jeunes Demoiselles de meilleurs Ouvrages que *le Catéchisme Historique* de M. Fleuri, *l'Histoire de la Bible* de M. de Saci, *les Mœurs des Chrétiens & des Israëlites*; *la Conduite d'une Dame Chrétienne*, *les Avis d'une Mere à sa Fille*, & tant d'autres, qui sont des sources admirables pour s'instruire de ses devoirs envers Dieu, envers le Prochain, envers soi-même.

Voici l'ordre que l'on a suivi dans cet Ouvrage. On commence par la Grammaire, con-

La Grammaire.

a iiij

noiſſance trop négligée parmi les Dames, dont on a ſouvent de la peine à lire la plus belle écriture, & qu'on devine plutôt qu'on ne lit; cependant la fonction des lettres, des ſillabes, des mots conſiſte à former un diſcours, qui repréſente à ceux qui le liſent les paroles qui ont été, ou qui auroient dû être prononcées. L'Ecriture eſt donc l'Art d'exprimer par des figures ſubſiſtantes le ſon de la voix, qui périt & s'envole à meſure qu'elle eſt prononcée; c'eſt un portrait de la parole, qui exprime par des traits ce que nous avons à dire, comme la voix exprime par des paroles ce que nous avons penſé; mais l'un & l'autre portrait doit être vrai & conforme aux regles. Le précis court & ſimple que nous avons fait de cette ſcience ne fatiguera point, on s'eſt borné au pur néceſſaire.

La Poësie forme le second Traité. Cet Art doit son origine à une suite mesurée de paroles qui flata l'oreille, & qui se perfectionna ensuite par les cadences, par la rime, par les fictions, & par les tours d'expression les plus hardis. On trouvera après le petit détail des préceptes, des exemples choisis tirés de nos meilleurs Poëtes, sur lesquels on peut exercer sa mémoire.

La Poësie est si cultivée parmi nous, qu'il est inutile d'en dire davantage : j'y ai joint tout ce qui y a un rapport direct, c'est-à-dire, les notions élémentaires sur le Poëme Epique, Drammatique, l'Enigme, les Devises, &c.

Le troisième Traité présente un précis de l'Art de persuader, qu'on appelle *Rhétorique*. La parole est le lien de la société, &

La Poësie.

La Rhétorique.

a v

comme l'on cherche à plaire aux autres, & à les convaincre, les paroles doivent être juftes, bien choifies, élégantes, placées à propos; l'intérêt & l'ambition ont fait cultiver cet Art dans tous les Etats. Athenes & Rome s'y font diftinguées. C'eft cet Art qui triomphe encore aujourd'hui dans nos Chaires, au Barreau, dans nos affemblées, lorfqu'il eft queftion de donner un confeil, d'inftruire une affaire, d'exhorter à faire quelque bien, de confoler un affligé, de défendre un malheureux.

Commerce des Lettres. La Rhétorique eft terminée par un court Traité fur le Commerce des Lettres, où l'on s'eft contenté d'indiquer les Regles effentielles du Cérémonial, de parler de différens genres de Lettres, & de donner quelques modéles.

Le premier Volume contient de plus un précis de Chronologie, de Geographie, & les neuf premieres Epoques de l'Hiſtoire.

LaChronologie & laGéographie font les deux yeux de l'Hiſtoire; il faut joindre ces deux Sciences enſemble. Comme la Chronologie s'arrête dans l'ordre des Siécles à de certains tems auxquels font arrivés les événemens les plus importans, ainſi la Géographie s'arrête à certaines villes les plus grandes, les plus célébres autour deſquelles elle place les autres moindres chacune en ſa diſtance. Rien ne fait plus d'honneur à une Dame que d'avoir ſur ces Sciences une teinture aſſez forte pour éviter la confuſion des tems & des lieux, & pour lire utilement & méthodiquement quelques ouvrages ſérieux. A la fin des neuf Epoques anciennes, & des neuf Epoques nouvelles, on trouvera une TableChronologique qui repréſente les évé-

Chronologie, Géographie.

a vj

nemens importans arrivés dans
chaque Epoque.

Le Traité Géographique qu'on
peut appeller la *Géographie des
Enfans* , doit être étudié avec
des Cartes fous les yeux ; outre
la Divifion naturelle & politique
des quatre parties du monde , &
toutes les notions générales qui
fervent de préliminaires à cette
Science , on y trouvera les cours
des Rivieres , les Archevêchés ,
Evêchés , & Univerfités de chaque Etat ; le Commerce , la Religion & la Divifion la plus préci-
fe & la plus exacte des Provinces.

Hiftoi- Les Epoques anciennes & nou-
re. velles forment le Tableau de la
vie humaine ; la vertu y reçoit
les hommages qui lui font dus ,
& l'on y dépouille le vice de ceux
qu'il ne devoit qu'à l'adulation ,
ou à la dépravation des mœurs.

L'Hiftoire nous apprend à connoître , à admirer la fouveraine

Sageſſe de Dieu, ſa Providence, ſa Puiſſance, & ſa Grandeur, en expoſant à nos yeux ſur le vaſte Théatre de l'Univers tant d'événemens merveilleux, où éclatent les marques ſenſibles de ſa bonté pour les bons, les effroyables effets de ſa Juſtice ſur les méchans.

A l'Hiſtoire j'ai fait ſuccéder la Mithologie, ou l'Hiſtoire des Divinités du Paganiſme.

La Fable Héroïque.

» On ne peut gueres ſe paſſer,
» dit un Auteur célèbre, de pren-
» dre quelque connoiſſance de la
» Fable ſi l'on veut entendre le
» ſujet de bien des Tableaux, &
» lire ſans obſtacle les plus beaux
» Ouvrages de Littérature .....
» mais c'eſt prodiguer le tems &
» la raiſon que de ſe livrer plu-
» ſieurs années de ſuite à de pa-
» reilles fadaiſes : « J'eſpere qu'on
me tiendra compte des paralleles qu'on trouvera dans ce Trai-

té, où il eſt ſi aiſé de remarquer les larcins que le Paganiſme a fait des plus beaux traits de notre Religion.

La Fable Morale. La Fable Morale eſt un aſſemblage de fictions ingénieuſes qui contiennent des leçons très-inſtructives pour la pratique des Vertus ; la Fable joint tout à la fois la vivacité de l'invention, l'utilité de la plus ſérieuſe Philoſophie, le ſel agréable de la Satyre, la naïveté de la narration, & une plaiſanterie fine & délicate. Une ſuite de fictions conçues & compoſées dans cette vûe formeroit un Traité de morale préférable peut être à un Traité plus méthodique & plus direct. La Fable ne s'embarraſſe point de l'attirail dogmatique ; j'ai eſſayé ce morceau dont Socrate avoit formé le plan ; il crut que les vérités développées piquoient trop vivement. Pour émouſſer les poin-

tes de la Censure , il vouloit envelopper sa Critique du voile
adroit des Fables qui nous présentent nos défauts sans blesser
nos personnes ; ce projet qui est
à exécuter pourroit faire un excellent Traité de morale.

L'Ouvrage est terminé par un
précis d'Arithmétique très-utile L'A-
& très-nécessaire pour les diffé- rithmé-
rens usages de la vie civile, & par tique.
quelques refléxions sur les Regles
essentielles de la Bienséance, & La
de la Politesse. Bien-
séance.

TABLE
ALPHABETIQUE

Des Principales Matieres traitées dans ces deux Volumes.

A

D

G

H

L.

M.

N

O

R.

S.

Fin de la Table Alphabétique.

LES

LES ETUDES

CONVENABLES

AUX DEMOISELLES.

CHAPITRE PREMIER.

De la Grammaire.

Demande. Qu'est-ce que la Grammaire ?

Réponse. C'est l'art d'exprimer ses pensées correctement & avec goût.

D. Comment exprime-t'on ses pensées ?

R. De deux manieres ; par des sons articulés qu'on appelle *paroles*, & par des *caractéres* convenus entre les hommes.

D. De quoi sont composées les paroles ?

A

R. Elles font compofées de fillabes dont chacune eft compofée d'un fon,

$$\overset{1}{} \quad \overset{2}{} \quad \overset{3°}{}$$

le mot *Tri – ni – té* eft compofé de trois fons ou fillabes : le mot qui n'eft que d'une fillabe s'appelle *monofillabe*, tel eft le mot *bon*.

D. Quels font les *caraƈteres* convenus entre les hommes pour exprimer leurs penfées ?

R. Ce font des *lettres* qu'ils appellent *voyelles* & *confonnes*.

La *Voyelle* eft une lettre qui prife feule forme un fon complet ; on en compte cinq : *a , e, i , o , u*.

La *Confonne* eft une lettre qui ne fe prononce que par le fecours d'une voyelle ; telles font les dix-huit autres lettres ; *b , c, d, f , g , j , k , l , m, n , p , q , r , s , t , v , x , z.* La confonne *b* fe prononce comme s'il y avoit *bé*.

D. Qu'eft-ce qu'on appelle *é* fermé & *e* muet ?

R. L'*é* fermé ou mafculin eft celui fur lequel on met un accent , & qui fe prononce, comme dans les mots *bonté , café*.

L'*e* muet ou feminin ne rend qu'un fon foible & obfcur, comme dans les mots *femme , deftinée , paralifie*, qu'on prononce, comme si on écrivoit *femm*, *destiné*, *paralisi*.

D. Pourquoi ne mettez-vous pas la lettre *h* au rang des consonnes ?

R. La lettre *h* ne forme aucun son particulier, on prononce *l'honneur*, *l'homme*; comme si on écrivoit *l'onneur l'omme*; mais lorsque cette *h* est *aspirée*, c'est-à-dire que le son se tire du gosier, se prononce avec force, & se fait entendre avec la voyelle qui suit comme dans les mots, *hautbois*, *hongrie*, *hardiesse*, on peut alors la mettre au rang des consonnes.

D. Pourquoi mettez-vous les lettres *j* & *v* au rang des consonnes ?

R. Parce que ces lettres se joignent toujours avec des voyelles, & qu'elles se prononcent comme s'il y avoit *je* & *ve* : *Jerusalem*, *verité*, *j'ignore*, *volage*, &c.

D. Quel usage faites-vous de l'*y* Grec ?

R. Je le confonds avec l'*i* simple dont il a le son, & je l'emploie dans les mots qui expriment le son de deux *ii* voyelles, comme dans *moyen*, *royaume*, *pays*, *crayon*, qu'on prononce comme s'il y avoit *moi-ien*, *roi-iaume*, *pai-is*, *crai-ion*.

CHAPITRE II.

Des Parties du Discours.

D. QU'est-ce que le Discours?
R. C'est une suite de pensées exprimées par des mots.

D. Combien y a-t'il d'especes de mots en général qui forment le discours?

R. Neuf qui sont le *Nom*, l'*Article*, le *Pronom*, le *Verbe*, le *Participe*, l'*Adverbe*, la *Préposition*, la *Conjonction* & l'*Interjection*.

ARTICLE PREMIER.

Du Nom.

D. QU'est-ce que le Nom?
R. C'est un mot qui exprime un sujet, & la qualité d'un sujet; il y en a de deux sortes, le *Substantif*, & l'*Adjectif*.

Le Nom substantif exprime un objet déterminé, tel que le mot *Pere*.

L'Adjectif est celui qui exprime la qualité d'un objet, comme le mot *aimable*, qui ne détermine point ce qui mérite cette qualification.

D. Comment peut-on diftinguer le Subftantif de l'Adjectif ?

R. C'eft lorfqu'on y peut joindre le mot *un* ou *une* ; *Roi* eft fubftantif, par-ce qu'on peut dire, un *Roi* ; & *rouge* eft un adjectif, parce qu'on n'entend pas ce que fignifie , un *rouge*.

D. Qu'obfervez – vous encore par rapport au nom en général ?

R. Trois chofes, le *Genre*, le *Nom-bre* & le *Cas*.

Le genre eft ce qui diftingue le maf-culin d'avec le féminin, *le* & *un* mar-quent le mafculin, *le* livre, *le* bracelet, *un* éventail ; *la* & *une* défignent le fé-minin, *la* cornette, *une* éguille.

Le Nombre eft ce qui exprime l'u-nité & la pluralité ; celui qui exprime l'unité fe nomme *fingulier* ; celui qui exprime la pluralité fe nomme *pluriel*. Ainfi *la plume* eft au fingulier, *les plu-mes* font au pluriel.

Le Cas défigne les différens rapports fous lefquels on peut confidérer un même objet. Il y a fix cas, le Nomi-natif, le Genitif, le Datif, l'Accufatif, le Vocatif, l'Ablatif.

On les exprime par des articles dont nous allons parler.

D. Que remarque-t-on encore par rapport au nom ?   A iij

R. On remarque qu'il y a des noms généraux , des noms *collectifs* , des noms *propres* , & des noms de *nombre*.

Les noms généraux expriment des idées générales , & communes à plufieurs fujets , comme les noms d'*anges* , d'*hommes* , d'*oifeaux*.

Les noms collectifs font ceux qui , quoiqu'au fingulier , défignent la pluralité , comme *peuple* , *armée*.

Les noms propres font des noms particuliers d'hommes ou de villes , *Céfar* , *Rome*.

Les noms de nombre expriment des quantités , comme *un* , *dix* , *cent* , *mille*.

D. Que peut-on obferver fur les noms adjectifs ?

R. Qu'ils font fufceptibles de différens dégrés de comparaifons , c'eft-à-dire , qu'ils peuvent s'appliquer à leurs fubftantifs avec plus ou moins d'étendue.

Il y a trois dégrés de comparaifon , le *Pofitif* , le *Comparatif* , le *Surperlatif*.

Le Pofitif regarde l'objet dans fon idée fimple , comme lorfqu'on dit qu'une *églife* eft *belle* , qu'un *couvent* eft *riche*.

Le Comparatif exprime l'objet comparé à un autre fous un rapport d'égalité , d'excès , ou de défaut , par ex.

Dorothée est *aussi* sage, *plus* sage, *moins* sage que Julie.

Le Superlatif exprime le suprême dégré de la qualité d'un objet, Dorise est *très* savante ; Thérèse est *la plus* zelée du couvent, Amélie est *très* orgueilleuse.

D. Comment s'accordent l'Adjectif avec le Substantif.

R. En *genre*, en *nombre*, & en *cas*, c'est-à-dire que l'Adjectif doit être au masculin singulier, lorsque son Substantif, est au masculin singulier, qu'il doit être au masculin pluriel, lorsque le Substantif est au masculin pluriel ; il en est de même des noms féminins : on dit au singulier, *l'homme* est *prudent* ; au pluriel, les *hommes* sont *prudens* ; on dit au féminin singulier, la *femme* est spirituelle ; au féminin pluriel, les *femmes* sont spirituelles.

ARTICLE II.

De l'Article.

D. QU'est-ce que l'Article ?
R. C'est un monosillable qui se met avant un nom, pour en former les

A iiij

différens cas ou chutes , comme on peut
voir par les exemples fuivans :

SINGULIER.	SINGULIER.
Nom. la Bague.	Nom. le Dortoir.
Gen. de la Bague.	Gen. du Dortoir.
Dat. à la Bague.	Dat. au Dortoir.
Acc. la Bague.	Acc. le Dortoir.
Voc. ò Bague.	Voc. ô Dortoir.
Abl. de la Bague.	Abl. du Dortoir.

PLURIEL.	PLURIEL.
Nom. les Bagues.	Nom. les Dortoirs.
Gen. des Bagues.	Gen. des Dortoirs.
Dat. aux Bagues.	Dat. aux Dortoirs.
Acc. les Bagues.	Acc. les Dortoirs.
Voc. ô Bagues.	Voc. ô Dortoirs.
Abl. des Bagues.	Abl. des Dortoirs.

SINGULIER.	SINGULIER.
Nom. l'Hiftoire.	Nom. l'Or.
Gen. de l'Hiftoire.	Gen. de l'Or.
Dat. à l'Hiftoire.	Dat. à l'Or.
Acc. l'Hiftoire.	Acc. l'Or.
Voc. ô l'Hiftoire.	Voc. ô Or.
Abl. de l'Hiftoire.	Abl. de l'Or. *

* Ce mot n'a point de pluriel.

PLURIEL.	PLURIEL.
N. les Hiftoires.	N. les Gens.

G. des Hiftoires.   G. des Gens.
D. aux Hiftoires.   D. aux Gens.
A. les Hiftoires.   A. les Gens.
V. ô Hiftoires.   V. ô Gens.
A. des Hiftoires.   A. des Gens. *

Ce mot n'a point de fingulier.

D. Qu'entendez-vous par Nominatif, Genitif &c ?

R. J'entens par Nominatif un cas qui exprime un fujet comme principe, ou comme objet de quelque action: Quand je dis l'*Hiftoire eft agréable*, ce mot *Hiftoire* eft au Nominatif, & dit que la chofe eft nommée.

Le Genitif exprime le rapport d'une chofe à celle à qui elle appartient; la porte *du* Jardin, la vanité *des* hommes.

Le Datif marque un rapport de profit ou de dommage ; je donne *aux* pauvres ; j'écris *à* mes parens.

L'Accufatif exprime le terme d'une action, & fe met après le Verbe ; Julie aime *fon devoir.*

Le Vocatif fert à nommer la chofe ou la perfonne à qui on parle ; ô *cheres fœurs* confolez vous !

L'Ablatif exprime un rapport de féparation ou de divifion, nos premiers parens furent chaſſés *du Para-dis Terreſtre.*

D. Que faut-il obſerver encore par rapport à l'Article ?

R. 1º. Que l'Article *le* eſt pour le maſculin ſingulier ; *la* pour le féminin ſingulier ; *les* pour l'un & l'autre au pluriel ; car on dit *les* Bagues, *les* Dortoirs, quoique l'un ſoit maſculin, & l'autre féminin.

2º. Que *le* & *la* ſuivis d'une voyelle, comme dans le mot *ame,* ou d'une *h* non aſpirée, comme dans le mot *hiſtoire,* s'expriment par l'apoſtrophe ; ainſi on ne dit pas *la* ame, *la* hiſtoire, *le* argent, mais *l'ame,* *l'hiſtoire,* *l'argent.*

Il en eſt de même de l'Article *de* au Genitif ſuivi d'une voyelle, on dit *un Livre d'Egliſe, les forces d'Hercule.*

3º. Que l'Article indéterminé *un,* *une,* n'a point de pluriers, à moins qu'on ne prenne pour ſon plurier *de* & *des* : *de* quand l'adjectif précede, *de beaux lits ; des* avant les ſubſtantifs, *des animaux.*

ARTICLE III.

Du Pronom.

D. QU'eſt-ce que le Pronom?
R. C'eſt un mot qui tient la place du nom, dont on ſe ſert comme on voit dans les Tables ſuivantes :

SINGULIER.	SINGULIER.
Nom. Je ou Moi.	Nom. Lui ou Il.
Gen. Abl. de Moi.	Gen. Abl. de Lui.
Dat. à Moi.	Dat. à Lui.
Acc. Moi.	Acc. Lui.
PLURIEL.	PLURIEL.
Nom. Acc. Nous.	Nom. Ils ou Eux.
Gen. Ab. de Nous.	Gen. Abl. d'Eux.
Dat. à Nous.	Dat, à Eux.
	Acc. Eux.
SINGULIER.	
Nom. Tu ou Toi.	SINGULIER.
Gen. Abl. de Toi.	Nom. Acc. Elle.
Dat. à Toi.	Gen. Abl. d'Elle.
Acc. Toi.	Dat. à Elle.
PLURIEL.	PLURIEL.
Nom. Acc. Vous.	Nom. Acc. Elles.
Gen. Ab. de Vous.	Gen. Abl. d'Elles.
Dat, à Vous.	Dat. à Elles,

D. Quels font les principaux Pronoms ?

R. Ce font les *Perfonnels*, c'eft-à-dire ceux qui expriment les perfonnes.

D. Combien y a-t-il de perfonnes ?

R. Trois, la premiere eft celle qui parle, *j'aime, je commande* ; la feconde eft celle à qui on parle, *tu écris, tu brodes* ; la troifiéme eft celle de qui on parle, *il vient, elle s'habille.*

On appelle Pronom *réciproque* celui qui rentre dans lui-même ; *Agnès s'habille, Caton s'eft tué.*

D. Comment faut-il fe fervir du Pronom *ce, cet, cette, ces.*

R. 1º *Ce* fe met avant les noms mafculins qui commencent par une confonne ou par un *h* afpirée, *ce moineau, ce héros.*

Quand *ce* précede le Verbe *être*, on fait élifion de la lettre *e*, & l'on fubftitue une apoftrophe ; *c'eft-lui, c'eft-à-dire.*

2º. *Cet* fe met avant les noms qui commencent par une voyelle ou une *h* non afpirée *cet oifeau, cet homme.*

3º. *Cette* précede les noms féminins au fingulier, *cette* coëffure, *cette* garderobe.

4º. *Ces* fe met devant les noms maf-

culins & féminins au pluriel, *ces oi-*
feaux, ces femmes.

D. Quel ufage faites-vous du Pronom relatif *qui, lequel* ?

R. 1°. Le même que des autres Pronoms ; il fe met au lieu du nom. *Moi*
qui fuis Chrétien , Louis qui eft Roi,
qui êtes-vous ?

Ce Pronom a fouvent rapport à un
autre nom qu'on appelle antécédent,
comme dans cet exemple *Dieu qui eft*
Saint ; *qui* fe rapporte à *Dieu* qui eft
l'antécédent de ce Pronom , & fe peut
convertir en *lequel, Dieu lequel* eft Saint.

2°. *Que, quoi,* font des Pronoms relatifs quand on peut les tourner par
lequel ou *laquelle , la fcience* que *j'étu-*
die , les dangers à quoi on s'expofe ;
c'eft-à-dire, *la fcience laquelle j'étudie ,*
les dangers auxquels *on s'expofe.*

Que & *quoi* font encore des Pronoms
relatifs quand on peut les tourner par
quelle chofe, que vous dirai-je ? à quoi
penfez-vous ? c'eft-à-dire , *laquelle chofe*
vous dirai-je ; à quelle chofe penfez-vous ?

3°. *Que* eft Conjonction quand on
ne peut le tourner ni par *lequel, la-*
quelle , ni par *quelle chofe* ; *Dieu veut*
que nous l'aimions , j'attens que le beau
tems vienne.

ARTICLE IV.

Du Verbe.

D. QU'eſt-ce que le Verbe ?
R. C'eſt un mot qui ſert pour affirmer une choſe d'une autre. Après que les hommes eurent trouvé des mots pour ſignifier les objets de leurs perceptions , ils chercherent des termes pour exprimer leurs jugemens & former des Propoſitions ; or une Propoſition enferme deux termes , l'un s'appelle le *ſujet* qui eſt celui dont on affirme quelque choſe ; le ſecond qui eſt ce qui eſt affirmé, ſe nomme l'*attribut*. Dans cette Propoſition , *Dieu* eſt *bon :* *Dieu* eſt le ſujet , *bon* l'attribut ; le mot *eſt* qui lie le ſujet avec l'attribut, eſt le Verbe. Le Verbe *être* , eſt donc proprement le verbe eſſentiel ou ſubſtantif , auſſi eſt-il renfermé dans tous les autres Verbes dont on ſe ſert pour affirmer. *Aimer* , eſt comme ſi l'on diſoit *être aimant.*

D. Qu'eſt-ce qu'un Verbe actif ?
R. C'eſt un Verbe qui marque que la perſonne ou la choſe dont on parle fait quelque action. *Les Anges adorent*

Dieu, fignifie que les Anges font une action d'adoration.

D. Qu'eft-ce qu'un Verbe paffif?

R. C'eft un Verbe qui marque que la perfonne ou la chofe dont on parle eft l'objet de l'action d'une autre perfonne ou d'une autre chofe. *Dieu eft adoré par les Anges*, fignifie que Dieu eft l'objet de l'action d'adoration faite par les Anges.

D. Qu'eft-ce que conjuguer un Verbe?

R. C'eft marquer toutes les différences dont cette action ou paffion font fufceptibles.

Il y a quatre principales Conjugaifons.

La premiere comprend les Verbes dont l'infinitif eft en *er* : comme *aimer*, *chanter*.

La feconde comprend les Verbes dont l'infinitif eft en *ir*, comme *finir*, *pâtir*.

La troifiéme comprend les Verbes dont l'infinitif eft en *oir*, *recevoir*, *s'affeoir*.

La quatriéme renferme les Verbes dont l'infinitif eft en *re*, comme *rendre*, *prendre*.

On appelle Verbes *irréguliers* ceux

qui ne suivent point la regle de ces quatre Conjugaisons.

D. N'y a-t-il point de Verbes qui entrent dans la Conjugaison des autres?

R. Oui : Les Verbes *avoir* & *être* s'appellent Verbes *auxiliaires*, parce que les autres Verbes ne se conjuguent en partie qu'avec leur secours.

CONJUGAISON DU VERBE *Avoir.*

INDICATIF.

J'ai.
Tu as.
Il ou elle a.
Nous avons.
Vous avez.
Ils ou elles ont.

IMPARFAIT.

J'avois.
Tu avois.
Il avoit.
Nous avions.
Vous aviez.
Ils avoient.

PRETERIT.

J'ai eu (ou) j'eus.
Tu as eu. Tu eus.
Il a eu. Il eut.

Nous avons eu.
Vous avez eu.
Ils ont eu.

PLUSQUE-PARFAIT

J'avois eu.
Tu avois eu.
Il avoit eu.
Nous avions eu.
Vous aviez eu.
Ils avoient eu.

FUTUR.

J'aurai.
Tu auras.
Il aura.
Nous aurons.
Vous aurez.
Ils auront.

IMPÉRATIF.

Aie.
Qu'il ait.
Ayons.
Ayez.
Qu'ils aient.

SUBJONCTIF.

Que j'aie.
Que tu aie.
Qu'il ait.
Que nous ayons.
Que vous ayez.
Qu'ils aient.

IMPARFAIT.

Que j'eusse (ou)
  j'aurois.
Que tu eusses.
Qu'il eût.
Que nous eussions.
Que vous eussiez.
Qu'ils eussent.

PRETERIT.

Que j'aie eu.
Que tu aies eu.
Qu'il ait eu.
Que nous ayions
  eu.

Que vous ayiez eu.
Qu'ils aient eu.

PLUSQUE-PARFAIT

Que j'eusse eu (ou)
  j'aurois eu.
Que tu eusses eu.
Que nous eussions
  eu.
Que vous eussiez
  eu.
Qu'ils eussent eu.

FUTUR.

J'aurai eu.
Tu auras eu.
Il aura eu.
Nous aurons eu.
vous aurez eu.
Ils auront eu.

INFINITIF.

Avoir.

PRETERIT.

Avoir eu.

PARTICIPE.

Ayant ; ayant eu,
  eue.

GERONDIF.

Ayant.

CONJUGAISON DU VERBE
Etre.

INDICATIF.
Je suis.
Tu es.
Il est.
Nous sommes.
Vous êtes.
Ils sont.

IMPARFAIT.
J'étois.
Tu étois.
Il étoit.
Nous étions.
Vous étiez.
Ils étoient.

PRETERIT.
J'ai été (ou) je fus.
Tu as été.
Il a été.
Nous avons été.
Vous avez été.
Ils ont été.

PLUSQUE-PARFAIT
J'avois été.
Tu avois été.
Il avoit été.
Nous avions été.
Vous aviez été.
Ils avoient été.

FUTUR.
Je serai.
Tu seras.
Il sera.
Nous serons.
Vous serez.
Ils seront.

IMPERATIF.
Sois.
Qu'il soit.
Soyons.
Soyez.
Qu'ils soient.

SUBJONCTIF.
Que je sois.
Que tu sois.
Qu'il soit.
Que nous soyons.
Que vous soyez.
Qu'ils soient.

IMPARFAIT.
Que je fusse (ou) je
serois.

Que tu fuſſes.
Qu'il fût.
Que nous fuſſions.
Que vous fuſſiez.
Qu'ils fuſſent.

PRETERIT.

Que j'aie été.
Que tu aies été.
Qu'il ait été.
Que nous ayions été.
Que vous ayiez été.
Qu'ils aient été.

PLUSQUE-PARFAIT

Que j'euſſe été (ou) j'aurois été.
Que tu euſſes été.
Qu'il eût été.
Que nous euſſions

été.
Que vous euſſiez été.
Qu'ils euſſent été.

FUTUR.

J'aurai été.
Tu auras été.
Il aura été.
Nous aurons été.
Vous aurez été.
Ils auront été.

INFINITIF.

Etre.

PRETERIT.

Avoir été.

PARTICIPE.

Etant ; ayant été.

GERONDIF.

Etant.

PREMIERE CONJUGAISON.

INDICATIF.

J'aime.
Tu aimes.
Il aime.
Nous aimons.
Vous aimez.
Ils aiment.

IMPARFAIT.

J'aimois.
Tu aimois.
Il aimoit.
Nous aimions.
Vous aimiez.
Ils aimoient.

PRETERIT.

J'ai aimé (ou) j'ai-
mai.

Tu as aimé.

Il a aimé.

Nous avons aimé.

Vous avez aimé.

Ils ont aimé.

PLUSQUE-PARFAIT

J'avois aimé.

Tu avois aimé.

Il avoit aimé.

Nous avions aimé.

Vous aviez aimé.

Ils avoient aimé.

FUTUR.

J'aimerai.

Tu aimeras.

Il aimera.

Nous aimerons.

Vous aimerez.

Ils aimeront.

IMPERATIF.

Aime.

Qu'il aime.

Aimons.

Aimez.

Qu'ils aiment.

SUBJONCTIF.

Que j'aime.

Que tu aimes.

Qu'il aime.

Que nous aimions.

Que vous aimiez.

Qu'ils aiment.

IMPARFAIT.

Que j'aimasse (ou)
j'aimerois.

Que tu aimasses.

Qu'il aimât.

Que nous aimas-
fions.

Que vous aimaffiez.

Qu'ils aimaffent.

PRETERIT.

Que j'aie aimé.

Que tu aies aimé.

Que nous ayions
aimé.

Que vous ayiez
aimé.

Qu'ils aient aimé.

PLUSQUE-PARFAIT

Que j'euffe aimé
(ou) j'aurois aimé.

Que tu euffes aimé.

Qu'il eût aimé.

Que nous euffions
aimé.

Que vous euffiez
aimé.

Qu'ils euffent aimé.

FUTUR.

J'aurai aimé.
Tu auras aimé.
Il aura aimé.
Nous aurons aimé.
Vous aurez aimé.
Ils auront aimé.

INFINITIF.

Aimer.

PRETERIT.

Avoir aimé.

PARTICIPE.

Aimant; ayant aimé; ayant été aimé ou aimée.

GERONDIF.

Aimant ou en aimant.

SECONDE CONJUGAISON.

INDICATIF.

Je finis.
Tu finis.
Il finit.
Nous finissons.
Vous finissez.
Ils finissent.

IMPARFAIT.

Je finissois.
Tu finissois.
Il finissoit.
Nous finissions.
Vous finissiez.
Ils finissoient.

PRETERIT.

J'ai fini (ou) je finis.

Tu as fini.
Il a fini.
Nous avons fini.
Vous avez fini.
Ils ont fini.

PLUSQUE-PARFAIT

J'avois fini.
Tu avois fini.
Il avoit fini.
Nous avions fini.
Vous aviez fini.
Ils avoient fini.

FUTUR.

Je finirai.
Tu finiras.
Il finira.
Nous finirons.

Vous finirez.

Ils finiront.

IMPERATIF.

Finis.

Qu'il finiffe.

Finiffons.

Finiffez.

Qu'ils finiffent.

SUBJONCTIF.

Que je finiffe.

Que tu finiffes.

Qu'il finiffe.

Que nous finiffions.

Que vous finiffiez.

Qu'ils finiffent.

IMPARFAIT.

Que je finiffe (ou)

je finirois.

Que tu finiffes.

Qu'il finît.

Que nous finiffions.

Que vous finiffiez.

Qu'ils finiffent.

PRETERIT.

Que j'aie fini.

Que tu aies fini.

Qui ait fini.

Que nous ayions

fini.

Que vous ayiez fini.

Qu'ils aient fini.

PLUSQUE-PARFAIT

Que j'euffe fini (ou)

j'aurois fini.

Que tu euffes fini.

Qu'il eût fini.

Que nous euffions

fini.

Que vous euffiez

fini.

Qu'ils euffent fini.

FUTUR.

J'aurai fini.

Tu auras fini.

Il aura fini.

Nous aurons fini.

Vous aurez fini.

Ils auront fini.

INFINITIF.

Finir.

PRETERIT.

Avoir fini.

PARTICIPE.

Finiffant ; ayant fi-

ni; fini ou finie; ou

étant fini ou finie.

GERONDIF.

Finiffant ou en fi-

niffant.

TROISIEME CONJUGAISON.

INDICATIF.

Je reçois.
Tu reçois.
Il reçoit.
Nous recevons.
Vous recevez.
Ils reçoivent.

IMPARFAIT.

Je recevois.
Tu recevois.
Il recevoit.
Nous recevions.
Vous receviez.
Ils recevoient.

PRETERIT.

J'ai reçu. (ou) je reçus.
Tu as reçu.
Il a reçu.
Nous avons reçu.
Vous avez reçu.
Ils ont reçu.

PLUSQUE-PARFAIT

J'avois reçu.
Tu avois reçu.
Il avoit reçu.
Nous avions reçu.
Vous aviez reçu.

Ils avoient reçu.

FUTUR.

Je recevrai.
Tu recevras.
Il recevra.
Nous recevrons.
Vous recevrez.
Ils recevront.

IMPERATIF.

Reçois.
Qu'il reçoive.
Recevons.
Recevez.
Qu'ils reçoivent.

SUBJONCTIF.

Que je reçoive.
Que tu reçoives.
Qu'il reçoive.
Que nous recevions.
Que vous receviez.
Qu'ils reçoivent.

IMPARFAIT.

Que je reçuffe (ou) je recevrois.
Que tu reçuffes.
Qu'il reçût.

Que nous reçuf-
fions.

Que vous reçuffiez.
Qu'ils reçuffent.

PRETERIT.

Que j'aie reçu.
Que tu aies reçu.
Qu'il ait reçu.
Que nous ayions
reçu.
Que vous ayiez
reçu.
Qu'ils aient reçu.

PLUSQUE-PARFAIT

Que j'euffe reçu
(ou) j'aurois reçu.
Que tu euffes reçu.
Qu'il eût reçu.
Que nous euffions
reçu.
Que vous euffiez
reçu.

Qu'ils euffent reçu.

FUTUR.

J'aurai reçu.
Tu auras reçu.
Il aura reçu.
Nous aurons reçu.
Vous aurez reçu.
Ils auront reçu.

INFINITIF.

Recevoir.

PRETERIT.

Avoir reçu.

PARTICIPE.

Recevant ; ayant
reçu; reçu, reçue;
ou,étant reçu ou
reçue.

GERONDIF.

Recevant , ou en
recevant.

QUATRIEME CONJUGAISON.

INDICATIF.
Je rends.
Tu rends.
Il rend.

Nous rendons.
Vous rendez.
Ils rendent.

IMPARFAIT.

IMPARFAIT.

Je rendois.
Tu rendois.
Il rendoit.
Nous rendions.
Vous rendiez.
Ils rendoient.

PRETERIT.

J'ai rendu (ou) je
rendis.
Tu as rendu.
Il a rendu.
Nous avons rendu.
Vous avez rendu.
Ils ont rendu.

PLUSQUE-PARFAIT

J'avois rendu.
Tu avois rendu.
Il avoit rendu.
Nous avions ren-
du.
Vous aviez rendu.
Ils avoient rendu.

FUTUR.

Je rendrai.
Tu rendras.
Il rendra.
Nous rendrons.
Vous rendrez.
Ils rendront.

IMPERATIF.

Rends.
Qu'il rende.
Rendons.
Rendez.
Qu'ils rendent.

SUBJONCTIF.

Que je rende.
Que tu rendes.
Qu'il rende.
Que nous rendions.
Que vous rendiez.
Qu'ils rendent.

IMPARFAIT.

Que je rendisse (ou)
je rendrois.
Que tu rendisses.
Qu'il rendît.
Que nous rendis-
sions.
Que vous rendis-
siez.
Qu'ils rendissent.

PRETERIT.

Que j'aie rendu.
Que tu aies rendu.
Qu'il ait rendu.
Que nous ayions
rendu.

B

Que vous ayiez rendu.

Qu'ils aient rendu.

PLUSQUE-PARFAIT

Que j'euſſe rendu (ou) j'aurois rendu.

Que tu euſſes rendu.

Qu'il eût rendu.

Que nous euſſions rendu.

Que vous euſſiez rendu.

Qu'ils euſſent rendu.

FUTUR.

J'aurai rendu.
Tu auras rendu.

Il aura rendu.

Nous aurons rendu.

Vous aurez rendu.

Ils auront rendu.

INFINITIF.

Rendre.

PRETERIT.

Avoir rendu.

PARTICIPE.

Rendant ; ayant rendu ; rendu, rendue.

Ayant été rendu ou rendue.

GERONDIF.

En rendant.

D. Qu'avez-vous remarqué en conjuguant les Verbes ?

R. Quatre choſes : les Nombres, les Perſonnes, les Tems, & les Modes.

D. Qu'eſt-ce que les Nombres dans les verbes ?

R. C'eſt comme dans les noms le ſingulier & le pluriel ; *j'aime, nous aimons.*

D. Qu'eſt-ce que les Perſonnes dans les verbes ?

R. Ce font comme dans les pronoms perfonnels, la premiere, la feconde, la troifiéme; je, tu, il ou *elle* pour le fingulier, *nous, vous, ils* ou *elles* pour le pluriel.

D. Qu'eft-ce que les Tems dans les Verbes?

R. Ce font des terminaifons particulieres qui font connoître le tems de l'action ou de la paffion.

D. Combien comptez-vous de Tems?

R. Trois, le Tems préfent, paffé, & futur; *je fuis, j'apprens* l'hiftoire, défigne un tems préfent; *j'ai été* à Verfailles, *j'ai brodé* ma robe, défigne un tems paffé; *je ferai* Religieufe, *j'irai* à Paris, défigne un tems futur.

D. Qu'eft-ce ce que les Modes?

R. Ce font différentes manieres d'envifager les trois Tems ci-deffus. On en compte quatre, qui font, l'*Indicatif,* l'*Imperatif,* le *Subjonctif,* & l'*Infinitif.*

L'Indicatif repréfente l'action indépendamment de toute autre circonftance; *j'écris* une lettre, *j'ai fait* la dentelle de ma coëffure, *j'irai* voir mes parens dans deux mois.

L'Imperatif marque le commandement priere ou exhortation; vous *aimerez* ou *aimez* Dieu de tout votre cœur, *foyez* affidue à vos devoirs, *ha-billez*-vous avec modeftie.

Le Subjonctif marque l'action ou paffion dépendante de quelque cir-conftance exprimée ou fous - enten-due; je fouhaite que vous *foupiez* avec Madame l'Abbeffe, il faut que vous *faffiez* un compliment.

L'Infinitif eft la maniere d'expri-mer l'action ou paffion fans allufion aux tems & aux perfonnes , *donner* , *bâtir.*

D. En conjuguant le verbe *réndre* , vous avez mis au Préterit *j'ai rendu*; mais les Grammairiens parlent de diffé-rens prétérits ; il appellent prétérit *fimple* , *je rendis* , tu *rendis* , & ils ap-pellent prétérit *indéfini*, j'ai rendu, &c. Quand faut-il fe fervir de l'un ou de l'autre de ces prétérits ?

R. Le Prétérit fimple s'emploie pour marquer une chofe paffée dans un tems dont il ne refte plus rien ; ainfi on doit dire , *je rendis* mes comptes *la fe-maine paffée*; au lieu que le prétérit indéfini marque ordinairement un tems dont il refte encore quelque partie à écouler ; l'Abbeffe *a rendu aujourd'hui* fa vifite à l'Evêque : ainfi il faut dire *nous avons vû* de grands événemens dans ce fiécle , & non point *nous vî-mes.*

D. Qu'entendez - vous par Verbes Irréguliers ?

R. J'entens ceux qui s'écartent des regles communes pour la formation de leurs tems , modes, perfonnes, ou à qui ils manque quelqu'une de ces chofes : comme *querir* qui n'a que l'infinitif ; *frire* qui n'a à l'indicatif que ces trois perfonnes, je *fris* , tu *fris* , il *frit* ; il *faut* , il *importe* , qui ne s'emploient qu'à la troifiéme perfonne du fingulier. Il y en a beaucoup d'autres dont nous ne dirons rien , & dont on apprendra les tems & la conjugaifon par l'ufage.

D. Quelle différence y a-t-il entre le verbe actif & paffif ?

R. Le verbe actif fignifie une action ; comme *chanter* , *rire*.

Le verbe paffif fignifie une *paffion* , c'eft-à-dire, que la chofe dont on parle , eft l'objet de l'action d'une autre chofe ; comme *être battu* , *être pourfuivi.*

D. Conjuguez un verbe paffif par les premieres perfonnes de chaque tems.

R.   INDICATIF.

Je fuis aimé ou aimée.

Les autres Tems fe mettent de même au mafculin & féminin.

IMPARFAIT.
J'étois aimé.

PRETERIT.
J'ai été aimé (ou)
je fus aimé.

PLUSQUE-PARFAIT
J'avois été aimé.

FUTUR.
Je ferai aimé.

IMPERATIF.
fois aimé.

SUBJONCTIF.
Que je fois aimé.

IMPARFAIT.
Que je fuffe aimé
(ou) je ferois aimé.

PRETERIT.
Que j'aie été aimé.

PLUSQUE-PARFAIT
Que j'euffe été aimé
(ou) j'aurois été
aimé.

FUTUR.
J'aurai été aimé.

INFINITIF.
Etre aimé.

PRETERIT.
Avoir été aimé.

PARTICICIPE.
Aimé ; ayant été
aimé.

Remarquez que le verbe *être* accom-
pagne tous les tems de ce verbe paffif.

ARTICLE V.

Du Participe.

D. QU'eft-ce que le Participe ?
R. Q C'eft un nom adjectif ordinairement indeclinable qui tient de la
nature du verbe. Il y a deux efpeces

de participe ; fçavoir , le participe du verbe actif , & celui du verbe paffif ; l'Abbeffe *lifant* de bons livres , une penfionnaire *aimée* de fa maîtreffe.

D. Donnez-moi quelques exemples de participes qui fe déclinent.

R. On décline les participes qu'on rend adjectifs. Une étoffe *approchante* de la vôtre , des filles majeures *ufantes* & *jouiffantes* de leurs droits ; des eaux *dormantes*.

D. Que remarquez - vous encore d'important ?

R. 1°. Quand le verbe *avoir* précede les participes paffifs , ils font ordinairement indéclinables ; les riches *ont* toujours *aimé* la dépenfe.

2°. Quand le verbe *être* précede les participes , ils font ordinairement déclinables : l'écriture a été *inventée* pour peindre la parole , & pour parler aux yeux ; les mauvaifes nouvelles fe font toujours *répandues* plus promptement que les bonnes.

B iiij

ARTICLE VI.

De l'Adverbe.

D. QU'eſt-ce que l'Adverbe ?
R. C'eſt un mot qui ſe joint ordinairement à un Verbe, & qui en augmente ou diminue l'action ; aimer *ar-*
demment, prier *foiblement*.

Les Adverbes ne ſont ſuſceptibles
d'aucun changement ; ils n'ont point
de genres, de nombres, de cas, de perſonnes, de tems, & de modes.

D. Comment ſe forment le plus
grand nombre des adverbes ?

R. La plûpart des adjectifs forment leur Adverbe, en ajoutant *ment*
à leur féminin ; grande grand*ement* ; ſage ſag*ement*.

D. Diſtingue-t-on les Adverbes entre
eux ?

R. On peut le faire. On appelle adverbes *ſimples*, ceux qui s'expriment
en un mot ; *hier , beaucoup* : adverbes
compoſés, ceux qui s'expriment en pluſieurs mots ; *pour le préſent , tour à tour* :
adverbes *de tems , demain , dans peu* :
adverbes *de lieu, près , loin , ici* : adver-

bes de nombre, combien, *affez*, *dix fois*, cent fois : adverbes de *comparaifon*, *plus*, *moins*, &c.

D. N'emploie-t-on jamais des noms adjectifs comme adverbes?

R. On le fait fort heureufement dans les phrafes fuivantes & femblables ; chanter *jufte*, parler *bas*, frapper *fort*.

ARTICLE VII.

De la Prépofition.

D. Q U'eft-ce que la Prépofition?
R. Q C'eft un mot indéclinable qui fe met toujours devant un nom ou pronom, marquant quelque circonftance de la chofe dont on parle ; Thérefe étudie *dans* fa chambre, Julie eft *avec* fa maîtreffe, l'armée eft *proche* les remparts.

ARTICLE VIII.

De la Conjonction.

D. Q U'eft-ce que la Conjonction?
R. Q C'eft un mot indéclinable qui fert à lier enfemble les diverfes parties

d'un difcours, par ex. La puiffance &
la juftice devroient être inféparables,
foit que vous vous mariez, foit que vous
gardiez lecélibat vous aurez toujours de
l'inquiétude.

D. La Conjonction *que* ne devient-
t-elle point quelquefois pronom ?

R. Oui : toutes les fois qu'elle peut
fe convertir par *lequel*, *laquelle* ; le directeur *que* j'ai choifi, je puis dire, le
directeur *lequel* j'ai choifi.

ARTICLE IX.

De l'Interjection.

D. QU'eft-ce que l'Interjection ?
R. C'eft un mot indéclinable qui
précede ou qui entre dans le difcours,
& qui exprime quelque paffion de
l'ame : *Oh Ciel ! qui le croiroit ? Ha ! He-*
las mon Dieu !

CHAPITRE III.

De l'Orthographe.

D. QU'eft-ce que l'Orthographe ?
R. C'eft l'art d'écrire correctement.

D. Quels font les guides de cet
Art ?

R. La raifon, qui veut qu'on ait
égard à l'étimologie des mots ; & l'autorité, qui veut qu'on fuive la maniere d'écrire des bons Auteurs.

D, L'Orthographe eft-elle aifée à
apprendre ?

R. Non : 1°. il entre dans les mots
beaucoup de lettres qui ne fe prononcent pas ; *dentelles, efprits, ils aiment* fe prononcent à peu-près comme s'il y avoit *dentel, efpri, ils aime.*

2°. Les mêmes fons s'expriment
fouvent par des caracteres différens ;
comme dans les mots *diamant, Normand, vent, fang,* ou dans ceux-ci *vin,
levain, venin, faint.*

3°. Il y a plufieurs mots qui ne s'é-
crivent point comme on les prononce ;
on écrit *Paon, Faon, Laon, Aouft, Europe,* à jeun, *œconomie,* & on prononce, *pan, fan, lan, oût, urope,* à jun,
économie.

4°. Plufieurs mots françois fuivent
la trace de leur étimologie qui eft
Grecque ou Latine ; on écrit *Philofophie,* & on prononce *Fi'ofofie.*

ARTICLE PREMIER.

De la Ponctuation.

D. QU'eft-ce que la Ponctuation ?
R. C'eft la méthode de marquer en écrivant les endroits où il faut s'arrêter.

D. De quels caracteres fe fert-t-on pour diftinguer les différentes parties d'un difcours.

R. De la Virgule (,), du Point avec la Virgule (;), des deux Points (:), du Point (.), du Point Interrogatif (?), & du Point Admiratif (!).

La *Virgule* diftingue les parties ou membres d'une phrafe; l'Europe, l'Afie, l'Afrique, l'Amerique, font les quatre parties connues du Globe Terreftre.

Le *Point* avec la *virgule* marque un plus grand repos que la virgule, *les gens heureux ne fe corrigent gueres ; ils croient toujours avoir raifon, quand la fortune foutient leur mauvaife conduite.*

Les deux *Points* fe placent au milieu d'une periode entre deux propofitions qui fe fuivent néceffairement ; loin d'ici , raifon humaine , tu ne connois ni nos maux , ni les moyens de les guérir : toujours extrême dans tes idées, toujours fujette à t'égarer , tantôt tu nous infpires l'orgueil , & tantôt tu nous portes au découragement.

Le *Point* eft la marque de la plus forte paufe, il montre que le fens de la periode eft fini ; l'hypocrifie eft un hommage que le vice rend à la vertu.

Le *Point interrogant* fe place à la fin d'une phrafe , dans laquelle il y a interrogation ; avez – vous entendu la Meffe ?

Le *Point admiratif* fe place après une exclamation ; hélas ! myfteres terribles, abîmes des Jugemens de Dieu !

D. Quels font les autres caracteres ufités dans l'écriture ?

R. L'*Apoftrophe* (') le Trait d'union (-) les deux Points fur une voyelle (ü) la Cédille (ç) & la Parenthefe ( ).

L'*Apoftrophe* marque une élifion , c'eft-à-dire la fuppreffion d'une voyelle finale ; ainfi on écrit , *l'argent* au lieu de le argent , conquêtes d'*Alexandre,* je *n'ai qu'un écu.*

L'ufage a permis qu'on fupprimât l'e final du mot *grande* dans les mots fuivants; *grand'meffe, grand'peur, grand' chambre, grand'fale,* &c.

Le *Trait d'union* sert à unir deux mots & à n'en faire pour ainsi dire qu'un ; *veut-il lire ? Croit-elle se moquer des regles ? Cherches-là.*

Les *deux Points* sur une voyelle marquent une syllabe différente de celle qui précede; na*ï*veté, *Saül*, Po*ë*te, No*ë*l, la*ï*que.

La *Cédille* est un petit ç retourné qui placé sous une consonne en adoucit le son; *il commença, elle reçut de grands présens.*

La *Paranthese* est figurée par deux crochets qui renferment un discours qui ne fait point partie de la phrase principale; que peuvent contre lui (*contre Dieu*) tous les Rois de la terre ?

D. Comment appellez-vous les marques qu'on met sur les voyelles.

R. On les appelle Accents , il y en a de trois sortes , l'accent aigu (´) , l'accent grave (`), l'accent circonflexe (ˆ).

L'*Accent aigu* se met, 1°. sur tous les *é* fermés ; vérité , charité ; 2°. Sur les mots où l'*é* se trouve suivi d'une voyelle ; Créateur , néanmoins. 3°. Sur les mots qui commencent par la préposition *pré* ; *précepte , Prédicateur , Préface.*

L'*Accent grave* n'a lieu que fur les voyelles *à, è; à* Paris, *à* faire pour le diftinguer de l'*a* qui marque un tems, comme il a aimé : & fur les *è* fort ouverts ; comme dans les mots abfcès, progrès.

L'*Accent circonflexe* ne doit être employé que lorfque la fillabe eft longue à la prononciation ; comme dans les mots maître, trône, ou lorfqu'un mot en a befoin pour être différencié d'un autre; comme le mot *fûr* adjectif, qui fignifie *certain* pour le diftinguer de la prépofition *fur*, il a bâti *fur* le terrain d'autrui : ou enfin lorfque l'ufage l'autorife ; comme aux mots *âge, dîme*. Ordinairement cet accent tient la place d'une *s* que l'on retranche. On écrivoit *difme, throfne,* &c.

ARTICLE II.

Refléxions générales fur les Regles de l'Ortographe.

D. Quand faut-il employer des lettres capitales ou majufcules ?

R. Dans les titres, au commencement des phrafes, au commencement des noms propres d'hommes, de lieux, des noms d'arts, de dignités.

D. Comment diſtinguez‑vous les nombres des noms ?

R. Par le ſingulier & le pluriel.

D. Comment ſe forme le pluriel de la plûpart des noms?

R. Par l'addition de la lettre S. le *frere*, les *freres*, la *ſœur*, les *ſœurs*.

On ne ſçauroit errer en ajoutant auſſi une s à la plûpart des noms qui ſe terminent par *ant* ou *ent* ; charmant, charmants, bâtiment, bâtiments.

Les noms terminés en *eau*, *au*, *eu*, *ou*, *bateau*, *feu*, *lieu*, *caillou* prennent un *x* au pluriel ; cependant *bleu*, *clou*, *trou*, *matou*, font *bleus*, *clous*, *trous*, *matous*.

Loi forme au pluriel *loix* ; *Roi*, *emploi* ſuivent la regle générale.

Çiel, *œil*, *aïeul* font *cieux*, *yeux*, *aïeux*, mais on dit des *ciels* de lit, des *ciels* de tableaux ; & des *œils* de bœuf en terme d'architecture.

Pluſieurs noms terminés en *al*, ou *ail* font *aux* au pluriel ; cheval, chev*aux*, travail, trav*aux*; cependant il faut en excepter *bal*, *régal*, & la plûpart des adjectifs en *al*, *fatal*, comme auſſi les mots attirail, détail, ſérail qui prennent s au pluriel.

D. Tous les noms ont-ils un singulier & pluriel.

R. Non : les noms de métaux, comme *or*, *argent*; de vertus comme *pudeur*, *prudence* ; les mots *soif*, *gloire*, *sang*, n'ont point de pluriel.

D'autres comme *Matines*, *Vêpres*, *gens*, *ciseaux*, *délices*, n'ont point de singulier.

D. Un même nom peut-il être substantif & adjectif.

R. Il a quelques mots françois qui servent également comme *Substantif* & *Adjectif* ; on dit la *colere* de Dieu est redoutable, une communion indigne est un *sacrilege*, la *politique* est un art difficile; & on dit un homme *colere*, une main *sacrilege*, une conduite *politique*.

D. N'y a-t-il pas des noms qui sont masculin & féminin ?

R. Ils sont en petit nombre; le mot pluriel *gens* est du féminin quand l'adjectif le précede ; les *bonnes* gens : il est du masculin quand l'adjectif le suit ; les gens *savans*.

Le mot *amour* qui est du masculin au singulier, s'emploie fort bien comme féminin au pluriel, des *folles amours*.

Comté & Duché sont masculin; mais on dit au féminin *Franche-Comté*, *Duché-Pairie*.

D. Quand employez-vous les pronoms *ce, ces,* ou *se ses?*

R. *Ce* eſt un pronom qui ſe joint ordinairement à la choſe qui indique, & *ſe* ſe joint à un verbe; ce livre que j'ai acheté *ſe* vend très-cher.

Ces eſt le pluriel de *ce,* & s'emploie de même; *ſes,* marque poſſeſſion de la choſe exprimée; *ces* tableaux ſe mettent au rang de *ſes* richeſſes.

D. Que remarquez-vous ſur le mot *leur?*

R. Toutes les fois qu'on peut le tourner par à *eux* ou à *elles,* ou qu'il eſt joint à un verbe, il eſt indéclinable; il *leur* dit, il *leur* parla, les fleurs que je leur ai préſentées; mais quand il ſe joint à un nom, il devient adjectif déclinable; quand les riches prônent *leurs* richeſſes.

D. Quand faut-il employer le mot *donc* ou *dont?*

R. *Donc* eſt une conjonction concluſive; achevez *donc* ce diſcours: & *dont* eſt une particule qui peut ſe convertir par *duquel, de laquelle;* cet emploi *dont* ou *duquel* il tire parti.

D. Quelle différence y a-t-il entre le mot *quand* & *quant?*

R. *Quand* exprime quelque circon-

ſtance des tems ; *quand* viendrez-vous ?
Quant eſt ſuivi de la propoſition *a* ou
au , & peut ſe convertir en celle-ci *pour*
ce qui regarde ; *quant* au Couvent que
vous choiſiſſez , &c.

D. Quand faut-il employer la lettre
ʒ à la fin des mots ?

R. Dans les ſecondes perſonnes des
verbes au pluriel qui ſe terminent par un
é fermé; vous aimeʒ , vous donneʒ, vous
fileʒ.

De quelques mots qui ſe diſtinguent peu ou
point par la prononciation , & très-
fort par l'écriture.

A

A ; il *a* du bien.
A ; il s'adreſſe *à* Dieu.
Ha ; *ha !* que ce Cantique eſt beau.

Abas ; tu *abas* ces noix.
A bas ; ce miroir eſt *à bas.*

Abaiſſe; le Ciel *abaiſſe* les orgueilleuſes.
Abbeſſe ; l'*Abbeſſe* de Port-Royal.

Avint ; il *avint* une affaire.
A vingt ; Peronne eſt à *vingt* lieux de
Lille.

Air ; l'*air* de Meudon eſt ſain.
Aire ; *aire* d'une grange.
Erre ; il *erre* dans ſon calcul.

Allée ; *allée* d'un Jardin.
Allée ; elle eſt *allée* aux champs.
Hâlée ; brûlée & noircie du Soleil.

Ancre ; mouiller l'*ancre*.
Encre ; écrire de bonne *encre*.

Appris ; il eſt bien *appris*,
A pris ; elle a *pris* cette médecine.
A prix ; ce velours eſt *à* bon *prix*.

Antre ; caverne.
Entre ; elle *entre* dans le Couvent.

Autel ; le Curé eſt à l'*Autel*.
Hôtel ; l'*Hôtel* des Ambaſſadeurs.

B

Balle ; peloton pour le jeu de paume.
Bal ; le *Bal* de l'Opera.
Bâle ; ce Livre eſt imprimé à *Bâle*.

Balet ; il danſe dans le *balet*.
Balai ; inſtrument pour balayer.

Ban ; il eſt mis au *Ban* de l'Empire.
Banc à s'aſſeoir.

Beau ; cet enfant eſt *beau*.
Baux ; les *baux* des maiſons.

Bon ; c'eſt un *bon* homme.
Bonds ; il va par ſauts & par *bonds*.

C

Cap ; il a passé le *Cap*-Breton.
Cape ; rire sous *cape*.

Quart ; le *quart* d'un écu.
Car ; *car* on lui a reproché
Carre ; il se *carre* d'importance.

Ceint ; il se *ceint* de son écharpe.
Saint ; *saint* Antoine.
Sain ; ce vieillard est bien *sain*.
Sein ; J. C. a été formé dans le *sein* de
   la Sainte Vierge.
Seing ; c'est son *seing*.

Celle ; vous verrez *celle* que j'estime.
Scelle ; il *scelle* sa lettre.
Scel ; apposer le *scel*.

Sang ; on lui a tiré du *sang*.
Sans ; il partira *sans* lui.

Sçait ; Julie *sçait* bien la langue.
Ceps ; bois de la vigne.
Cet ; *Cet* article est vrai.
S'est ; Dieu *s'est* fait homme.

Chair ; La *chair* est belle.
Cher ; Ce *cher* enfant.
Chere ; La viande est *chere*.
Chaire ; *chaire* du Prédicateur.

Chœur ; Le *chœur* de Beauvais.
Cœur ; Dieu demande notre *cœur.*

Cire ; La *cire* vierge.
Sire ; Louis XV. notre *Sire.*

Chaud ; cet eſté eſt fort *chaud.*
Chaux ; des fours à *chaux.*

Choc ; ce caroſſe a fait un *choc.*
Choque ; un rien le *choque.*

Cloſe ; cette chambre eſt bien *cloſe.*
Clauſe ; La *clauſe* d'un contrat.

Compte; Il a rendu ſon *compte.*
Comte ; c'eſt Monſieur le *Comte.*
Conte. C'eſt un *conte* à rire.

Cour ; La *Cour* du Parlement.
Cour ; *cour* d'une maiſon.
Court ; il *court* très-vîte.
Cours ; Le *cours* de la Seine.

D

Dans; Il eſt *dans* l'Egliſe.
Dent ; Il a la *dent* belle.
Dam ; Cela s'eſt fait à ſon *Dam.*

Décent ; Cet habillement eſt *décent.*
Deſcent ; il *deſcent* les eſcaliers.
De ſang ; de *ſang* froid.
De ſens; Homme de grand *ſens.*

Défait ; Le mausolé est *défait.*
D'effet ; plus de paroles que d'*effet.*

Doigt ; On lui a coupé le *doigt.*
Doit ; Il *doit* cent louis.

D'or ; un louis d'*or.*
Dort ; Il *dort* le matin.
Dorre ; Il *dorre* ce livre.

E

Elle ; Elle m'a dit cela.
Aîle ; l'*aîle* d'une volaille.

Envie ; Il *envie* son bonheur.
Envie ; l'*envie* est une passion.
En vie ; Cet homme est *en vie.*

Etant ; Cela *étant* très-assuré.
Etang ; Cet *étang* est plein de poissons.
Et tant ; Et tant s'en faut.
Etend ; Il *étend* son discours.

Etaim ; L'*etaim* d'Angleterre.
Eteint. Il *éteint* sa lumiere.

F

Face ; Une grosse *face.*
Fasse ; Que chacun *fasse* son devoir.

Faim; Avoir *faim.*
Feint; Ce compliment eſt *feint.*
Fin; La *fin* d'un Sermon.

Faux ; Cela eſt *faux.*
Faulx à faucher les bleds.
Faut; Il *faut* que cela ſoit.

Fer ; Un ſiécle de *fer.*
Fere; La *Fere* en Picardie.
Faire; Que voudriez-vous *faire?*

Foie ; Un *foie* de chapon.
Fois; Il l'a repété trois *fois.*
Foi ; Acte de Religion.
Foix ; Le pays de *Foix.*

G

Gens; Ces *gens*-là.
Jean; Saint *Jean* l'Evangeliſte.
J'en; J'en ſuis bien aiſe.

Goutte; *Goutte* d'eau, la *goutte* aux pieds.
Goûte ; il *goûte* les plaiſirs.

Guerre; Il eſt en *guerre.*
Gueres; Roſette n'eſt *gueres* polie.

H

Hôte ; je vais chez mon *hôte.*
Hotte; il porte la *hotte.*
Ote ; il *ôte* ſon habit.

J

Jeune ; Ce jeune enfant.
Jeûne ; C'est Mercredi jeûne.

L

Lait ; C'est du lait de chevre.
Laid ; C'est un homme laid.
L'ait ; Quoiqu'il l'ait trouvé.

Lard ; Le renard est friand de lard.
L'art, L'art de tourner.

Lire ; Lire une lettre.
L'ire ; Le jour de l'ire du Seigneur.
Lyre. Il touche la Lyre.

Lui ; C'est lui-même.
Luit ; Le Soleil luit.
L'huis ; Porte d'une maison.

M

M'être ; Ce qui peut m'être utile.
Maître ; Voilà le Maître du jardin.
Mettre ; mettre sa coëffure.

Mal ; J'ai mal à la tête.
Mâle ; Le Coq est le mâle.
Malle, sa malle est arrivée.

Mer ; La mer est en tourmente.
Mere ; La mere est morte.
Maire ; c'est le Maire de la Ville.

C

Mirent ; Ils se _mirent_ au jeu.
Mirrhe ; Les Rois offrirent la _mirrhe._
Mire ; Cet homme se _mire_ souvent.

Mort ; Le Jardinier est _mort._
Mord ; Frein d'un cheval.
Mord ; Le chien _mord._
Maur ; Son Patron est Saint _Maur._
Maure ; Il est né dans la _Mauritanie._

N

Nez ; Il a le _nez_ long.
_Né_ ; Il est bien _né._
Net ; Ce pauvre est propre & _net._

_Ni_ ; _Ni_ Julie , _ni_ Thérese.
_N'y :_ Il _n'y_ a rien à avoir.
Nid ; Le _nid_ d'un serin.
Nie ; Il _nie_ tout.

Nom ; A peine écrit-il son _nom._
Non ; Oui & _non._
N'ont ; Ces gens _n'ont_ pas raison.

P

Pain ; Ce _pain_ est bon.'
Peint ; Ce Tableau est bien _peint._
Pin ; Le _Pin_ est un bel arbre.

Paon ; Fier comme un _Paon._
Pan ; Dieu des Bergers.

Pan ; Ce *pan* de mur menace ruine.
Pend ; Le fruit *pend* à l'arbre.

Poids ; Le mercure eft d'un grand *poids.*
Pois ; C'eft la faifon des petits *pois.*
Poix ; *Poix* raifine.

Pond ; La poule *ond.*
Pont ; Il a paffé le *pont.*

Puis ; Il va , *puis* il revient.
Puits ; L'eau d'un *puits.*

R

Rang ; Son *rang* eft confidérable.
Rend ; Le Banquier *rend* l'argent.

Rond ; Ce baffin eft *rond.*
Rompt ; Cet homme me *rompt* la tête.

S

Sans ; *Sans* vous j'étois perdu.
Sens ; Ce difcours eft de bon *fens.*
Sang ; Il eft du *fang* des Rois.
Cent ; Cela coûte *cent* francs.
Cens ; Droit Seigneurial.

Signe ; Vous vainquerez par ce *figne.*
Cigne ; Le *Cigne* eft blanc.

T

Tein ; Un beau *tein.*
Teint. On *teint* en écarlate.
Tint ; Il *tint* parole.

Tant ; Il a *tant* en menage.
Temps ; Le *temps* s'écoule bien vîte.
T'en ; Il *t'en* envoiera.
Tend ; Cela *tend* à fa perte.

Tente ; Il campe fous la *tente.*
Tante ; J'écris à ma *tante.*

Ton ; Ton ouvrage.
Ton ; Le bon *ton.*
Tond ; On *tond* les moutons.
Thon ; Une falade de *Thon.*

Toit ; La pluye perce le *toit.*
Toi ; C'eft *toi*-même.

V

Vain ; Cet homme eft *vain.*
Vin ; Le *vin* rejouit.
Vingt ; Quatre fois cinq font *vingt.*
Vint ; Il *vint* hier fort tard.

Ver ; Le *Ver* naît comme les autres ani-
    maux.
Verre ; rincez ce *verre.*
Vers ; Il fait des *vers* & de la profe.

Verd ; Son plumage eſt *verd*.
Vers ; Il court *vers* lui.

Ville ; La *ville* de Lille.
Vile ; Cette conduite eſt *vile* & abjecte.

ARTICLE III.

Des Vices oppoſés à la pureté du langage.

D. **Q**Uels ſont les vices oppoſés à
la pureté du langage ?

R. Le *Barbariſme*, le *Soléciſme*, le *Galimatias*, le *Phœbus*, les *Equivoques*, &
le langage précieux.

D. Qu'entendez-vous par Barbariſme ?

R. J'entens par *Barbariſme*, l'emploi
d'un mot qui n'eſt pas françois. Tel eſt
le mot *invaincu* de ce vers de Corneille.

Ton bras eſt *invaincu*, mais non pas invincible.

R. Qu'eſt-ce qu'un Soléciſme ?
R. C'eſt un vice qui choque les regles établies par les Grammairiens : comme lorſqu'on dit, *aſſiſez*-vous pour
aſſoiez-vous ; votre éventail eſt fort
belle, au lieu de, votre éventail eſt fort

C iij

beau ; ces légumes font *excellentes,* au lieu de, ces légumes font *excellens ;* ou encore *j'allons, je vinfmes,* au lieu de, *nous allons, nous vinfmes.*

D. Qu'entendez-vous par Galimatias?

R. Le Galimatias confifte dans un embarras & une confufion de paroles mifes fans ordre & fans jugement : telle eft cette defcripion du château de Tufiere dans une Comédie :

Vous le voyez de loin qui forme un Pentagone ;
Ce fuperbe château pour que vous en jugiez ;
Et même beaucoup mieux que fi vous le voyiez.
D'abord ce font fept tours, entre feize cour-
    tines ....
Avec deux tenaillons placés fur trois collines....
Qui forment un vallon, dont le fommet s'étend
Jufques fur... un dongeon... entouré d'un
    étang ;
Et ce dongeon placé juftement ... fous la Zone ;
Par trois angles faillans forme le Pentagone.

D. Qu'eft-ce que le Phœbus ?

R. On appelle Phœbus des expref-fions guindées, empoulées, qui n'ont qu'une beauté apparente, un faux éclat, fans rien de réel & de folide : tel eft le compliment de Thomas Diaforus à Angélique *, *Mademoifelle, ne plus ne*

* Mol.ere, mal. imag.

moins que la ſtatue de *Memnon* rendoit un ſon harmonieux , lorſqu'elle venoit à être éclairée des rayons du *Soleil* ; tout de même , me ſens-je animé d'un doux tranſport à l'apparition du *Soleil* de vos beautés , &c.

D. Qu'entendez-vous par Equivoques ?

R. J'entens des expreſſions qui forment un double ſens : comme lorſqu'on dit , *je l'apperçus ſortant de l'Egliſe* ; on ne ſçait ſi le ſortant eſt celui qui apperçoit, ou ſi c'eſt la perſonne apperçûe ; ainſi il faut dire , je l'apperçus, *lorſqu'il ſortoit* ou *en ſortant* : *Monſieur* voilà le cheval que vous demandez , Madame ce livre a été relié en veau ; & non point, voilà, *Monſieur, le cheval* que vous demandez ; ce livre eſt relié en veau *Madame*.

D. Qu'eſt-ce que le langage précieux?

R. C'eſt une affectation ridicule de ſe ſervir de termes recherchés : tel eſt le diſcours d'un Marquis de Comédie à ſes porteurs de chaiſe ; *voudriez-vous, faquins, que j'expoſaſſe l'embonpoint de mes plumes aux inclémences de la ſaiſon pluvieuſe , & que j'allaſſe imprimer mes ſouliers en boue.*

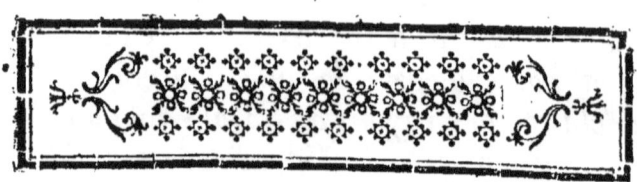

POETIQUE
FRANÇOISE.

D. Qu'eſt-ce que la Poëſie Françoiſe ?

R. C'eſt un art qui enſeigne les regles qu'il faut ſuivre dans la compoſi-
tion des vers François.

D. Cet art eſt-il ancien ?

R. On peut regarder Moyſe comme le premier de tous les Poëtes, comme il eſt le premier de nos Ecrivains ;
les deux Cantiques qu'il compoſa l'un
après le paſſage de la mer rouge, & l'autre pour remercier le Créateur de tant
de miracles, qu'il avoit faits en faveur
de ſon peuple, ont toujours été regar-
dés comme deux admirables productions de l'eſprit poëtique. David, Salomon, & les Prophetes ont chanté en différentes occaſions les louanges de Dieu avec tant d'harmonie &
d'élevation, que tous les connoiſſeurs y
trouvent le merveilleux & le ſublime,
qui fait l'eſſentiel de la Poëſie.

Les Payens apperçurent bientôt que

la Poëfie étoit d'un grand fecours à la mémoire; ils mirent en vers leur Théologie, leur Philofophie, leurs Loix, leurs Coutumes.

Homere eft le plus ancien des Poëtes Grecs. Son Iliade & fon Odiflée font les deux grands modeles de la Poëfie héroïque.

Pindare, Anacréon & la célebre Sapho firent des Hymnes ou Odes ; enfin les Epigrammes, les Tragédies & les Comédies devinrent à la mode chez les Grecs & dans tout l'Empire Romain, d'où cet art s'eft répandu parmi toutes les Nations.

D. Quel eft le but de la Poëfie ?

R. Son but eft de faire des impréffions vives, agréables & utiles fur l'efprit.

L'Art de la verfification qui eft afservi à un certain nombre, à un certain arrangement, & à une certaine cadence de fillabes dont l'harmonie & l'agrément flatent & attachent l'imagination, nous faifit, imprime plus aifément les paroles dans notre efprit, & nous forme le gout pour les chofes ingenieufes. Un exemple rendra cela fenfible, quand Boileau dans la Satire qu'il adreffe à Moliere, *maudit le pre-*

C v

mier qui obligea les Poëtes à se servir de la rime, le tour qu'il donne à cette pensée est si beau, que le Lecteur flaté, admire le Poëte, & grave ces Vers dans sa mémoire presque sans s'en appervoir.

Maudit soit le premier, dont la * Verve insensée
Dans les bornes d'un Vers renferma sa pensée,
Et donnant à ses mots, une étroite prison,
Voulut avec la rime, enchaîner la raison.

D. Qu'y a-t-il à considérer dans la Poësie Françoise ?

R. Trois choses, 1°. Le nombre de sillables qui distinguent nos Vers entre eux. 2°. La rime qui fait le caractére particulier de la Poësie dans les langues vivantes. 3°. Les différentes pieces de Poësies usitées dans notre Langue.

* Feu Poëtique.

CHAPITRE PREMIER.

De la structure des Vers.

D. COmbien y a-t-il de sortes de Vers ?

R. On en distingue de cinq sortes.

Les premiers qu'on appelle Vers *Ale-xandrins*, *Héroïques* ou *grands Vers* font compofés de douze fillabes.

1 2 3 4 5 6 7 8 9 10 11 12
Le Pere des Bourbons du fein des Immortels,
Louis fixoit fur lui fes regards Paternels.

Les feconds qu'on appelle Vers *com-muns* font de dix fillabes.

1 2 3 4 5 6 7 8 9 10
Objet permis à leur oifif amour,
Vert-vert étoit l'ame de ce féjour.

Ces Vers font en ufage dans le ftyle naïf, familier; telles font les Epîtres de Marot, de Roufleau, & fes pieces al-légoriques.

Après ceux-là fuivent les Vers de huit fillabes.

1 2 3 4 5 6 7 8
Dans l'enfance toujours des pleurs,
Un pedant porteur de triftefle,
Des livres de toutes couleurs,
Des châtimens de toute efpece.

Suivent ceux des fept fillabes:

1 2 3 4 5 6 7
Un trifte féjour renferme
1 2 3 4 5 6 7
Des criminels enchaînés;
Le trépas eft le feul terme,
Où leurs maux feront bornés.

La derniere sorte n'a que six silla-bes, on les emploie rarement seuls, ils ont beaucoup de grace quand on les mêle avec de grands Vers.

La mort a des rigueurs à nulle autre pareilles,

1 2 3 4 5 6
On a beau la prier

La cruelle qu'elle est se bouche les oreilles,
Et nous laisse crier.
Le pauvre en sa cabane ou le chaume le couvre,
Est sujet à ses loix ;
Et la garde qui veille aux barrieres du Louvre ,
n'en défend pas nos Rois. *Malherb.*

D. N'y a-t-il que ces cinq sortes de Vers ?

On en fait quelquefois de cinq, de de quatre, & trois sillables ; on ne les emploie que pour des sujets badins.

Tel est cette charmante allégorie, où Madame Deshoulieres sous l'image d'u-ne Bergere peint son amour à ses en-fans , & se plaint tendrement des ri-gueurs de la fortune.

Dans ces prés fleuris
Qu'arrose la Seine ,
Cherchez qui vous mene.
Mes cheres brebis.
J'ai fait pour vous rendre ,
Le destin plus doux ,
Ce qu'on peut attendre ,

D'une amitié tendre.
Envain j'importune
Le Ciel par mes cris.
Il rit de mes craintes,
Et sourd à mes plaintes,
Houlette ni chien,
Il ne me rend rien.
Puissiez-vous contentes,
Et sans mon secours,
Passer d'heureux jours,
Brebis innocentes,
Brebis mes amours.

Telle est cette Enigme sur la Noi-
sette en Vers de trois sillabes :

Joliette,
Rondelette,
C'est aux champs
Qu'on me cueille ;
Et ma feuille
Aux Amans
Sert d'ombrage,
Heureux l'âge
Où la dent
Aisément,
De ma loge
Me déloge.
Quelquefois
De mon bois
Retirée,
Et sucrée,
Je parois
Bien blachette
De grisette
Que j'étois.

D. Qu'appelle-t-on Vers maſculins & Vers fémins ?

R. Les Vers maſculins ſont ceux qui ont leur rime maſculine, c'eſt-à-dire, dont la derniere voyelle n'eſt pas un *é* muet, comme *redouté, reſpecté, nouveau, cerveau.*

Qu'heureux eſt le mortel, qui du monde ignoré,
Vit content de ſoi-même en un coin retiré. *Boil.*

Ou bien

Illuſtre rejetton d'un Prince aimé des Cieux,
Sur qui le monde entier a maintenant les yeux. *La Font.*

Les Vers féminins ſont ceux qui ont leur rime féminine, c'eſt-à-dire, dont la derniere voyelle eſt un *e* muet qui ne ſe fait preſque point entendre, comme *ſubterfuge, Juge, Oracle, miracle.*

Peuple ingrat, quoi toujours les plus grandes merveilles,
Sans ébranler ton cœur, frapperont tes oreilles? *

Ou bien

De Paris au Perou, du Japon juſqu'à Rome,
Le plus ſot animal, à mon avis, c'eſt l'homme. *Boil.*

D. Les Vers féminins n'ont-ils pas

* Racine.

plus de fillabes que les Vers mafculins ?

R. Oui : ils en ont une de plus ; par conféquent dans les Vers de douze fillabes , le féminin en a 13. dans ceux de dix , il en a 11. & ainfi des autres ; la derniere fillabe qui fe termine par un *e* muet ne fe comptant point.

D. Mais on trouve des Vers qui ont 14 ou 15 fillabes.

```
   1    2    3      4  5 6 7 8    9  10 11  12
L'Efprit Saint me pénetre , il m'échauffe , &

     13 14 15
   m'infpire. Rouff.
```

R. Ce Vers n'a que douze fillables dans la prononciation , quoiqu'il en préfente 15 aux yeux ; 1°. C'eft un Vers féminin qui doit en avoir 13. la feptiéme & la onziéme fouffrent élifion , c'eft-à-dire , ce font des fillabes qui fe mangent & fe fuppriment à caufe des voyelles , *il* & *&* qui les fuivent.

D. Quand l'élifion a-t-elle lieu ?

R. Il y a élifion toutes les fois que l'*e* muet fe trouve à la fin d'un mot fuivi d'un autre, qui commence par une voyelle ou par une *h* muette qui ne fe fait quafi point fentir dans la prononciation, comme dans les mots d'*homme* , d'*hon-*

neur, qu'on prononce comme s'il y
avoit d'*omme* , d'*onneur.*

Et l'homme lâ*che & fou* , fit enten*dre* en tout
  lieu.
Que le fils de Philip*pe étoit* fils de ce Dieu. [1]

De quel air pen*ses*-tu que ta Sainte verra ,
D'un fpe*ctacle enchanteur* la pompe harmo-
  nieufe ,
Ces Dan*fes* , ces Héros à voixluxurieu*fe* . *Boil.*

 D. L'élifion eft-elle de bonne grace
dans les Vers ?

 R. Plus un Vers fouffre d'élifion,
plus il eft harmonieux & nombreux.

Quiconq*ue eft* riche *eft* tout , fans fageff*e il* eft
  fage. *Boil.*

Ce doux fiécle n'eft plus ; le Ciel impitoya-
  ble ,
A placé fur leurTrône *un* Prince *i*nfatigable. *Id.*

——————————————————

ARTICE PREMIER.

De la Céfure.

D. QU'eft-ce que la Céfure ?
R. C'eft un repos qui divife le
Vers en deux parties dont chacune

[1] De Villiers.

s'appelle *Hémiſtiche* ou *demi-Vers.*

D. Toutes les eſpeces de Vers ont-elles repos ?

R. Non : Il n'y a que les Vers de douze & de dix ſillabes où il ſoit néceſſaire.

Dans les Vers de douze ſillabes, il ſe place après la ſixiéme.

        | La moleſſe oppreſſée
Dans ſa bouche à ce mot | ſent ſa langue glacée,
Et laſſe de parler   ſuccombant ſous l'effort,
Soupire, étend les bras | ferme l'œil & s'endort [1]

Dans les Vers de dix ſillabes, le repos ſe place après la quatriéme.

Ami Marot | l'honneur de mon pupitre ,
Mon premier maît|re acceptez cette Epître ,
Que vous écrit | un humble nourriſſon ,
Qui ſur Parnaſſ |e a pris votre écuſſon [2]

D. Quels défauts faut-il éviter touchant la Céſure ?

R. 1° Il faut éviter de la faire tomber ſur des Articles, Prépoſitions , ou Monoſillabes, *Je , moi, pour, le ,* parce qu'il faut qu'il y ait un repos naturel

[1] Boileau.
[2] Rouſſeau.

qui fe diftingue aifément dans le récit.

2°. Il faut éviter de la placer entre le Subftantif & l'Adjectif.

Que toujours dans vos Vers , le fens coupant les
  mots ,
Sufpende l'hemiftiche , en marque le repos.

3°. Il ne faut pas faire rimer un hé-miftiche avec celui du Vers fuivant, ni deux hémiftiches enfemble.

Il y a des cas où on le tolere , lorf-que fur-tout on veut inculquer une vé-rité , & qu'on répete le même mot.

Qui cherche vraiment *Dieu* dans lui feul fe
  repofe ,
Et qui craint vraiment *Dieu* ne craint point
  autre chofe.

ARTICLE II.

*Défauts à éviter dans la compofition des
Vers François.*

D. QUels défauts faut-il éviter en faifant des Vers ?

R. 1° Il ne faut employer aucun mot profaïque , & trop familier ; *Mon-fieur , & pourquoi , d'ailleurs.*

Il eſt un heureux choix de mots harmonieux,
Fuyez des mauvais ſons le concours odieux ,
Le vers le mieux rempli ; la plus noble penſée,
Ne peut plaire à l'eſprit, quand l'oreille eſt
　　bleſſée.

Sur-tout qu'en vos écrits , la langue revérée
Dans vos plus grands excès vous ſoit toujours
　　ſacrée.

Sans la langue en un mot , l'Auteur le plus
　　divin
Eſt toujours, quoiqu'il faſſe un méchant Ecri-
　　vain. *Boil.*

2°. Il faut éviter la rencontre de deux
voyelles , qui ne ſe mangent point par
la prononciation ; c'eſt à cette vicieu-
ſe rencontre que l'on donne le nom
d'*hiatus*, ou de baillement , parce qu'on
ne ſçauroit paſſer d'une voyelle à une
autre , ſans une eſpece de baillement
très-déſagréable ; ainſi on ne peut faire
entrer dans des Vers , *la Loi Evangéli-
que ; la Vérité éternelle*, &c.

3° Comme le *t* ne ſe fait point beaucoup ſentir dans la Conjonction &, il
faut éviter de la placer devant une
voyelle ; ainſi ce Vers eſt défectueux.

Qui croit & *ai*me Dieu , poſſede le vrai bien.

4°. Les mots qui finiſſent par un *e*

muet précédé d'une voyelle , comme
vie , joye , vûe , idée , ne s'emploient bien
que quand il y a élifion , autrement
ils ne fe peuvent mettre qu'à la fin des
Vers.

Mais laiffons-le plûtôt en proie à fon caprice ,
Sa folie auffi-bien lui tient lieu de fupplice. [1]

    Une belle ame innocemment guidée ,
    Jamais du mal , il n'avoit eu *l'idée.* [2]

ARTICLE III.

Du nombre de Sillabes de certains Mots.

D. COmbien diftingue-t-on de fillabes dans les noms qui fe terminent en *ien* , comme *Hiftorien , Chrétien* , &c.

R. Cette terminaifon fait deux fillabes dans les noms propres , d'art ,
de talens ; *Paroiffien , Hiftorien , Italien ,*
font de quatre fillabes. On peut y ajouter *lien* qui eft de deux fillabes ; *Ancien , Gardien ,* qui font de trois fillabes :
    Le Verbe je *viens* & fes derivés , fou-

[1] Boileau Sat. 4.
[2] Greffet.

tien , mien , tien , Chrétien , entretien, ne forment qu'une fillabe en dernier.

D. Combien la terminaifon *ier* ; *lier, prier , fe fier , oublier ,* forme-t-elle de fillabes ?

R. Elle en fait deux dans l'Infinitif des Verbes , mais dans les noms ou à la fin ou au milieu, elle n'en fait qu'une ; comme dans les mots ; *dernier , écolier , métier , voliere , fiere , barriere.*

La Baviere confufe au bruit de tes exploits , Gémit *Volt.*

Le vieux Montmorenci

D'un plomb mortel atteint par nne main guerriere ,
De cent ans de travaux termina la carriere. *Id.*

D. Ne faites-vous point ici quelques exceptions ?

R. L'ufage veut qu'on faffe trois fil-labes des mots fuivans ; *bouclier , meur-trier , ouvrier*, comme auffi des Verbes qui fe terminent en *iez*, vous fouffriez , vous *publiez*, vous *facrifiez*.

D. Ne pourriez-vous point établir quelque regle générale pour fixer le nombre des fillabes , dont un mot eft compofé ?

R. Le plus fur eft de confulter l'oreille; l'*e* muet fe fupprime , & ne fait pas une fillabe dans la prononciation des mots fuivans ; je prierois, j'aimerois, j'oublierai, paiement. On les prononce comme s'il y avoit ; *je prirois, j'avourois, j'oublirai, paiement.* Par cette regle ; *violent, niaifer, Poëte, Poëme* doivent être de trois fillabes, de même que *curieux, odieux, précieux ;* & ceux-ci *lieux, cieux, vieux, mieux* font monofillabes ; les deux voyelles *oe* ne font auffi qu'une fillabe dans boete, poele, moelle ; le mot *oui, fuir* s'employe ordinairement pour une.

Oui, Grand Roi, laiffons-là les fieges, les batailles ; *Boileau.*

Hâtons-nous, le tems *fuit,* & nous traîne avec foi. *Id.*

Les Voyelles *ia* forment deux fillabes dans *diamant,* étudia, confia, excepté dans *liard, fiacre, diable, familier.*

Les Voyelles *ue* font toujours deux fillabes ; *duel, tuer, attribuer.*

Les Voyelles *ian,* ou *ien,* forment deux fillabes ; *riant, pati-ent* expédi-ent; Boileau en a excepté *viande.*

Autour de cet amas de viandes entaffées, Regnoit un long cordon d'alouettes preffées.

D. Qu'appelle-t-on enjambement de Vers ?

R. C'eft lorfque le fens demeure fufpendu à la fin d'un Vers, & ne finit qu'au commencement du Vers fuivant ; le goût , le difcernement , la lecture des bons Poëtes inftruira mieux fur ce défaut, que toutes les regles qu'on pourroit prefcrire.

D. Dites-moi un mot de ce que vous appellez *licence poëtique*?

R. C'eft, par exemple, de faire de deux fillabes le mot *encore* , retranchant la finale.

Encor fi pour rimer dans fa Verve indifcrete ;
Ma mufe au moins fouffroit une froide Epithete.

C'eft d'ajouter *que* au mot *avec* pour avoir trois fillabes.

Pour moi fermant ma porte , & cedant au fommeil ,
Tous les jours je me couche avecque le Soleil.

C'eft d'employer le mot *forfaits ,* pour *crimes ; courfier ,* pour *cheval ; glaive ,* pour *épée ; ondes,* pour *eaux.*

C'eft ajouter quelquefois une lettre à un mot pour le faire rimer avec un autre, & la retrancher dans une autre occafion ; ainfi Boileau écrit, *crois ,* & *croi.*

Mais moi qui dans le fond ſçais bien ce que j'en
　　crois,
Qui compte tous les jours vos défauts par mes
　　doigts.

　　Et autre part

En les blâmant enfin, j'ai dit ce que j'en *croi*,
Et tel qui me reprend en penſe autant que *moi.*

　　D. Qu'appelle-t-on *ſtyle Poëtique ?*
　　R. C'eſt une ſtyle figuré, plein d'images ſublimes, nobles, ou gracieuſes,
& dont l'arrangement des mots eſt ca-
dencé comme dans les Vers. Le ſtyle
de la Proſe eſt quelquefois Poëtique;
& c'eſt ordinairement un défaut. C'en
eſt encore un plus grand pour les Vers,
lorſque le ſtyle en eſt proſaïque.
　　D. Qu'appelle-t-on expreſſions Poë-
tiques ?
　　R. Ce ſont de certaines expreſſions &
certains tours propres à la Poëſie, qu'elle
emprunte de la Fable, de l'Hiſtoire,
&c. On dit *blonde Cerès*, pour la *moiſſon;*
le chien de Pocris, pour *la canicule; Pro-
gné,* pour *l'Irondelle; Flore aux douces ha-
leines,* pour exprimer la *douce odeur des*
fleurs.

CHAP.

CHAPITRE II.

De la Rime.

D. QU'eſt-ce que la Rime?
R. La Rime n'eſt autre choſe
qu'une convenance de ſon.

Je chante ce Héros qui regna ſur la *France*,
Et par droit de conquête, & par droit de *naiſ-*
ſance. Voltaire.

Ou bien

L'or même à la laideur donne un teint de *beauté*,
Mais tout devient affreux avec la pau*vreté*. Boil.

Nous avons déja dit qu'il y a deux
ſortes de Rimes, la Rime maſculine, &
la Rime féminine.

Il faut obſerver que la Rime eſt féminine dans tous les mots qui ſe terminent par un *e* muet; ouv*rage*, ri*vage*:
ſoit que ces mots ſoient au plurier,
ouv*rages*, ri*vages*; ſoit que cet *e* ſoit
à la troiſiéme perſonne du plurier des
Verbes où il eſt ſuivi des lettres *nt*.

Auſſi-bien j'apperçois ces melons qui t'atten-
dent,
Et ces fleurs qui là bas entre elles ſe deman-
dent. *Boileau.*

D

La troisiéme personne du plurier de l'imparfait ne suit point cette regle ; *ils regnoient*, *ils enseignoient* : ces cinq lettres *oient* forment des Rimes masculines ; elles ont un son très-fort, & elles se prononcent quasi comme un *é* fermé.

Aux accords d'Amphion les pierres se mou
 voient,
Et sur les murs Thébains en ordre s'éle*voient*.

D. Quelle différence y a-t-il entre la Rime masculine & la féminine ?

R. Il y a cette différence que dans la Rime masculine, on n'a égard qu'à la derniere sillabe ; *délicat*, *muscat*, *insulter*, *arrêter* : au lieu que dans la féminine la convenance du son doit se trouver dans la pénultiéme ; ainsi *sage* qui se termine par *ge*, ne rime point avec *siege* qui se termine de même : mais *sage* rime avec *visage*, *siege* avec *piege*.

D. D'ou vient cette différence ?

R. Elle procede du foible son que l'*e* muet a dans les Rimes féminines, cette Rime se prononçant très-peu, il faut chercher l'accord dans la sillabe qui précede.

D. Qu'est-ce que la Rime riche & la Rime suffisante ?

R. On appelle Rime *riche*, celle qui est formée par la plus grande uniformité de sons, & dont les deux dernieres sillabes sont les mêmes ; *Neptune, Fortune, victime, légitime* : & Rime *suffisante* & *commune*, celle qui n'a que les sons essentiels, & dont les voyelles de la pénultiéme sillabe sonnent de même ; *parole, immole, gloire, victoire.*

En général la Rime est riche quand les voyelles & les consonnes qui précedent la derniere sillabe, sont semblables ; *science, patience* : ou bien lorsque les sons sont pleins ; *Césars, regards, Univers, Enfers.*

D. Peut-on rimer un mot avec lui-même ?

R. Non : à moins qu'il ne soit pris dans une signification différente ; comme dans les vers suivans.

Prens-moi le bon parti, laisse-là tous les *livres,*
Cent francs au denier cinq, combien font-ils ? vingt *livres.*

D. Peut-on rimer le simple avec le composé ? Par exemple, *ami* avec *ennemi, mettre* avec *remettre* ?

R. Non : Ces rimes sont défectueu-ses, à moins qu'elles n'aient une signification différente ; on tolere les deux rimes fuivantes à caufe de la penfée.

Je connois trop les Grands , dans le malheur
       a*mis* ,
Ingrats dans la fortune , & bien-tôt enne*mis.*

D. Le fingulier rime-t-il avec le plurier ?

R. Non : *La Foi , les Loix ; allarme , les armes ,* ne riment point ; on excepte pourtant quelque Rimes mafculines qui ont des terminaifons femblables à celles du plurier.

L'or éclata par-tout fur les riches *habits* ,
On polit l'émeraude , on tailla le *rubis.*

On peut de même faire rimer certaines perfonnes des Verbes avec des noms.

Car vous fçavez qu'un air de mode *impofe* ,
  A nos François plus que toute autre *chofe.* [1]
Toi pour qui dans le Mans le Laboureur *moif-*
    fonne ,
Pour qui naiffent à Caen tous les fruits de l'*Au-*
    tomne.

D. Quel eft donc la regle génerale pour la fuffifance de la Rime ?

R. La Rime n'étant que pour l'oreille & non pas pour les yeux , on

[1] Rouffeau.

doit plûtôt en juger par le son, que par l'Orthographe ; ainsi *repos* rime avec *maux*, *haut* avec *sitôt*, *sang* avec *flanc*, *art* avec *poignard*, *sein* avec *main*, *terre* avec *chaire*.

Certain devoir pieux me demande la *haut*,
Et vous m'excuserez de vous quitter *sitôt*. Mol.

Vous qui lanciez la foudre, & qu'ont frappé ses
    coups,
Revivez dans nos chants quand vous mourez
    pour *nous*. Volt.

Le Medecin d'abord semble né dans cet *Art*,
Déja des Bâtimens parle comme *Mansard*. Boil.

Cotin à ses Sermons traînant toute la *Terre*,
Fend les flots d'Auditeurs pour aller à sa *Chaire*. Idem.

Aussi-tôt je triomphe, & ma Muse en *secret*,
S'estime & s'applaudit du beau coup qu'elle a
    fait. Idem.

D. Une seule lettre suffit-elle pour la Rime?

R. Non : les mots suivans ne riment point ; il char*ma*, il appai*sa*, il a blâ*mé*, il a van*té*.

D. Qu'appelle-t'on Rimes *suivies* & Rimes *croisées* ?

R. On appelle Rimes suivies, lorsque dans une même piece les vers de même Rime se suivent; deux masculins, & deux féminins: telles sont les Satyres & les Epîtres de Boileau, les Tragédies de Racine, & de Corneille, & les Comédies de Moliere, & de Renard.

On appelle Rimes croisées, lorsqu'on joint un Vers masculin à un féminin, ou deux féminins de même Rime entre deux masculins; enfin les Rimes sont croisées, lorsque les vers masculins & féminins sont entrelacés.

> Veux-tu d'un astre perfide
> Risquer les âpres chaleurs,
> Et dans son Jardin aride
> Sécher ainsi que des fleurs ? *Rousseau.*

La perte d'une Epouse ne va point sans soupirs,
On fait beaucoup de bruit, & puis on se console,
Sur les Aîles du temps la tristesse s'envole,
Le Temps ramene les plaisirs. *La Font.*

D. Avez-vous encore quelque chose à dire sur la Rime?

R. Souvenez-vous de consulter souvent les usages des bons Poëtes François, & dans les Pieces qui demandent que les Vers soient rangés deux à deux de suite, n'employez la même Rime qu'après 8 ou 10 Vers ; la convenance même des sons dans les Rimes masculines & féminines qui se suivent, produit un effet désagréable : tels seroient quatre Vers aux rimes suivantes, *Terre, Verre, Univers, Divers.*

Boileau sentoit toute la difficulté de la Rime, lorsqu'il dit à Moliere :

Toi donc qui vois les maux ou ma Muse s'abîme,
De grace enseignes-moi l'art de trouver la Rime. *Sat.* 2.

CHAPITRE III.

Des différentes Pieces de Poësies.

NOus avons traité jusqu'à présent des regles propres aux Vers François ; il faut de plus être instruit des différentes Pieces que l'on fait en Vers, cela nous donnera occasion de parler du Poëme Epique, de la Tragédie, de la Comédie, de l'Enigme, des Devises, &c.

D iIij

ARTICLE PREMIER.

Des Stances.

D. Qu'appelle-t-on Stances ?

R. Les Stances font un ouvrage compofé de plufieurs couplets de Vers, dont le nombre n'eft jamais au-deffous de quatre, ni au-deffus de dix dans chaque couplet.

D. Combien diftingue-t-on de fortes de Stances ?

R. De deux fortes ; les unes font régulieres, & les autres irrégulieres.

Les régulieres renferment des couplets égaux, même mêlange de rime, & un nombre égal de fillabes dans chaque Vers.

Les irrégulieres font celles qui ne gardent, ni les mêmes mefures, ni le même nombre de Vers entre elles.

D. Comment divife-t-on encore les Stances ?

R. En Stances de nombre pair, & en Stances de nombre impair.

Les Stances de nombre pair, font celles qui ont 4. 6. 8. 10. Vers ; celles

de nombre impair font compofées de
5. 7. & 9 Vers.

D. Quelles font les regles des Stances ?

R. La premiere eft, que le fens doit
finir avec la Stance, & ne jamais paffer de l'une à l'autre.

La feconde, que le dernier Vers
d'une Stance ne doit jamais rimer avec
le premier de la Stance fuivante.

La troifiéme, que dans les Stances
de nombre impair, il faut néceffairement faire trois Vers de la même Rime, qui croifent avec les autres Vers.

D. Dites-moi ce que c'eft qu'un Quatrain, & fi vous le mettez au rang des
Stances ?

R. Le Quatrain eft une petite Piece
qui n'eft compofée que de quatre
Vers, dont le fujet ordinairement regarde la Morale : quand on joint plufieurs Quatrains enfemble par une fuite
de difcours, alors cela forme des Stances.

D. Qu'entendez-vous par Ode ?

R. C'eft une fuite de Stances fur un
même fujet ; telle eft l'Ode à la fortune de Roufîeau : les Stances font
plus férieufes & plus morales que l'Ode
qui demande de la grandeur, de l'éle-

D v

vation, de la faillie, & de l'entoufiafme.

D. Qu'eſt-ce que l'Entoufiafme de l'Ode ?

R. C'eſt un je ne ſçai quoi d'heureux, de noble, de fublime, de tranſcendant, qui fait la gloire du Poëte, & le raviſſement du Lecteur.

D. Donnez-moi les regles principales du Quatrain ?

R. La principale eſt, que les Rimes ſoient croiſées, ou au moins que le premier rime avec le dernier ; tel eſt le Quatrain de Mademoiſelle de Scudery, à qui on montroit à Vincennes des œillets que le Prince de Condé avoit pris plaiſir de cultiver.

En voyant ces Oeillets qu'un illuſtre Guerrier,
Arroſa d'une main qui gagna des batailles,
Souviens-toi qu'Apollon bâtiſſoit des murailles,
Et ne t'étonne point que Mars ſoit Jardinier.

D. Donnez-moi quelques exemples des Stances de quatre Vers ?

R. Voici quelques Stances de l'Adieu à Philis du ſieur Patrix. (1)

Ce n'eſt point ſans regret, Philis, que je vous quitte,
Tout me dit qu'ici-bas je ne puis mieux trouver.

(1) Bibl. Poët. Tom. 1. 451.

Je connois votre prix, je ſçai votre mérite,
    Mais il faut ſe ſauver.

Déja de toutes parts, je ſens venir l'orage;
L'état de ma ſanté commence à s'empirer:
Ma barque en vieilliſſant, doit craindre le nau-
    frage,
    Il s'y faut préparer.
N'importe en quel endroit on finiſſe ſa trame,
Dieu par tout eſt propice à qui l'aime & le ſert,
Au Palais d'Orléans, il peut ſauver mon ame,
    Comme dans un deſert.

D. Quel ordre garde-t-on dans les Sixains ou Stances de ſix Vers?

R. On met au commencement ou à la fin deux vers de même rime, & dans les quatre autres on garde le même ordre que dans les Quatrains.

    Louez Dieu par toute la terre,
    Non pour la crainte du tonnerre,
    Dont il menace les humains;
Mais parce que ſa gloire en merveilles abonde,
Et que tant de beautés qui reluiſent au monde,
    Sont les ouvrages de ſes mains. *Malh.*

Inſenſés! Qui remplis d'une vapeur legere,
Ne prenez pour conſeil qu'une ombre paſſa-
    gere,
Qui vous peint des tréſors chimériques & vains,
Le réveil ſuit de près vos trompeuſes ivreſſes,
    Et toutes vos richeſſes,
    S'écoulent de vos mains. *Rouſſ.*
        D vj

Ces Stances font compofées de deux lacets qui forment un repos après le troifiéme Vers.

D. Quel ordre donne-t-on aux Vers dans les Stances compofées de huit Vers ?

R. Ces Stances ne font fouvent que deux Quatrains joints enfemble ; alors le repos doit être à la fin du premier.

Ne tardez point, allez Mages, [1]
A cet Enfant glorieux
Faire de juftes hommages
De vos tréfors précieux :
Suivez l'Aftre favorable
Qui luit pour vous éclairer;
Allez voir dans une étable
Le Dieu qu'il faut adorer.

Jadis Adam par fon crime
Avoit reglé notre fort,
Le monde étoit la victime
Du Demon & de la mort ;
Mais, ô faute falutaire !
Crime illuftre & glorieux,
Qui nous donne un Dieu pour frere,
Et qui fait les hommes Dieux !

On commence auffi quelquefois ces Stances par deux Vers de même rime, & l'on fait les fix autres fur deux rimes feulement.

[1] Noël de l'Abbé Tetu.

D. Comment range-t-on les Stances
de dix Vers ?

R. Les Stances de dix Vers ne font
qu'un Quatrain, & un Sixain joints enfemble, dans chacun defquels les rimes
s'entremêlent ; il faut un repos après le
Quatrain, & après le premier Tercet
du Sixain.

> O que tes Oeuvres font belles !
> Grand Dieu, quels font tes bienfaits !
> Que ceux qui te font fideles,
> Sous ton joug trouvent d'attraits !
> Ta crainte infpire la joie :
> Elle affure notre voie,
> Elle nous rend triomphans :
> Elle éclaire la jeuneffe,
> Et fait briller la fageffe
> Dans les plus foibles enfans.
>
> *Rouffeau.*

Ces Stances font les plus belles, &
les plus ufitées.

On en trouve quelques autres de 12
& de 14, & même de 16 Vers, mais cela eft rare.

D. Donnez - moi des exemples de
Stances de nombre impair ?

Stance de cinq Vers.

Que la fimplicité d'une vertu paifible,
Eft fûre d'être heureufe en fuivant le Seigneur

Défillez - vous mes yeux, confole - toi mon
 cœur.
Les voiles font levés, fa conduite eft vifible
    Sur le jufte, & fur le pécheur. *Rouff.*

Stance de fept Vers.

Jufques à quand, Seigneur, fouffrirez - vous
 l'ivreffe
    De ces fuperbes criminels,
    De qui la malice tranfgreffe
    Vos ordres les plus folemnels,
Et dont l'impiété barbare & tyrannique,
Au crime ajoute encor le mépris ironique
    De vos préceptes éternels ? *Rouff.*

Stance de neuf Vers.

Homere adoucit mes mœurs
Par fes riantes images;
Seneque aigrit mes humeurs
Par fes préceptes fauvages;
En vain d'un ton de Rhéteur
Epictete à fon Lecteur,
Prêche le bonheur fuprême;
J'y trouve un Confolateur
Plus affligé que moi - même.   *Rouff.*

La premiere partie eft un Quatrain
terminé par un repos, & la feconde une
Stance de cinq Vers.

On entend bien, en conféquence,
ce que c'eft que des Stances irrégu-
liéres; tel eft le Plaçet fuivant du

Pere Sanlec. Ces fortes de Piéces doivent finir par quelque penfée délicate
& fpirituelle.

Placet au Roi.

Nous diftinguons deux perfonnes en toi ,
 L'une eft Louis , l'autre le Roi.
 Le Roi n'eft que le Roi de France ,
Mais qu'eft-ce que Louis ? J'avertis par avance ,
Qu'ici tout l'Univers va répondre avec moi.

  C'eft un grand homme dès l'enfance ;
  Plus équitable que la loi ,
  Plus augufte que fa naiffance ,
  Plus grand même que fa puiffance ,
  L'unique foutien de la Foi.

Vrai Pere de fon Peuple , indulgent , bon , fin-
  cere.
Mais à propos de bon , d'indulgent , de vrai
  Pere ,
Louis voudroit-il bien me préfenter au Roi ?
  Tous mes amis n'ofent le faire.

 Les Cantates ne font auffi que des
Stances irrégulieres , qu'on compofe
de toutes fortes de Vers. Telle eft la
Cantate de Rouffeau contre l'hiver ,
dont je ne rapporterai que les Vers
fuivans.

  Arbres dépouillés de verdure ,
  Malheureux cadavres des bois ,

Que devient aujourd'hui cette riche parure,
    Dont je fus charmé tant de fois?
Je cherche vainement dans cette triste plaine
Les Oiseaux, les Zéphirs, les Ruisseâux argen-
      tés.
Les Oiseaux sont sans voix, les Zéphirs sans
    haleines,
  Et les Ruisseaux dans leur cours arrêtés.
Les Aquilons fougueux regnent seuls sur la
    Terre,
    Et mille horribles sifflemens
    font les Trompettes de la guerre
Que leur fureur déclare à tous les Elémens.

    Le Soleil qui voit l'insolence
    De ces tyrans audacieux,
    N'ose étaler en leur présence
    L'or de ses rayons précieux.
    La crainte a glacé son courage,

    Il est sans force & sans vigueur,
    Et la pâleur sur son visage
    Peint la tristesse & sa langueur.

ARTICLE II.

Du Sonnet, des Bouts - Rimés, du Rondeau, de l'Epigramme, du Madrigal, du Vaudeville, de l'Acrostiche, &c.

D. Qu'est-ce que le Sonnet?
R. C'est une Piéce composée de quatorze Vers, dont les huit premiers

ne font proprement que deux Quatrains femblables, & fur les mêmes
rimes, & les fix derniers ne font
qu'une Stance de fix Vers, qui commencent par deux rimes femblables.

Il doit y avoir un repos après chaque Quatrain, & après le premier
Tercet du Sixain.

Le Sonnet eft de toutes les petites
Piéces de Vers la plus belle, & la
plus difficile; il demande beaucoup
d'exactitude, & de délicateffe. Voici
comme Boileau en caractérife les regles
dans fon Art Poëtique.

Apollon . . . .

Voulant pouffer à bout tous les Rimeurs François,
Inventa du Sonnet les rigoureufes Loix :
Voulut qu'en deux Quatrains de mefure pa-
reille,
La Rime avec deux fons frappât huit fois l'o-
reille.

Et qu'enfuite fix Vers artiftement rangés,
Fuffent en deux Tercets par le fens partagés.
Sur-tout de ce Poëme, il bannit la licence;
Lui-même en mefura le nombre & la cadence :
Défendit qu'un Vers foible y pût jamais entrer,
Ni qu'un mot déja mis osât s'y remontrer :
Du refte il l'enrichit d'une beauté fuprême.
Un Sonnet fans défauts vaut feul un long
Poëme ;

Mais en vain mille Auteurs y penſent arriver,
Et cet heureux Phénix eſt encore à trouver.

Boileau. Art Poët.

On peut appliquer ici à propos la penſée de Montagne, qui dit que les hommes ont la folie de ſe faire des regles en
tout, qu'ils ne peuvent pas ſuivre.

Cet écueil de la Poëſie doit avoir
tout le ſel de l'Epigramme qui lui a
donné naiſſance, & il doit marcher d'un
pas plus grave & plus pompeux. On y
demande tant de pureté, qu'un terme
bas, & la repétition d'un mot en ter-
niſſent toute la beauté.

Sonnet de Scarron qui contient la Deſcription de Paris.

Un amas confus de maiſons,
Des crotes dans toutes les rues,
Ponts, Egliſes, Palais, Priſons,
Boutiques bien ou mal pourvûes ;

Force gens noirs, blancs, roux, griſons,
Des prudes, des filles perdues,
Des meurtres, & des trahiſons,
Des gens de plume aux mains crochues ;

Maint poudré qni n'a point d'argent,
Maint homme qui craint le Sergent,
Maint fanfaron qui toujours tremble ;

Pages, Laquais, Voleurs de nuit,
Caroſſes, Chevaux, & grand bruit,
C'eſt-là Paris, que vous en ſemble ?

D. Qu'est-ce que les Bouts-Rimés ?

R. Ce font des Rimes que l'on donne à remplir fur un même fujet ; ces Rimes font rangées le plus fouvent comme dans les Sonnets.

Une perfonne propofa quatorze Bouts - Rimés à remplir , & y ajouta pour fujet l'éloge de l'Abbé de la Trappe. Voici comme un Poëte réuffit ;

Quittant d'un riche Autel le fuperbe *Architrave*,
Bouthillier dans un trou fe loge en *Efcargot*,
Là pour ranger fon corps dans une fûre *entrave*,
Il le bat d'une verge , ou d'un bâton   *ragot* ;

Ennemi des plaifirs dont le gout nous *déprave*,
Il fait fon lit d'un ais , fon chevet d'un   *fagot*,
Un fac eft fon habit , fon repas une   *rave*,
Tous fes meubles n'ont rien que de brut & de
                                        Got.

Loin du monde & du bruit, exemt *d'éclabouf-*
                                   fure,
Nulle profane ardeur n'échauffe fa   *freffure.*
Son zele n'eft rien moins qu'un zele *Tabarin.*

L'eau pure , ou tout-au-plus une prunelle *ai-*
                                     grette,
Compofant la boiffon qui fort de fa   *burette*,
Lui tient lieu des liqueurs de Beaune & de *Turin.*

D. Qu'eft - ce que le Rondeau ?

R. C'eft un petit Poëme compofé de treize Vers de dix Sillabes ; on l'appelle Rondeau, parce qu'il fait une espece de demi cercle, en retournant au refrain.

Le Rondeau doit être simple & enjoué; il a deux repos, un après le cinquiéme Vers, & l'autre après le premier refrain.

Il faut que le refrain fasse un sens différent par tout où il est placé. Pour ce qui est de la Rime, il faut huit Vers de même Rime, & cinq d'une autre.

Rondeau de M. de la Monoye, pour remercier un ami qui lui avoit envoyé six bouteilles de son excellent vin de Volenay.

Ah! qu'il est bon ce Volenay nouveau!
Un doux transport me saisit le cerveau,
Dès qu'à mes yeux ce jus céleste brille.
Verse Laquais (O Dieux comme il petille!)
Honneur & gloire au Maître du Côteau!

Lui, d'Hippocréne aimant mieux le Ruisseau,
A ses amis prodigue son tonneau,
Fut-il jamais maniere plus gentille?
    Ah! qu'il est bon!

Moi qui ne puis qu'en stile de Brodeau
Lui rendre ici grace d'un don si beau,
Fier je serai plus qu'un Grand de Castille,
S'il daigne en gré prendre cette vétille,
Et s'écrier en voyant mon Rondeau,
    Ah! qu'il est bon!

On a fait un joli Rondeau sur les Métamorphoses en Rondeaux de M. de Benserade, dont voici les derniers Vers:

De ces Rondeaux un Livre tout nouveau
A bien des gens n'a pas eu l'art de plaire,
Mais quant à moi j'en trouve tout fort beau,
Papier, dorure, images, caractere;
Hormis les Vers qu'il falloit laisser faire
    A la Fontaine.

D. Qu'est-ce que l'Epigramme?
R. C'est une Piéce de Vers qui doit se terminer par une pensée vive, ingénieuse & brillante, qu'on appelle *chute*, ou la pointe de l'Epigramme.

    L'Epigramme....
N'est souvent qu'un bon mot de deux Rimes
    orné.   *Boileau.*

Il y a des Epigrammes sérieuses, satyriques & badines.

Epigramme de Rousseau.

Certain Ivrogne, après maint longs repas
Tomba malade; un Docteur Galenique
Fut appellé: Je trouve ici deux cas,
Fievre adurante, & soif plus que cinique.
Or, Hippocras tient pour méthode unique
Qu'il faut guérir la soif premiérement.
Lors le Fiévreux lui dit: Maître Clement,
Ce premier point n'est le plus nécessaire,

Guériffez-moi ma fiévre feulement,
Et pour ma foif ce fera mon affaire.

D. Qu'eft-ce que le Madrigal ?
R. C'eft une autre petite Piéce dont
la chute eft moins vive & moins fra-
pante que celle de l'Epigramme ; elle
exige cependant quelque chofe de fin,
de délicat & de tendre.

Madrigal de M. Habert pour le Marquis de L.

Toi qui connois la vanité
Des honneurs qu'on pourfuit au Louvre,
Et le mafque dont on y couvre
La plus noire infidélité ;
Contemple à l'abri de l'orage
La grace qui conduit ta Barque dans le Port,
Avant que le deftin de l'âge,
T'ait ravi le moyen de penfer à la mort.

Le Vaudeville eft une petite Piéce
de Vers communs qu'on met en Air
pour être chanté par le peuple avec
facilité & fans art.

D'un trait de ce Poëme, * en bons mots fi
fertile
Le François né malin forma le *Vaudeville*,
Agréable indifcret, qui conduit par le chant,

* *De la Satyre.*

Paſſe de bouche en bouche, & s'accroît en
marchant.
La liberté Françoiſe en ſes Vers ſe déploie,
Cet enfant du plaiſir veut naître dans la joie.

Nous ne dirons rien du *Triolet*, de
la *Balade*, du *Chant Royal*, du *Virelay :*
tous ces Poëmes ne ſont plus d'uſage.

L'*Acroſtiche* eſt une maniere de louer
une perſonne par des Vers qui commencent de ſuite par une Lettre de
ſon nom. Tel eſt cet Acroſtiche en
l'honneur de M. Deſmaretz.

D evenir plus puiſſant par de nouvelles graces ;
E ſtre du GRAND COLBERT le digne ſucceſſeur,
S uivre de ſon génie les traces,
M ériter de ſon ROI l'eſtime & la faveur :
A nos triſtes revers oppoſer la prudence,
R endre au peuple alarmé le calme & l'abon-
dance ;
E t ſans nuire à l'Etat prendre nos intcrêts.
T endre ſur l'un & l'autre une juſte balance
S ur ce Portrait, Lecteur, reconnois DESMA-
RETZ.

L'Epitaphe eſt un ouvrage fait à la
louange de quelqu'un après ſa mort,
il doit être court, clair, conçu en beaux
termes, c'eſt une eſpece d'Epigram-

me fur les Morts ; telle eft cette Epitaphe d'un Enfant.

> Loin de regreter ma mort,
> Ou d'en accufer le fort,
> De cruauté ni d'envie :
> Le fiecle eft fi vicieux,
> Paffant, qu'une courte vie
> Eft une faveur des Cieux.

Nous avons de M. Peliffon un écho qu'il fit à la louange du Roi, après la prife de Valenciennes.

> Toujours au milieu du falpêtre . . . être.
> Percer partout comme un éclair. . . l'air.
> Ne fe plaire qu'où la trompette . . . pette.
> De bon œil les Soldats qui font bien leur devoir
> . . . voir.
> Rencontrer toujours la fortune . . . une.
> Porter un faix de foin dont on verroit Atlas..las.
> Et trouver les vertus mêmes dans les rebelles . . .
> belles,
> C'eft ternir les Héros paffés . . . affez,
> Et fervir aux futurs d'exemple . . . ample.
> Que par ce Conquerant vous ferez embellis..lys.
> Son nom, quoiqu'éclatant bien moins qne fa
> perfonne . . . fonne
> Chacun prendra de lui charmé de fes exploits
> . . . loix.
> Quiconque à le louer employer Vers ou Profe
> . . . ofe.
> Ignore qu'on y voit les plus brillans efprits . . .
> pris.

ARTIC.

ARTICLE III.

De l'Eglogue, de l'Idille, de l'Elegie, de la Fable, de la Satyre.

D. QU'eſt-ce que l'Eglogue ?
R. C'eſt un Poëme où des Bergers & des Bergeres s'entretiennent. Ce Poëme doit être ſimple, naïf, aiſé, ſans faſte, ſans élévation, d'une expreſſion pure, naturelle ; on y peut renfermer les plus grandes choſes ſous une ſimplicité apparente, & inſinuer ſous le voile Paſtoral beaucoup de vérités agréables & utiles ; les Bergers peuvent parler des choſes les plus ſublimes avec élégance & politeſſe, en proportionnant les expreſſions au génie ſimple & naturel des Bergers ; les comparaiſons juſtes n'y ſçauroient être trop fréquentes ; Virgile a excellé en ce genre, & parmi les Modernes Segrais eſt regardé comme le meilleur modéle que nous ayons dans le genre Paſtoral.

D. Qu'eſt-ce que l'Idille ?
R. C'eſt une eſpece d'églogue où l'on peut introduire toutes ſortes de perſonnes ; elle demande beaucoup d'élé-

E

gance & de naïveté. L'Eglogue forme
un Dialogue entre des Bergers , & une
peinture simple de leurs occupations ;
l'Idille au contraire compare le trouble & les travaux de notre vie avec la
tranquillité de celle des Bergers , & la
tyrannie de nos paſſions avec la ſimplicité de leurs mœurs : telles ſont
quelques Idilles de Madame Deshoul-
lieres , & les Hirondelles de M. Des-
forges Maillard.

Telle qu'une Bergere, au plus beau jour de
 Fête ,
De ſuperbes rubis ne charge point ſa tête ,
Et ſans mêler à l'or l'éclat des diamans ,
Cueille en un champ voiſin ſes plus beaux or-
 nemens :
Telle aimable en ſon air , mais humble dans
 ſon ſtyle ,
Doit éclater ſans pompe une élégante Idille.
Son tour ſimple & naïf, n'a rien de faſtueux',
Et n'aime point l'orgueil d'un vers préſomp-
 tueux.
Il faut que ſa douceur flatte, chatouille, éveille ,
Et jamais de grands mots n'épouvante l'oreille.
Boileau.

LA SOLITUDE.

Idille de M. le Brun.

QUe libre de tout ſoin en ce ſéjour cham-
 pêtre ,
J'aime à m'entretenir de l'Auteur de mon être ;
Aſyles du repos, ſpacieuſes forêts ,

Pour un cœur isolé que vous avez d'attraits !
Prêtez-moi votre ombrage, & souffrez ma pré-
    sence.
Je ne viens point ici troubler votre silence,
Je ne viens point errant dans un sombre détour,
Sur un ton lamentable apostropher l'amour :
Je ne viens point ici rebut de la fortune,
Fatiguer les échos d'une plainte importune.
La sagesse en ces lieux conduit seule mes pas,
Le tumulte & le bruit ne lui conviennent pas ;
Je viens goûter la paix qu'on trouve en ces re-
    traites,
Admirer à loisir celui qui les a faites,
Réfléchir, méditer, détromper mon esprit,
Des funestes erreurs que la raison proscrit &c. *

D. Qu'est-ce que l'Elegie ?
R. C'est un Poëme qui roule sur des
sujets tristes, des passions tendres, des
plaintes & des regrets ; il exige beaucoup d'élégance & de politesse, de
grands sentimens, ornés d'érudition,
& des traits qui aient rapport à la Fable, à l'Histoire.

D'un ton un peu plus haut, mais pourtant sans
    audace,
La plaintive Elegie en longs habits de deuil,
Sçait les cheveux épars gémir sur un cercueil ;
Elle peint des Amans la joie & la tristesse,
Flatte, menace, irrite, appaise une maîtresse ;

* Oeuvres diverses : Paris Prault 1736. p.12.

Mais pour mieux exprimer ces caprices heureux,
C'eſt peu d'être Poëte, il faut être amoureux. [1]

Les Elégies Latines tirent leur agrément de l'eſpece de Vers qui y eſt attachée, qu'on appelle Héxametres & Pen-
tametres. Ces Vers ont une douceur &
une pointe de ſentimens que nos vers
héroïques n'attraperont jamais.

D. Qu'eſt-ce que la Fable?

R. C'eſt un entretien où l'on fait
parler des animaux, & même des choſes inanimées, pour établir une vérité
de morale. Il faut autant qu'il ſe peut,
conſerver aux animaux leur inſtinct,
leurs inclinations, & en prendre oc-
caſion, ſans forcer la nature, d'inſtruire & de corriger l'homme. La Fable
doit être d'un ſtyle aiſé, ſimple, naturel : on peut y employer toutes ſortes de Vers ; les Fables d'Eſope ont
ſervi de premier modéle ; elles furent
miſes en vers Latins par Phedre af-
franchi d'Auguſte, & miſes en vers
François avec une augmentation de ſu-
jets, d'agrémens, une verſification ai-
ſée, & une naïveté de ſtyle admirable
par le célébre la Fontaine qui a porté
ce genre de Poëſie à ſon plus haut

[1] Boileau.

point. On en a quelques-unes fort bonnes de M. Richer, de M. de la Motte,
de M. Bourfault &c.

L'Ecreviffe & fa Fille.

L'Ecreviffe une fois s'étant mis dans la tête
Que fa Fille avoit tort d'aller à reculons,
Elle en eut fur le champ cette réponfe honnête;
  Ma mere nous nous reffemblons :
      J'ai pris pour façon de vivre
      La façon dont vous vivez :
      Allez droit fi vous pouvez,
      Je tâcherai de vous fuivre. *Bourfault.*

D. Qu'eft-ce que la Satyre ?
R. C'eft une Piece en vers inventée
pour décrire les vices & cenfurer les
paffions déreglées des hommes, &
tous leurs défauts ; il faut que la Satyre foit vive, variée, amufante, que
la raillerie foit fine. Horace, Juvenal,
Perfe ont laiffé d'excellentes Satyres ;
Boileau, dont les Ouvrages font dans
les mains de tout le monde a égalé les
Anciens dans ce genre d'écrire.

La Satyre en Leçons, en nouveautés fertile, *
Sçait feule affaifonner le plaifant & l'utile,
Et d'un vers qu'elle épure aux rayons du bon
    fens,
Détromper les efprits des erreurs de leur temps ;

_____

* *Boileau, Sat. 9. Voyez art. Poët. chant II.*

E iij

Elle feule bravant l'orgueil & l'injuftice ,
Va jufques fous le dais faire pâlir le vice ,
Et fouvent fans rien craindre , à l'aide d'un bon
　　mot ,
Va venger la raifon des attentats d'un fot ;
C'eft ainfi que Lucile , appuyé de Lelie
Fit juftice en fon temps des Cotins d'Italie ,
Et qu'Horace jettant le fel à pleines mains ,
Se jouoit aux dépens des Pelletiers Romains.

ARTICLE IV.

Du Poëme Epique & Dramatique.

D. QU'eft - ce que le Poëme Epique , ou Héroïque ?
R. Ce Poëme qu'on appelle auffi
Epopée , eft une narration en vers de
quelque action ou trait mémorable
d'un Héros , où la fiction mêlée avec
la vérité , admet fans fortir de la vrai-
femblance un grand nombre d'incidens avec beaucoup de merveilleux ;
fon but eft de porter les Hommes Il-
luftres à faire de grandes chofes.
D. Qu'obfervez-vous d'effentiel dans
le Poëme Epique ?
R. 1°. L'Action ou la matiere du
Poëme ; 2°. La Fiction : 3°. Les Incidens , dont on l'embellit.

C'eſt l'Action ſur laquelle roule tout le Poëme ; elle doit être noble, élevée, digne du ſujet : ainſi l'Empire fondé en Italie par Enée eſt le ſujet du Poëme de Virgile, intitulé l'*Eneide*, la Victoire d'Henri IV. ſur les Ligueurs, eſt le ſujet de la *Henriade*.

La Fiction conſiſte dans l'arrangement & la liaiſon des parties du récit que l'on fait de l'action principale ; ce récit doit être vraiſemblable en tout. Il faut donner au merveilleux les couleurs de la vérité ; s'il ne contenoit que du vrai, ce ſeroit une hiſtoire, plûtôt qu'un Poëme.

La Fable renferme l'Exorde, la Narration, & le Dénouement.

D. Qu'eſt-ce que l'Exorde ?

R. C'eſt cette partie qui renferme la Propoſition & l'Invocation.

La Propoſition explique en peu de mots & nettement le ſujet du Poëme.

Dans l'Invocation on implore le ſecours de quelque Dieu ou de quelque perſonne illuſtre.

D. Qu'eſt-ce que la Narration ?

R. C'eſt le récit que fait le Poëte des événemens principaux. Ce récit contient les cauſes de l'Action que l'on

E iiij

traite ; il doit être noble , harmonieux , & élever l'ame des Lecteurs.

D. Qu'est-ce que le Dénouement ?

R. C'est ce qui termine le Poëme , c'est-à-dire la transition d'une chose obscure & embarrassée de divers incidens à une autre qui est claire , & qui ne laisse plus rien à désirer.

Les Incidens empêchent l'action de se terminer trop tôt , tiennent l'esprit suspendu & dans l'admiration , le réveillent par de nouvelles surprises.

D. Qu'est-ce que les Episodes ?

R. Les Episodes font partie des incidens ; ce sont des narrations accessoires de divers événemens qui ont une liaison nécessaire ou vraisemblable avec l'action principale.

D. En quoi consiste la beauté du Poëme Epique ?

R. 1°. Dans la décence qu'il faut toujours observer en parlant des vertus héroïques des personnes illustres ; 2°. Dans les Sentences qu'il faut sçavoir mêler à propos dans la narration. 3°. Dans le style noble & sublime.

La Poësie Epique............
Dans le vaste récit d'une longue action,
Se soutient par la Fable & vit de fiction.

Là , pour nous enchanter tout est mis en
    usage ,

Tout prend un corps , une ame , un esprit , un
    visage ,

Chaque vertu devient une Divinité.

Minerve est la prudence, & Venus la beauté ;

Ce n'est plus la vapeur qui produit le tonnerre ,

C'est Jupiter armé pour effrayer la Terre ;

Un orage terrible aux yeux des matelots ,

C'est Neptune en couroux qui gourmande les
    flots ;

Echo n'est plus un son qui dans l'air reten-
    tisse ,

C'est une Nymphe en pleurs qui se plaint de
    Narcisse.

Ainsi dans cet amas de nobles fictions ,

Le Poëte s'égaye en mille inventions ,

Orne , éleve , embellit , agrandit toutes cho-
    ses ,

Et trouve sous sa main des fleurs toujours
    écloses. *

Du Poëme Dramatique.

D. QU'est-ce que le Poëme Dramatique ?

R. C'est une représentation naturelle de
la conduite des hommes , où l'on intro-
duit les personnages mêmes parlant &

* Boileau , L. 3. Art Poët.

E v

agiſſant, & dont la regle principale eſt, que les vertus y ſoient toujours récompenſées, ou pour le moins toujours louées, & que les vices y ſoient toujours punis, ou pour le moins en horreur ; l'avarice y eſt repréſentée comme une maladie de l'ame, & l'avare y eſt dépeint comme un homme perſécuté d'inquiétudes continuelles, de ſoins extravagans, & d'une indigence volontaire au milieu de ſes richeſſes.

D. Quelles ſont les parties du Drame ?

R. Il y en a de deux ſortes, des parties eſſentielles qui ſont la *Fable*, ou l'*Hiſtoire*, les *Mœurs*, les *Sentimens*, le *Langage* ; les autres ſont acceſſoires, le *Chœur*, la *Muſique*, la *Décoration*.

D. Quel eſt l'objet du Drame ?

R. C'eſt l'action principale, où l'avanture que le Poëte traite, ſoit que cette action ſoit tirée de l'Hiſtoire, ſoit qu'elle ſoit tirée de la Fable.

Il faut toujours 1°. que le ſujet ſoit vrai ou vraiſemblable, que l'action ait pu ſe faire dans la bienſéance, ſelon l'opinion commune, & dans le cours ordinaire des choſes. 2°. L'action doit être *une*, c'eſt-à-dire, qu'elle doit avoir

trois unités , unité d'action, unité de
lieu , unité de temps.

L'unité d'action exige qu'il n'y ait
qu'une feule action principale , & que
le Héros ne courre qu'un feul péril ,
foit qu'il y fuccombe , ou non.

L'unité de lieu exige que la repréfentation du Drame fe faffe dans un
même lieu, & que le lieu où le premier Acteur fait l'ouverture du Théâtre, foit le même jufqu'à la fin de la
Piéce, comme la Salle d'un Palais, ou
le Camp d'une Armée,

L'unité de tems exige que le Drame
s'exécute dans un efpace de tems déterminé. Le tems de la repréfentation qui
doit être de deux heures & demie, ou
trois tout au plus, doit fuffire aux intrigues que l'on fuppofe durer dans la
vérité l'efpace d'environ vingt-quatre
heures.

Nous voulons qu'avec art l'action fe ménage;
Qu'en un lieu, qu'en un jour un feul fait ac-
      compli
Tienne jufqu'à la fin le Théâtre rempli.   *Boil.*

Cette unité d'action , de tems, de
lieu n'eft que l'effet des refléxions.
Pour ne pas embaraffer la mémoire
des Spectateurs , on ne repréfente

qu'une feule action, qui étant regar-
dée comme l'ame de la Piéce, doit y
regner par tout; toutes les circonftances dont elle eft compofée doivent en
naître, & dépendre les unes des autres;
les Epifodes ne doivent être traitées
qu'en paffant. Les Spectateurs difpofés à
voir l'évenement d'un fujet principal,
ne fçauroient s'intéreffer pour un autre.

La repréfentation d'une aventure
qui fe pafferoit dans un long efpace
de tems troubleroit auffi la mémoire.

D'ailleurs les effets de la colere, de
la rage, de la vengeance font toujours
violens & impétueux, la repréfentation en languiroit, fi elle étoit d'une
longue durée.

L'unité de tems demandoit celle de
lieu; le bon fens ne permet pas qu'une
aventure qui commence, & finit en douze ou vingt-quatre heures, fe paffe en
différens lieux éloignés les uns des autres.

D. Qu'entend-t-on par la Fable ou
l'Hiftoire?

R. On entend l'œconomie, l'arrangement, & la liaifon de toutes les
parties qui compofent le Drame. La
Fable ou l'Hiftoire eft proprement
l'ouvrage du Poëte; c'eft où fon Art

se déploie. Après avoir choisi son sujet il en doit examiner toutes les circonstances, & tous les rapports, pré-
voir exactement ce qui est propre pour
le commencement, le milieu & la fin,
& préparer tellement les divers incidens, que non seulement ils se rapportent tous à l'action principale, mais
qu'ils suivent naturellement l'un de
l'autre ? La vraisemblance doit y être
si bien ménagée dans toutes les parties, que chacune ait pû se passer de
la maniere dont on la dispose.

D. Combien de parties a la Fable ?

R. Trois : l'Exposition, le Nœud &
le Dénouement ?

L'Exposition doit mettre l'Auditeur
en état d'entendre le sujet, & lui faire
connoître le caractere des principaux
Personnages.

Que dès les premiers Vers l'action préparée,
Sans peine du sujet applanisse l'entrée. *Boil.*

Le Nœud n'est qu'une intrigue qui
comprend tout ce qui se fait depuis le
le commencement de la piece jusqu'à
la fin.

Ce nœud comprend les Scénes épi-
sodiques qui sont accidentelles au sujet, & les Scénes nécessaires, & qui
appartiennent à l'action principale.

Le Dénouement eſt un revers, un bouleverſement, un déſaſtre ſanglant, ou ſimplement un renverſement des premieres diſpoſitions du Théâtre; il doit être tiré du fond de la Piéce, & préparé avec tant d'art, que tout le reſte y conduiſe inſenſiblement; il faut auſſi le cacher autant qu'on peut, laiſ-ſer aux Spectateurs le plaiſir de l'at-tente, & de l'incertitude de ce qui doit arriver.

Que le trouble toujours croiſſant de Scéne en
  Scéne,
A ſon comble arrivé ſe débrouille ſans peine;
L'eſprit ne ſe ſent point plus vivement frappé,
Que lorſqu'en un ſujet d'intrigue enveloppé,
D'un ſecret tout-à-coup la vérité connue,
Change tout, donne à tout une face impré-
  vue.   *Boileau.*

D. Qu'entend-t-on par les mœurs?
R. On entend les manieres d'agir des hommes qui les caractériſent; ces mœurs doivent être convenables: cha-que Perſonnage doit agir ſelon ſon âge, ſon état, ſa condition, d'une ma-niere unie, & conforme à ſon carac-tére.

Conſervez à chacun ſon propre caractére,
Des ſiécles, des Pays, étudiez les mœurs,

Les climats font fouvent les diverfes humeurs.

Boileau.

Le tems qui change tout , change auffi nos
       humeurs ;
Chaque âge a fes plaifirs , fon efprit & fes
      mœurs.
Un jeune homme toujours bouillant dans fes
      caprices ,
Eft prompt à recevoir l'impreffion des vices ,
Eft vain dans fes difcours , volage en fes défirs ,
Rétif à la cenfure , & fou dans les plaifirs.

L'âge viril plus mûr infpire un air plus fage ,
Se pouffe auprès des Grands , s'intrigue , fe
      ménage ,
Contre les coups du fort fonge à fe maintenir ,
Et loin dans le préfent regarde l'avenir.

La vieilleffe chagrine inceffamment amaffe ,
Garde , non pas pour foi , les tréfors qu'elle
      entaffe ;
Marche dans fes deffeins d'un pas lourd & glacé,
Toujours plaint le préfent , & vante le paffé ,
Inhabile aux plaifirs dont la jeuneffe abufe ,
Blâme en eux les douceurs que l'âge lui refufe.

Id.

D. Qu'eft-ce que les Sentimens ?
R. Les Sentimens , dit le Grand
Corneille , fervent à exciter les paffions , à approuver , à réfuter , à relever , à abaiffer les chofes , felon le
deffein du Poëte Dramatique.

D. Qu'eft-ce que la Diction ?

R. Le Drame exige une Diction pure, une Versification aisée, & élevée au-dessus de la Prose.

D. Qu'est-ce que la Musique?

R. C'est une Harmonie qui naît des sons & des voix; Le Poëme dramatique peut subsister sans la Musique, mais de tous les agrémens qu'il peut avoir, la Musique est le plus grand.

D. Qu'entend-t-on par Décoration?

R. La Décoration en général comprend tout ce qui fait l'ornement du Spectacle, Théâtre d'un grand goût, Machines industrieuses, Habits riches. Parmi les Grecs & les Romains la Décoration étoit d'une magnificence que rien n'a jamais égalé; on y voyoit tout ce qui est propre pour charmer, pour surprendre les Spectateurs.

D. Qu'est-ce qu'on appelle Prologue?

R. Ce que les Anciens appelloient Prologue, nous l'appellons *premier Acte,* lequel doit contenir toutes les semences de ce qui doit arriver dans la suite de la Piéce.

D. Qu'est-ce que le Chœur?

R. Le Chœur chez les Anciens étoit une Troupe d'Acteurs représentant l'Assemblée de ceux qui s'étoient rencontrés, ou qui pouvoient fe rencontrer au lieu où l'Action principale fe paffoit, lefquels s'entretenoient en chantant des évenemens dont ils étoient témoins.

D. Qu'eft-ce que la Tragedie ?

D. C'eft la Repréfentation d'une Action illuftre, importante, extraordinaire, férieufe, où des Héros courrent de grands périls.

D. Qu'eft-ce que la Comédie ?

R. C'eft un Poëme qui peint le ridicule des hommes, la débauche des jeunes gens, la friponnerie, la foupleffe, les intrigues, d'une maniere plaifante, & propre à corriger.

D. En quoi different la Tragédie & la Comédie ?

R. La Tragédie ne tend qu'à exciter la terreur, la compaffion ; qu'à peindre l'état, & les revers d'une fortune héroïque ; & la Comédie repréfente ce qui fe paffe dans la vie civile, & doit tendre à corriger l'efprit & les mœurs en réjouiffant l'imagination.

Le Comique ennemi des foupirs & des pleurs,
N'admet point en fes Vers de tragiques douleurs ;
Mais fon emploi n'eft pas d'aller dans une place,
De mots fales & bas charmer la populace,

Il faut queſes Acteurs badinent noblement ,
Que ſon nœud bien formé ſe dénoue aiſément ,
Que l'Action marchant où la raiſon le guide ,
Ne ſe perde jamais dans une Scene vuide.
Que ſon Style humble & doux ſe réleve à pro-
    pos .
Que ſes diſcours par tout fertiles en bons mots ,
Soient pleins de paſſions finement maniées ,
Et les Scénes toujours l'une à l'autre liées.

D. Qu'appelle-t-on Acte ?

R. On appelle Acte la cinquiéme
Partie d'un Poëme Dramatique. Un
Acte contient trois cens Vers , ou environ. Il doit briller par quelque trait
éclatant qui faſſe plaiſir à l'Auditeur.
Chaque poëme eſt communément de
cinq Actes.

Les intervalles des Actes , qu'on
remplit de Muſique ou de Danſes , dé-
laſſent l'Auditeur , qui n'a pas l'attention aſſez forte pour ſuporter une Action dramatique ſans aucun relache.

D. Qu'eſt-ce qu'une Scéne ?

R. C'eſt la Partie d'un Acte , où un
certain nombre d'Acteurs s'entretiennent. La Scéne change lorſque quelque Acteur de la Scéne précédente ſort,
ou qu'il en arrive un nouveau. Il ne
doit y avoir dans chaque Acte ni trop, ni
trop peu de Scénes. Elles doivent toutes

contenir du nouveau , & être liées naturellement les unes avec les autres.

D. Qu'eſt-ce que le Monologue ?

R. C'eſt le diſcours d'un Perſonnage
parlant ſeul, ſoit qu'il s'entretienne avec
ſoi-même , qu'il ouvre le fond de ſon
ame , ſoit qu'il développe ce qu'il y
a de plus ſecret , & tout ce que la
violence & la paſſion lui ſuggerent.

On appelle *un à parte* * , un diſcours
fait comme en ſoi-même en la préſence
d'autrui.

VALERE.

On trouve par fois des gens avec
des ſecrets admirables , de certains re-

* La Fontaine dînant un jour avec Deſpreaux,
Moliere & deux ou trois autres de ſes amis ,
ſoutenoit contre Moliere , que les *A parte* du
Théatre ſont contre le bon ſens. *Eſt-il poſſible* , diſoit il , *qu'on entende des Loges les
plus éloignées ce que dit un Acteur, & que
celui qui eſt à ſes côtés ne l'entende pas ?* Après
avoir ſoutenu ſon opinion , il ſe plongea dans
ſa rêverie ordinaire. *Il faut avouer* , dit tout
haut M. Deſpreaux, *que la Fontaine eſt un
un grand coquin ,* & continua ſur ce ton , ſans
qu'il s'en apperçût. Tout le monde éclata de
rire. Enfin on le tira de ſon aſſoupiſſement ,
& on lui dit , qu'il devoit moins condamner
les *à parte* que les autres ; puiſqu'il étoit le
ſeul de la compagnie qui n'avoit rien entendu
de tout ce qu'on venoit de dire ſi près de lui.

medes particuliers, qui font le plus souvent ce que les autres n'ont pû faire, & c'est-là ce que nous cherchons ?

M A R T I N E, *bas à part.*

Ah ! que le Ciel m'infpire une admirable invention pour me venger de mon pendart. (*haut*) Vous ne pouviez jamais vous mieux adreffer, pour rencontrer ce que vous cherchez ; & nous avons un homme le plus merveilleux du monde pour les maladies defefperées.

A R T I C L E V.

De l'Enigme, du Logogriphe, de l'Anagramme, des Emblêmes, des Devifes.

D. QU'eft-ce que l'Enigme ?
R. C'eft un Difcours obfcur & fubtil, mais dont l'obfcurité eft affectée ; les Livres Sacrés en renferment quelques-unes. Les Grecs, fi attentifs à cultiver les talens de l'efprit, s'en propofoient réciproquement après leurs repas, pour s'accoutumer à confiderer

l'application de l'esprit comme un jeu.

D. En quoi consiste l'artifice de l'Enigme ?

R. Dans un mélange adroit de ressemblance & de contrariété, de convenance, de repugnance & de rapport.

L'obscurité doit être ménagée avec art, en employant des images opposées, & des antithèses ingénieuses. Tout l'artifice consiste dans l'équivoque, & dans le voile sous lequel on présente la question.

Enigme sur l'Eventail.

Sans être Eole, les Zéphirs
Reçoivent de moi la naissance,
Et mes aîles ont la puissance
De causer comme eux des plaisirs.

Je sçais contenter les désirs
D'une languissante indolence
On rit souvent en ma présence,
Et l'on y pousse des soupirs,

Je ne parois plus sur la terre,
Quand l'Aquilon lui fait la guerre ;
Je me resserre dans mes plis :
Mais quand le froid, le vent, l'orage,
Cessent de causer leur ravage,
Alors je viens revoir Iris.

D. Qu'eſt-ce qu'un Logogriphe ?

R. C'eſt une eſpece d'Enigme, qui conſiſte en alluſion équivoque, mutilation de mots, & qui ſouvent, outre la deſcription du mot *principal*, donne celle de différens autres.

> Avec quatre Lettres légume,
> Je ſuis femme ma tête à bas,
> Otez ma queuë, & peur de rhume,
> En hiver ne me quittez pas.

Le mot eſt *Feve*, dans lequel on trouve *Eve* & *Feu*.

D. Qu'eſt-ce que l'Hyerogliphe ?

R. C'eſt un Symbole miſtérieux qui à l'aide de quelques figures d'animaux ou de corps naturels, déſigne autre choſe que les objets qu'il repréſente : Les Hyeroglyphes étoient fort en uſage chez les Egyptiens. Les Juifs & les Payens ont eu les leurs. L'Egliſe a auſſi les ſiens. Nous repreſentons la priere par l'encens, la charité par un cœur enflammé.

D. Qu'eſt-ce que l'Anagramme.

R. C'eſt une tranſpoſition de Noms, par celle des Lettres, ou plutôt c'eſt diſpoſer les mêmes Lettres de différentes manieres pour en fabriquer divers mots : comme dans ces mots,

Marie Touchet, *je charme tout.*

Jean Dorat la mit à la mode, fous Henri II. tout le monde fe mêloit d'en faire; il n'y avoit pas de nom dans lequel, ou en bien, ou en mal on ne trouvât quelque chofe.

Saint Gelais dit à un de fes amis, à ce fujet:

Un jour en tournant votre nom,
Je fis fervir plus d'une lettre
A mon fujet, & d'autres non,
Et toutes n'y voulurent être;
Mais néanmoins pour les y mettre,
Je les tournai comme un fagot;
Helas! que le travail eft fot,
Quand le bon fens n'eft pas le maître!

Voici comme Colletet écrivant à Menage s'exprime fur ce fujet;

J'aime mieux fans comparaifon.
Menage, tirer à la rame,
Que d'aller chercher la raifon
Dans les replis d'une Anagramme;
Cet exercice Monacal,
Ne trouve fon point vertical
Que dans une tête bleffée,
Et fur Parnaffe nous tenons
Que tous ces renverfeurs de noms
Ont la cervelle renverfée,

D. Quelle eft la Définition de l'Emblême?

R. L'Emblême eft une forte de Symbole, qui par une ou plufieurs figures accompagnées ordinairement de paroles, repréfente avec efprit une penfée morale?

Il y a des Emblêmes *naturelles,* qui fe forment de chofes que nous voyons dans la nature, comme les Plantes, les Aftres, les Animaux; d'*artificielles,* qui font prifes des inftrumens & des ouvrages de l'Art, comme une Horloge, un Marteau; d'*Hiftoriques,* de *fabuleufes,* de *chimériques,* de *fymboliques,* d'*allégoriques.*

Par rapport aux enfeignemens qui y font renfermés, il y en a de *facrées,* de *politiques,* d'*heroïques,* de *doctrinales,* de *fatyriques, &c.*

La regle principale des bonnes Emblêmes, c'eft que l'application en foit jufte & aifée, & la Sentence ou le Vers d'une chute agréable, & épigrammatique.

On donna pour Emblême, à un bel homme ignorant, un Paon avec cette devife, qu'il fe taife pour plaire, *Ut placeat, taceat.*

D. Qu'elle eft la Définition de la Devife?

R

R. La Devife eft une expreffion métaphorique qui exprime quelque grand deffein, quelque belle paffion, quelque noble fentiment. Pour peindre, par exemple, la fraîcheur & la vigueur d'un vieillard, on peut prendre pour Emblême un Oranger chargé de fleurs & de fruits, avec cette Devife : *l'Hyver ne m'ôte rien.* Dans le voifinage de Verfailles il y a une maifon de camgagne au-deffus de la porte de laquelle on voit un cadran folaire, avec cette Devife, *Pour les amis toute heure eft bonne : Amicis quælibet hora.*

Il faut exclure des Devifes toutes figures deshonnêtes, phantaftiques, de mauvais augure, comme une Comete, un Hibou ; les animaux malfaifans, comme les Serpens, les Dragons : il faut exclure de même tout rébus, toute parole triviale. Le mot de la Devife peut être tiré de quelque Auteur ; il faut qu'elle foit courte, énergique : la Rime n'y nuit point, & l'Antithefe qui confifte dans une oppofition de paroles, l'embellit. On a donné pour Emblême à un enfant de qualité mort en naiffant un Eclair dans une nuée, avec cette Devife : *Morior, dum orior : je meurs en naiffant.*

E

DE LA

RHETORIQUE.

D. QU'eſt-ce que la Rhétorique ?
R. C'eſt l'art de parler de chaque choſe d'une maniere juſte & convenable. Plaire, inſtruire*, toucher : voilà la Rhétorique.

On peut encore la définir ; le talent de faire dans l'ame des autres par l'image de la parole, l'impreſſion de ſentiment ou de mouvement qu'on prétend ; & plus brievement encore, *l'art de perſuader.*

D. Dans quelles occaſions employe-t-on les diſcours de Rhétorique ou d'Eloquence ?

R. Dans les Plaidoyers, les Sermons, les Panegyriques, les Diſcours Académiques, les Harangues, les Complimens, &c.

----

* Ce ſeroit un grand défaut de vouloir plaire plûtôt que de perſuader.

D. Comment peut-on parvenir à être bon Orateur ?

R. Par un heureux génie, beaucoup de travaux & de reflexion, & beaucoup de goût.

D. Qu'eſt-ce que le goût ?

R. » Le goût, ſelon quelques Au-
» teurs célèbres eſt un ſentiment na-
» turel qui tient à l'ame , & qui eſt
» indépendant de toutes les Sciences
» qu'on peut acquérir ; le goût n'eſt
» qu'un rapport qui ſe trouve entre
» l'eſprit & les objets qu'on lui pré-
» ſente, c'eſt une eſpece d'inſtinct de
» la droite raiſon qui l'entraîne avec
» rapidité , & qui la conduit plus ſu-
» rement que tous les raiſonnemens
» qu'elle pourroit faire. « Le Pere La-
my * attaque cette définition du goût,
& prétend que le *goût* n'eſt autre choſe qu'une habitude de bien juger ſur
les idées qu'on a priſes en liſant les
excellens ouvrages , comme on ſe forme le goût de la peinture en voyant
d'excellens Tableaux ; & en effet ſi un
Peintre qui a étudié à fond les principes de ſon art remarque mieux les
beautés d'un Tableau, en juge mieux ,
& ſe forme une plus excellente idée

* La Rhétorique, Paris 1741. p. 444.

de la peintnre, celui qui ſçait ſur quels
fondemens les regles de l'art ſont ap-
puyées, ſe met lui-même au-deſſus de
l'art, & ſe forme une idée juſte de
ce qu'on appelle beau en matiere d'é-
loquence.

D. Comment diviſez-vous la Rhétorique ?

R. En quatre parties ; la premiere
traite des ſources où il faut puiſer ; la
ſeconde de l'ordre ou de la diſpoſition
qu'il faut donner à ſes preuves ; la
troiſiéme des ornemens qui conviennent au diſcours ; la quatriéme de la
prononciation ou de l'éloquence du
geſte & de la voix.

PREMIERE PARTIE.

Des Sources où il faut puiſer.

D. QU'entendez-vous par les Sources où l'Orateur doit puiſer ?

R. J'entens les lieux Oratoires qui
fourniſſent à l'éloquence les armes dont
elle a beſoin.

Ces lieux ſont, *la Définition, l'E-
numération des Parties, la Similitude* ou

Comparaison, la Différence, les Circonstances, l'Ecriture, les Conciles, l'Histoire Ecclésiastique, les Coutumes, les Loix &c.

D. Expliquez-moi ces choses en détail?

R. La Définition est un discours propre à donner une idée claire, nette, juste, & distincte d'un objet.

Définition des premiers Chrétiens.

» L'excellence de la vertu des pre-
» miers Chrétiens * surpassoit tout ce
» que l'imagination des Philosophes s'é-
» toit pû figurer de plus parfait; tout se
» faisoit dans l'union d'un même esprit;
» on y perseveroit en prieres; les riches
» vendoient ce qu'ils possédoient, & en
» distribuoient l'argent à tous selon les
» besoins; ils méprisoient les richesses;
» c'étoit une société d'amis & de freres,
» l'opulent étoit sans faste, le pauvre
» sans confusion, & tous pleins d'amour
» & de charité les uns pour les autres;
» les Vierges gardoient leur pureté dans
» un rang éminent, les femmes la chas-

* Essais sur les Philosophes, Amst. 1743. p. 348.

» teté conjugale, les maîtres comman-
» doient à leurs ferviteurs avec douceur;
» les ferviteurs s'acquittoient de leurs
» devoirs par amour, &c.

Boileau dans la Satyre dixiéme, après
avoir dépeint la femme fans honneur,
la coquette, & l'avare, définit ainfi le
caractere de la revêche *bizarre*.

Qui fans ceffe d'un ton par la colere aigri,
Gronde, choque, dément, contredit un mari;
Il n'eft point de repos, ni de paix avec elle.
Son mariage n'eft qu'une longue querelle;
Laiffe-t-elle un moment refpirer fon époux?
Ses valets font d'abord l'objet de fon courroux,
Et fur le ton grondeur, lorfqu'elle les haran-
　　gue,
Il faut voir de quels mots elle enrichit la lan-
　　gue.

L'Enumération des Parties parcourt
les diverfes circonftances qui conviennent à une chofe.

L'Auteur des Effais fur les Philofo-
phes dépeint ainfi l'ufage que les anciens Anachoretes * faifoient des merveilles de la nature étalées à leurs yeux.

» La grandeur des Cieux leur repré-
» fentoit l'immenfité de Dieu qui enfer-
» me dans fon effence, tout ce qu'il en
» tire par fon pouvoir; la folidité de la

* Pag. 5.

» Terre étoit une image de la ſtabilité du
» Créateur, qui cauſe tous les change-
» mens de l'Univers, ſans changer; la lu-
» miere du Soleil, étoit une ombre de la
» ſienne, & le portrait de cette puiſſance
» infinie & bienfaiſante, qui répandue
» dans toute la nature en forme la vie &
» la joie. La mer irritée, dont les flots
» s'élevent aux Cieux & deſcendent aux
» abîmes, étoit une peinture redoutable
» de ſa colere, qui menace des ingrats
» qui foulent aux pieds ſes bienfaits;
» enfin chaque créature étoit pour ces
» hommes attentifs un caractere qui re-
» préſentoit quelqu'une des perfections
» de ſon Auteur.

Voyez la belle Enumération que fait
Boileau d'un Riche ſans travail, ſans
étude dans ſon Epître * à ſon Jardinier.

Mais je ne trouve point de fatigue plus rude
Que l'ennuieux loiſir d'un mortel ſans étude,
Qui jamais ne ſortant de ſa ſtupidité,
Soutient dans les langueurs de ſon oiſiveté,
D'une molle indolence eſclave volontaire,
Le pénible fardeau de n'avoir rien à faire.
Vainement offuſqué de ſes penſers épais,
Loin du trouble & du bruit, il croit trouver la
    paix,
Dans le calme odieux de ſa ſombre pareſſe;
Tous les honteux plaiſirs enfans de la molleſſe,

* Ep. XI.

F iiij

Ufurpant fur fon ame un abfolu pouvoir,
De monftrueux défirs le viennent émouvoir,
Irritent de fes fens la fureur endormie,
Et le font le jouet de leur trifte infamie ;
Puis fur leurs pas foudain arrivent les remords,
Et bien-tôt avec eux tous les fleaux du corps,
La pierre, la colique, & les gouttes cruelles ;
Guenauld, Rainflant, Brayer, prefque auffi trif-
  tes qu'elles,
Chez l'indigne Mortel courent tous s'affem-
  bler &c.

Il faut éviter tout détail frivole, bas
& ennuieux.

La Similitude ou Comparaifon eft
un rapport de convenance entre deux
objets que l'on compare.

Voici une comparaifon de S. Augu-
ftin, qui fait bien entendre combien la
tribulation eft utile & falutaire.

» Une grape de raifin * qui eft atta-
» chée à la vigne demeure entiere avec
» toute fa beauté, mais il n'en coule rien;
» dès qu'on la met fous le preffoir, qu'on
» la foule, & qu'on la preffe, il femble
» qu'on lui faffe outrage, mais un tel
» outrage n'eft point fans fruit, au con-
» traire, fi elle n'étoit outragée de la for-
» te, elle feroit ftérile.

* Pf. 55.

Comparaison de la vie & de la conduite des hommes avec celle des Voyageurs ignorans.

N'en déplaîfe à ces fous nommés fages de
    Grece ,
En ce monde il n'eft point de parfaite fageffe ,
Tous les hommes font fous : & malgré tous
    leurs foins
Ne différent entre eux que du plus ou du moins,
Comme on voit qu'en un bois que cent routes
    féparent ,
Les Voyageurs fans guide affez fouvent s'éga-
    rent ,
L'un à droite , l'autre à gauche , & courant
    vainement
La méme erreur les fait errer diverfement.
Chacun fuit dans le monde une route incer-
    taine ,
Selon que fon erreur le joue & le promene ,
Et tel y fait l'habile & nous traite de fous
Qui fous le nom de fage eft le plus fou de
    tous. *Boileau Sat.* 4.

La Diffimilitude eft une certaine contrarieté qui fe trouve entre deux objets que l'on compare.

» Saint Paul * ne fe couvroit point de
» haillons comme Diogene, mais il avoit
» autant de zele pour la modeftie que
» Diogene en avoit peu ; il eût pu fe
» paffer de logement auffi-bien que lui ,
» puifqu'il fouffroit bien d'autres chofes;
» mais il craignoit plus le poifon de la

* Effais des Phil. p. 341.

F v

» vaine gloire que la rigueur du froid.
» Il ne jette point son argent dans la
» mer, comme Crates autre fou, mais il
» se charge d'exhorter les Chrétiens des
» nations, à assister ceux qui sont dans
» la nécessité. Les Stoïciens ne deman-
» doient à Dieu que la santé & les biens,
» & attendoient la vertu de leurs tra-
» vaux, Saint Paul demande la vertu,
» & méprise la vie & les biens; il ne dit
» pas par une vanité ridicule comme leur
» Sage, que dans le Taureau de Phalaris,
» ou dans des supplices pareils il ne
» souffrira rien, qu'il s'y trouvera bien;
» mais il considere que sa tristesse sera
» courte, qu'elle sera changée en joie,
» & que les souffrances de la vie pré-
» sente n'ont aucune proportion avec la
» gloire qu'il attend.

Voyez le beau discours que fait le
Président Potier de Blanc-menil, au sixiéme chant de la Henriade.

Quel droit vous a rendus Juges de votre maître,
Infideles Pasteurs, indignes Citoyens;
Que vous ressemblez mal à ces premiers Chré-
    tiens,
Qui bravant tous ces Dieux de métal & de plâ-
    tre,
Marchoient sans murmurer sous un maître ido-
    lâtre.

Expiroient fans fe plaindre , & fur les échafauts,
Sanglans , percés de coups , béniffoient leurs
    bourreaux ;
Eux feuls étoientChrétiens,je n'en connois point
    d'autres.
Ils mouroient pour leurs Rois , vous maffacrez
    les vôtres.

Les *Circonftances* expofent l'état des
chofes , & fervent fouvent à préfenter
des images touchantes.

C'eft ainfi que Ciceron plaidant pour
Rofcius accufé d'avoir tué fon pere , fe
fert du lieu de fon éducation , & de fa
façon de vivre pour le difculper.

» J'oubliois une chofe qui peut beau-
» coup fervir à faire voir l'innocence
» de ma partie; que des mœurs ruftiques,
» qu'une table fans délicateffe, qu'une
» vie négligée n'ont pas accoutumé de
» produire de grands crimes. Le luxe naît
» dans les Villes, l'avarice, l'injuftice,
» l'impudicité naiffent du luxe ; & de
» ces fources impures coulent toutes
» fortes de méchancetés & de vices :
» au contraire une vie champêtre, que
» vous appellez fauvage , enfeigne le
» menage, la vigilance, la juftice, &
» eft comme l'Ecole de toutes les vertus.

Petelius accufa Scipion en plein Sénat de plufieurs crimes ; ce grand hom-

me fans daigner lui répondre fe tourna vers fes Juges , & leur dit : *Ce fut ,*
Meffieurs , à tel jour qu'aujourd'hui , que
je vainquis les Carthaginois , & leur An-
nibal le plus redoutable ennemi , que nous
ayons jamais eu , il eft jufte que j'en ai le
remercier les Dieux , & que par une re-
connoiffance qui doit être générale , vous
veniez joindre vos actions de graces avec les
miennes. A ces mots, dignes de celui qui
les prononçoit ; tout le Sénat fuivit Scipion au Capitole, & laiffa l'Accufateur
dans la confufion que mérite une ca-
lomnie.

L'*Imitation* eft une efpece de larcin
fait aux bons Auteurs, il faut dans ces
occafions n'être ni Plagiaire ni Copifte,
& rencherir fi l'on peut fur l'original.

C'eft ainfi que Boileau imitant Horace ,qui dit que la crainte * , les frayeurs ,
es menaces , accompagnent les riches
par - tout , les fuivent dans leurs vaiffeaux , & que lorfqu'ils vont à cheval ,*le*
fouci s'affied derriere eux , a dit dans fon
Epître ** à M. de Guilleragues , en *jou-*
tant contre fon original :

Un fou rempli d'erreurs que le trouble accom-
pagne

* L. 3. *Ode.* 1.
** *Ep.* 5.

Est malade à la Ville, ainsi qu'à la Campagne,
En vain monte à cheval pour tromper son
ennui,
*Le chagrin monte en croupe, & galoppe avec
lui.*

D. Que faut-il de plus?

R. Pour l'Eloquence de la Chaire,
il faut lire & méditer beaucoup les Ecri-
tures, les ouvrages des Peres, l'Histoire Ecclésiastique; & pour l'Eloquence du Barreau, il faut posséder les Loix,
les Coutumes; & chacun doit de plus
se former sur le modèle des Grands
Hommes que la France a eus depuis 100
ans. Les Ecrits de M. Bossuet, l'Aigle
des Orateurs, de l'élegant & délicat
Flechier, de M. Mascaron, du Pere
Bourdaloue, du Pere de la Rue, de
M. Massillon, doivent être entre les
mains de tous ceux qui parlent en public.

Le Barreau trouve encore de beaux
modèles dans les Ouvrages des Patru,
& des le Maître.

D. L'Etude de tous ces lieux Oratoires dont vous venez de parler est-
elle nécessaire à quiconque veut être
Orateur?

R. Non : un bon esprit formé par la

lecture & la reflexion fur les ouvrages éloquens découvre de lui-même les
propriétés & les circonftances de l'objet qu'il a à traiter. Il eft une efpece de
Réthorique naturelle , ordinaire à un
bon efprit & qui lui donne le talent de
s'infinuer avec grace , & de faire des impreffions favorables pour convaincre &
perfuader.

SECONDE PARTIE.

De la Difpofition.

L A beauté du difcours confifte dans
un certain arrangement jufte , naturel & régulier de toutes les parties
qui le compofent : qui détacheroit une
partie du corps de l'homme pour la placer ailleurs , feroit un monftre ; le défordre dans une armée fait qu'elle fe
nuit à elle-même ; ainfi un difcours fans
ordre ne feroit qu'un amas confus de
penfées & de paroles.

Les parties du difcours font l'*Exorde*
qui renferme la Propofition , la Narration , la Confirmation , la Peroraifon ,
ou la Conclufion.

D. Qu'eft-ce que l'Exorde?

R. C'eft l'entrée d'un difcours où

l'Orateur se propose la faveur, l'attention & la docilité des Auditeurs.

L'Exorde doit être court, prononcé avec modestie, & faire entendre nettement l'occasion qui fait parler, & la matiere sur laquelle il faut parler, en sorte qu'on amene imperceptiblement l'esprit de l'Auditeur jusqu'à la division qui doit renfermer le fond même, & l'ordre du discours; ainsi *un Exorde exact & judicieux est le meilleur & le plus court chemin du texte à la Division.* C'est un fil qu'on donne à tenir par un bout à l'Auditeur, afin qu'il puisse suivre jusqu'à la fin.

Ciceron dans le Plaidoyer pour Archias qui avoit été son Précepteur tire de-là adroitement le sujet de son Exorde.

» S'il y a en moi quelque talent, &
» quelques lumieres, si par un long
» exercice du Barreau, & par le com-
» merce des Belles-Lettres que j'ai cul-
» tivées pendant tout le cours de ma
» vie, j'ai fait quelque progrès dans
» l'art de parler, il n'y a personne à
» qui j'en sois plus redevable qu'à *Ar-*
» *chias*, ni qui ait plus de droit que lui
» sur le fruit qu'on peut recueillir de
» tous ces avantages; en effet, quand

» je confidere le paffé, & que je rap-
» pelle en ma mémoire les occupations
» de ma plus tendre jeuneffe, je trou-
» ve qu'Archias eft le premier de mes
» Maîtres, que c'eft lui qui m'a encou-
» ragé,& qui m'a éclairé dans l'étude des
» Sciences. Or fi ma voix animée par
» fes perfuafions & formée par fes pré-
» ceptes, a pu tirer du danger l'inno-
» cence perfécutée, que ne dois-je pas
» faire pour défendre & pour proteger
» un homme qui m'a enfeigné l'art de
» défendre & de protéger les autres.

Il y a des occafions où l'Orateur
peut entrer tout d'un coup en matiere,
d'une maniere même vive & brufque.
C'eft ainfi que Ciceron en ufa à l'égard
de Catilina, la derniere fois qu'il vint
au Sénat ; tous les Sénateurs qui étoient
inftruits de fes deffeins pernicieux furent frappés d'indignation à la préfence de ce fcélérat, ceux qui fe trouverent
proche de la place qu'il prit, s'en éloi-
gnerent auffi-tôt, alors Ciceron lui
adreffa ces foudroyantes paroles : » Juf-
» qu'à quand Catilina abuferas-tu de
» notre patience ? jufqu'à quand ta fu-
» reur demeurera-t-elle impunie ? Ne
» reconnois-tu point à la garde qu'on
» fait dans la Ville, à la crainte du peu-
» ple, au vifage irrité des Sénateurs, que

» tes desseins sont découverts ?

D. Qu'est-ce que la Narration ?

R. C'est l'exposition du sujet qu'on a à traiter, & sur lequel au Barreau les Juges doivent prononcer.

La Narration doit être simple, courte, claire, vraisemblable, on n'en exclut pas toujours le pathétique. Ciceron fait d'une maniere touchante le récit de la mort des deux Philodamus Pere & fils, tous deux immolés à la fureur de Verrès, le Pere déplorant le sort de son fils, & le fils gémissant sur le malheur de son Pere.

Clodius avoit fait exiler Ciceron, mais Milon devenu Tribun fit revenir d'exil son ami ; Milon postula ensuite le Consulat, Clodius se déclara contre lui, & sçachant qu'il devoit aller à la campagne, se trouva sur les chemins à sa rencontre, & attaqua de paroles la femme de Milon qui étoit dans une voiture avec son mari, les deux ennemis en vinrent aux mains, Clodius fut tué, Milon étant accusé de ce meurtre, Ciceron prit sa défense ; rien n'est comparable à la simplicité de la Narration que fait cet Orateur pour disculper l'accusé.

Milon fut ce jour-là au Sénat, jusqu'à

ce que l'*Assemblée fut séparée*, il arrive
en fa maifon, il change de chauffure
& d'habits, il y demeure paifible pendant que fa femme fe prépare. *Qu'il eft aifé*
de voir par ce calme, & ce peu de précipi-
tation qu'il n'avoit aucun deffein violent.

D. Qu'eft-ce que la Confirmation ?

R. C'eft la partie du difcours qui
établit les moyens, & qui refute les
raifons contraires. C'eft-là où l'Eloquence doit briller ; preuves folides,
penfées frappantes, expreffions ner-
veufes ; tout doit être mis en œuvre
pour allumer ou éteindre le feu des
paffions ; on peut s'étudier à plaire &
à toucher, mais on ne peut parvenir
à convaincre que par la force des
preuves & du raifonnement. Dans l'O-
raifon pour Milon, Cicéron veut prou-
ver qu'il eft permis de tuer celui qui
attente à notre vie, que Clodius avoit
attenté à la vie de Milon,& que par conféquent il a été permis à Milon de tuer
Clodius.

Ce grand Orateur étend d'abord, &
amplifie la premiere propofition. Il
la prouve par le droit naturel, par le
droit des gens, & par l'autorité des
exemples ; paffant à la feconde, il compare l'équipage de Clodius & de fa fui-

te avec celui de Milon , & des perfonnes qui l'accompagnoient, il remarque que Clodius étoit à cheval, armé
& fuivi d'une nombreufe troupe de
domeftiques; que Milon voyageoit dans
une voiture , enveloppé dans un manteau , & accompagné de fa femme ,
que d'ailleurs Milon fongeoit alors
à demander le Confulat , qu'il n'y
avoit aucune apparence qu'il eût été
affez imprudent pour s'attirer l'indignation publique par un affaffinat pré-
médité à la veille des affemblées du
peuple où l'on devoit donner les charges &c.

La réfutation eft liée à la confirmation ; on réfute les objections en dé-
truifant les principes fur lefquels l'adverfaire fonde fes preuves , ou en montrant que de bons principes il a tiré
de fauffes conféquences.

D. Qu'eft-ce que la Péroraifon ?

R. La Péroraifon ou conclufion du
difcours s'attache au cœur , l'émeut,
l'attendrit ; elle analife tout le difcours ,
elle réunit les points capitaux qui ont
été agités féparément , elle réveille
tous les mouvemens par fon feu, elle
rouvre les plaies , elle domine , elle
triomphe , elle emporte les Auditeurs.

Péroraifon du Sermon fur la rechûte. *

» Recueillons , mon cher Auditeur ;
» toutes ces vérités importantes. Etes-
» vous debout ? Prenez garde de ne pas
» retomber , fouvenez-vous que vous
» portez le tréfor de la grace dans un
» vaiffeau de terre: fuyez l'apparence du
» mal, priez beaucoup , défiez-vous de
» vous-même... Quand on a été pécheur,
» le retour au vice eft fi aifé , & le pas fi
» gliffant , que les précautions pour évi-
» ter ce malheur, ne fçauroient être ex-
» ceffives. Mais vivez-vous encore dans
» ces alternatives de grace & de péché ?
» Ah ! déclarez - vous enfin, c'eft affez
» balancer entre le Ciel & la Terre . . . .
» Je ne parle ici que pour l'intérêt de vo-
» tre repos, qu'elle vie pénible que ces
» viciffitudes éternelles de vices & de
» vertus ! Vous le fçavez: éternellement
» combattu , & par ces troubles amers
» qui vous rappellent à l'innocence , &
» par ces penchans infortunés qui vous
» rentraînent dans le crime; toujours oc-
» cupé ou à pleurer vos foibleffes , ou à
» furmonter des remords , jamais heu-
» reux, foit dans le vice où vous ne trou-

* Maffillon Carême Tom. I.

» vez point de paix, foit dans la vertu ou
» vous ne pouvez vous faire une fitua-
» tion durable. Ayez donc pitié de vo-
» tre ame, mon cher Auditeur; établiffez
» enfin une paix folide avec votre con-
» fcience ... fixez dans le bien toutes
» les agitations de votre ame, afin
» que fondé & enraciné dans la charité
» vous ne foyez plus un homme tempo-
» rel, & que vous puiffiez un jour aller
» recueillir dans le Ciel la Couronne
» d'immortalité deftinée à ceux qui per-
» feverent jufqu'à la fin.

TROISIEME PARTIE.
De l'Elocution.

L'Invention eft l'ouvrage de l'imagination, l'heureux arrangement des
Parties d'Oraifon eft l'ouvrage du difcernement & d'un efprit jufte ; mais
l'Elocution a des droits inconteftables
fur le cœur, elle donne la force, les
nerfs, les couleurs, elle orne les penfées nobles, elle les revêt d'expreffions
choifies ; c'eft le coloris du Tableau
qui anime tout l'ouvrage, qui donne
aux objets ce vif éclat, ce vrai, & cette

parfaite imitation de la nature qui charment les Spectateurs.

ARTICLE PREMIER.

D. Q U'éxige l'Elocution de l'Orateur ?

R. La pureté, la clarté, l'élégance, & la convenance.

D. Qu'entendez-vous par *pureté?*

R. Une connoiffance exacte de fa langue, qui s'acquiert par la fréquentation des personnes qui parlent correctement,& par la lecture des bons Auteurs. S'il eft honteux à tout homme qui vit parmi les honnêtes gens de ne pas fçavoir la langue de fon pays, il l'eft encore plus à l'homme public, qui doit faire regner la juftice & la vérité par le miniftere de la parole.

D. Qu'entendez-vous par *clarté?*

R. Un choix de termes propres, fignificatifs, conformes à l'ufage, & convenables au fujet : on ne parle que pour fe faire entendre, & il faut parler de maniere qu'on ne puiffe point ne pas être entendu.

La clarté bannit les expreffions vagues, les tranſpoſitions vicieuſes, les longues parentheſes, les périodes fatiguantes, les équivoques &c.

D. Qu'eſt-ce que l'Elégance?

R. L'Elégance conſiſte dans une variété de ſtyle agréable, dans le nombre & la cadence des périodes, & dans un uſage reglé & judicieux des Figures.

Voulez-vous du public mériter les amours,
Sans ceſſe en écrivant variez vos diſcours,
Un ſtyle trop égal, & toujours uniforme,
En vain brille à nos yeux, il faut qu'il nous
    endorme. *Boileau.*

On appelle nombre, une certaine harmonie douce, majeſtueuſe, qui charme l'oreille, & qui réſulte d'un choix judicieux & de l'arrangement des mots, ſoit dans la Proſe, ſoit dans les Vers.

Enfin Malherbe vint, & le premier en France
Fit ſentir dans les Vers, une juſte cadence
D'un mot mis à ſa place enſeigna le pouvoir,
Et réduiſit la Muſe aux regles du devoir. *Boil.*

Les Oraiſons Funebres de M. Fléchier outre la pureté du langage & la ſolidité des penſées, préſentent encore cet heureux arrangement de paroles, qui par le mélange de leurs accords, par la variété des fons & des cadences, forment un concert auffi ravillant que celui de la mufique la plus parfaite. Peur-on peindre d'une façon plus harmonieufe le pouvoir de l'homme éloquent & vertueux, que le fait le Duc de la Rochefoucault par ce peu de paroles : *Il y a * un certain empire dans la maniere de parler & dans les actions qui fe fait faire place par-tout , & qui gagne par avance la confidération & le refpect. Il fert en toutes chofes, & même pour obtenir ce qu'on demande.*

D. Combien diftingue-t-on de fortes de ftyles ?

R. De trois fortes, le fimple, le temperé, le fublime.

L'Orateur parle des petites chofes avec efprit , avec fimplicité , avec un gout délicat & naïf; il traite des chofes médiocres avec douceur , élégance & pureté, & il manie les fublimes, avec pompe & majefté; on eftime plus pour la pureté de la langue les Lettres que Ciceron écrivoit à fes Amis que fes Harangues; ce que Virgile a fait auffi dans le ftyle fimple &

* Reflexions , Sentimens & Maximes Morales , Paris 1725.

médiocre,

médiocre, comme fes Bucoliques &
fes Georgiques furpaffe l'Enéide.

Nous avons des richeffes confidé-
rables en ce genre, les Lettres de
Voiture, de Madame Sevigné, de Madame Defnoyers, de Bourfault, les
Epitres de Rouffeau, & tous les Ouvrages de la Fontaine &c. font des modeles incomparables d'un ftyle aifé,
fimple, vrai. Nous pouvons apporter pour exemple de cette fimplicité
facile, élégante, & délicate, les paroles fuivantes de Notre Seigneur.

» Il y avoit un homme riche qui
» étoit vêtu de pourpre & de lin, &
» qui fe traitoit magnifiquement tous
» les jours. Il y avoit auffi un pauvre
» appellé Lazare, couché à fa porte
» tout couvert d'ulceres, qui eût bien
» voulu fe pouvoir raffafier des miet-
» tes qui tomboient de la table du ri-
» che, mais perfonne ne lui en don-
» noit; & les chiens venoient lui lé-
» cher fes plaies. Or il arriva que ce
» pauvre mourut, & fut emporté par
» les Anges dans le fein d'Abraham : le
» riche mourut auffi, & fut enfeveli
» dans l'Enfer. Et lorfqu'il étoit dans
» les tourmens, il leva les yeux en
» haut, & vit de loin Abraham, & La-

G

» zare dans fon fein ; & s'écriant, il
» dit ces paroles : Pere Abraham , ayez
» pitié de moi , & envoyez-moi Laza-
» re , afin qu'il trempe dans l'eau le
» bout de fon doigt , & qu'il me ra-
» fraîchiffe la langue , parce que je
» fouffre d'extrêmes tourmens dans
» cette flamme : Mais Abraham lui
» répondit : Mon fils , fouvenez-vous
» que vous avez reçu vos biens dans
» votre vie , & que Lazare n'y a eu
» que des maux , c'eft pourquoi il eft
» maintenant dans la confolation & la
» joie , & vous êtes dans les tourmens ,
» &c. *

On voit dans ce récit que les termes font naturels , purs , clairs , fans
figures ni ornemens étudiés , les périodes courtes , ce qui eft encore une qualité finguliere de ce ftyle.

Le ftyle temperé tient le milieu entre
le ftyle fimple & fublime. Virgile peut
fervir de modele des trois caracteres.
Dans fes Eglogues ce font des Bergers
qui parlent, qui s'entretiennent de leurs
amours d'une maniere fimple , & qui
convient à des Bergers; l'Eneide eft dans
le caractere fublime, il n'y parle que
de combats , de fieges . de guerres , de

* Luc , chap. 16. v. 19.

Princes, de Héros ; ſes Georgiques ſont
dans le genre médiocre , il y penetre
les cauſes les plus cachées de la nature,
il y découvre les myſteres de la Religion des Romains , il y mêle de la Philoſophie , de la Théologie , de l'Hiſtoire , ce qui l'oblige à tenir un milieu entre la majeſté de ſon Eneide & la ſimplicité de ſes Bucoliques. Les Lettres
de Ciceron à Atticus , les Satyres &
les Epîtres d'Horace , celles de Boileau , Céſar , Salluſte , les Oeuvres de
S. Réal ſont des modeles parfaits du
ſtyle dont nous parlons.

Diſcours que Joſeph prête à Moyſe par-
lant à Coré & à ſes Sectateurs , Chefs
d'une ſédition qui vouloit dépouiller
Aaron de la grande Sacrificature.

» Je demeure d'accord que vous &
» ceux que je vois s'être joints à vous,
» êtes des hommes très – reſpecta-
» bles , & je ne mépriſe même aucun
» d'entre tout le peuple , quoi qu'ils
» vous ſoient inférieurs en richeſſes,
» auſſi-bien qu'en tout le reſte. Mais
» ſi Aaron a été établi ſouverain Sa-
» crificateur , ce n'a pas été pour ſes
» richeſſes, puiſque vous êtes plus ri-
» che , que lui & moi , ne ſommes

» tous deux enfemble. Ce n'a pas été
» non plus à caufe de la Nobleffe de fa
» race, puifque Dieu nous a fait naî-
» tre tous trois d'une même famille,
» & que nous n'avons qu'un même
» ayeul. Ce n'a pas été auffi l'affection
» fraternelle qui m'a porté à le mettre
» dans cette charge ; puifque fi j'euffe
» confidéré autre chofe que Dieu, &
» l'obéiffance que je lui dois , j'aurois
» mieux aimé prendre cet honneur pour
» moi, que de le lui donner ; nul ne
» m'étant fi proche que moi-même.
» Car quelle apparence y auroit-il de
» m'engager dans le péril, où l'on m'ex-
» pofe par une injuftice, & d'en laiffer à
» un autre tout l'avantage ? Mais je fuis
» très-innocent de ce crime ; & Dieu
» n'auroit eu garde de fouffrir que je
» l'euffe méprifé de la forte, ni de vous
» laiffer ignorer ce que vous deviez
» faire pour lui plaire. Or bien que ce
» foit lui-même, & non pas moi qui a
» honoré Aaron de cette charge, il eft
» prêt de s'en dépofer pour la céder à
» celui qui y fera appellé par vos fuf-
» frages , fans prétendre fe prévaloir
» de ce qu'il s'en eft acquitté très-di-
» gnement , parce qu'encore qu'il y
» foit entré avec votre approbation ,

» il a si peu d'ambition qu'il aime mieux
» y renoncer que de donner sujet à un
» si grand trouble. Avons-nous donc
» manqué au respect que nous devons
» à Dieu, en acceptant ce qui lui plai-
» soit de nous offrir ? Et aurions-nous
» pû au contraire le refuser sans im-
» piété ? Mais comme c'est à celui qui
» donne à confirmer le don qu'il a fait,
» c'est à Dieu à déclarer de nouveau,
» de qui il lui plaît se servir pour lui
» présenter des sacrifices en votre fa-
» veur, & être le Ministre des actions
» qui regardent votre piété : Et Coré
» seroit-il assez hardi pour oser pré-
» tendre par le désir qu'il a de s'éle-
» ver à cet honneur, d'ôter à Dieu le
» pouvoir d'en disposer ? Cessez donc
» d'exciter un si grand tumulte : la
» journée de demain décidera de ce
» différend : que chacun des préten-
» dans vienne le matin avec un en-
» censoir à la main, du feu & des par-
» fums . . . . celui dont Dieu témoi-
» gnera que l'oblation lui sera plus
» agréable sera établi souverain Sacri-
» ficateur, &c. *

* Joseph Livre IV. chap. 1.

*Seneque * demande à Neron de se retirer*
de la Cour.

» Voici la quatorziéme année que je
» suis à votre service , & la huitiéme
» de votre Empire ; pendant ce tems
» vous m'avez comblé de tant de biens
» & d'honneurs , qu'il ne manque plus
» que de la modération à ma fortune.
» Auguste votre trisayeul permit à
» Agrippa de se retirer à Mitylene , &
» à Mécenas de vivre à Rome avec au-
» tant de repos qu'à la campagne ; après
» avoir rendu l'un & l'autre de grands
» services , & après avoir reçû de gran-
» des récompenses. Pour moi je n'ai pû
» rien contribuer à l'excellence de votre
» naturel que quelques études nourries
» dans le repos , qui sont devenues il-
» lustres par votre nom ; mais vous
» avez récompensé ce travail de tant
» de bienfaits , que je dis en moi-même,
» est-il possible qu'un étranger d'une
» médiocre naissance soit élevé aux plus
» grandes dignités de l'Empire ? Où est
» cet esprit qui se bornoit à une médio-
» cre fortune ? J'ai des Palais , j'ai des
» jardins , je possede un grand nombre

* Tacite.

»de terres. Mon excufe eft que je n'ai
» pû refufer les graces de mon Prince ;
» mais nous avons tous deux affez fait ;
» vous m'avez donné tout ce qu'un
» Prince pouvoit donner , & j'ai reçu
» tout ce qu'un particulier pouvoit re-
» cevoir d'un très-bon & très - grand
» Empereur. Le refte ne ferviroit qu'à
» me charger d'envie. Comme un voya-
» geur fatigué , ou un Soldat qui a
» vieilli dans les fatigues de la guerre ,
» je demande du repos, accordez-le à
» ma vieilleffe. Je ne demande pas la
» pauvreté , mais d'être foulagé d'un
» faix qui m'opprime : cela tournera à
» votre gloire, d'avoir fçu choifir pour
» vos Miniftres , des perfonnes qui fe
» pouvoient paffer de la fortune.

Le ftyle fublime par la majefté &
l'élévation des penfées enleve l'ame au-
deffus des fens, c'eft un torrent qui
arrache les rochers, qui s'indigne contre les ponts & les digues, & qui entraîne l'Auditeur quoiqu'il réfifte. De
ce genre font quelques ouvrages de
Demofthene , les Ecrits de Platon , le
Difcours fur l'Hiftoire Univerfelle de
M. Boffuet ; tout y eft noble, grand,
majeftueux, digne de la matiere qu'il
traite : voici quelques reflexions de cet

G iiij

éloquent Prélat fur l'Ouvrage de la Création.

» Le recit * de la Création, tel qu'il eſt
» eſt fait par Moïſe, nous découvre ce
» grand ſecret de la véritable Philoſo-
» phie, qu'en Dieu ſeul réſide la fécon-
» dité & la puiſſance abſolue : heureux,
» ſage, tout-puiſſant, ſeul ſuffiſant à lui-
» même, il agit ſans néceſſité comme il
» agit ſans beſoin ; jamais contraint, ni
» embaraſſé par ſa matiere, dont il fait
» ce qu'il veut, parce qu'il lui a donné
» par ſa ſeule volonté le fond de ſon être.
» Par ce droit ſouverain il la tourne,
» il la façonne, il la meut ſans peine.
» Tout dépend immédiatement de lui, &
» ſi, ſelon l'ordre établi dans la nature,
» une choſe dépend de l'autre, par exem-
» ple, la naiſſance & l'accroiſſement des
» plantes de la chaleur du ſoleil ; c'eſt à
» cauſe que ce même Dieu, qui a fait tou-
» tes les parties de l'Univers, a voulu les
» lier les unes aux autres, & faire écla-
» ter ſa ſageſſe par ce merveilleux en-
» chainement.

On peut encore mettre de ce genre l'é-
legante & ſublime Préface de la Traduc-
tion de Joſeph, dont voici un morceau.

* Derniere Partie, ſuite de la Religion, la Création.

»Ce qui rend l'Hiſtoire de Joſeph,
» après l'Ecriture Sainte, préférable à
» toutes les autres Hiſtoires, c'eſt qu'au
» lieu qu'elles n'ont pour fondement que
» les actions des hommes, celle - ci
» nous repréſente les actions de Dieu-
» même. On y voit éclater par tout ſa
» puiſſance, ſa conduite, ſa bonté & ſa
» juſtice. Sa puiſſance ouvre les mers, &
» diviſe les fleuves, pour faire paſſer à
» pied ſec des armées entieres, & fait
» tomber ſans effort les murs des plus
» fortes villes. Sa conduite regle tou-
» tes choſes, & donne des loix qu'on
» peut nommer la ſource où l'on a puiſé
» tout ce qu'il y a de ſageſſe dans le
» monde. Sa bonté fait tomber du Ciel,
» & ſortir du ſein des rochers, de quoi
» raſſaſier la faim, & deſalterer la ſoif
» de tout un grand peuple dans les de-
» ſerts les plus arides.
  » Et tous les élémens étant comme les
» exécuteurs des arrêts que prononce
» ſa Juſtice, l'eau fait périr par un délu-
» ge ceux qu'elle condamne, le feu les
» conſume, l'air les accable par ces tour-
» billons , & la terre s'ouvre pour les
» dévorer. Ses Prophétes ne prédiſent
» rien qu'ils ne confirment par des mi-
» racles. Ceux qui commandent ſes ar-

» mées n'entreprennent rien qu'ils n'exé-
» cutent. Et les Conducteurs de son Peu-
» ple qu'il remplit de son esprit, agissent
» plutôt en Anges, qu'en hommes.

 » Moïse peut seul en être une preuve.
» Nul autre n'a eu tout ensemble tant
» d'éminentes qualités ; & Dieu n'a ja-
» mais tant fait voir en aucun homme
» dans l'ancienne Loi, depuis la chute
» du premier des Hommes, jusqu'où
» peut aller la perfection d'une créatu-
» re qu'il veut combler de ses graces.
» Ainsi comme on peut dire, qu'une
» grande partie de cette Histoire est
» en quelque sorte l'ouvrage de cet in-
» comparable Législateur, parce qu'elle
» est toute prise de lui, on ne doit pas
» seulement la lire avec estime, mais
» avec respect : Et sa suite jusqu'à la fin
» de ce qui est compris dans la Bible,
» n'en mérite pas moins, puisqu'elle a
» été dictée par le même esprit de Dieu,
» qui a conduit la plume de Moïse,
» Lorsqu'il a écrit les cinq premiers Li-
» vres de l'Histoire Sainte.

 » Que ne pourroit-on point dire de
» ces admirables Patriarches Abra-
» ham, Isaac, Jacob, de David ce Roi
» & ce grand Prophéte tout ensemble,
» qui a mérité cette merveilleuse louan-

» ge d'être un homme selon le cœur de
» Dieu ; de Jonathas ce Prince si parfait
» en tout, de qui l'Ecriture dit, que
» l'ame étoit inséparablement attachée à
» celle de ce saint Roi ; de ces illustres
» Machabées, dont la piété égale au
» courage, a sçû allier d'une maniere
» presqu'incroyable la Souveraine puis-
» sance que donne la Principauté,
» avec les devoirs les plus religieux de la
» souveraine Sacrificature ; & enfin de
» Joseph, de Josué, de Gédeon, & de
» tant d'autres qui peuvent passer pour
» de parfaits modèles de vertu, de con-
» duite, & de valeur ? Que si les Héros
» de l'antiquité Païenne, n'ont rien fait
» de comparable à ces Héros du Peuple
» de Dieu, dont les actions passeroient
» pour des fables, si l'on pouvoit sans
» impiété refuser d'y ajouter foi, il n'y
» a pas sujet de s'en étonner, puisqu'au
» lieu que ces Infidéles n'avoient qu'une
» force humaine, les bras de ceux que
» Dieu choisit pour combattre sous ses
» ordres, sont armés de son invincible
» secours, &c. *

Le Sublime se trouve dans une Pensée, & même dans un mot, comme dans

* Histoire des Juifs en l'Avertissement.

G vj

celui-ci : *Que la lumiere ſoit faite ? (a)* Et dans un autre endroit : *Dieu a parlé, toutes choſes ont été faites. (b)* Les Ora_urs Payens ont avoué que perſonne i'a jamais parlé d'une maniere. plus levée.

***

A R T I C L E I I.

Des Figures.

D. QU'entendez‒vous par Figures de Rhétorique ?

R. Ce ſont certains tours d'Elo_quence qui expriment avec grace, for_ce, nobleſſe, vivacité de ſentimens, cadence agréable, les Penſées & les mouvemens de l'ame.

L'uſage en eſt ſi naturel que chacun ſans s'en apercevoir paſſe ſa vie à faire ds Figures de Rhétorique.

L'*Antitheſe* conſiſte dans un certain combat de penſées & de paroles op_poſées les unes aux autres. C'eſt une ſource de belles penſées, quand on la ſçait bien ménager.

(1) Gen. 1. v. 3.
(2) Pſal. 148.

Oppofition de la vie Religieufe à celle du Monde.

Là on ne difpute point à qui fera le plus grand, mais le plus faint; Là les paroles, qu'on repand avec profufion dans le Monde, font employées avec une fcrupuleufe épargne; Là on pleure des péchés qu'on n'a pas commis; Là on ne fait que la volonté d'autrui à l'exemple d'un Dieu qui s'eft rendu obéiffant jufqu'à la mort de la Croix.

L'Apoftrophe s'adreffe à quelque perfonne préfente ou abfente, vivante ou morte, ou à quelque objet animé ou inanimé, dans l'émotion on ne fait aucun difcernement, on cherche du fecours de tous côtés. Ifaïe apoftrophe le Ciel, & la Terre, pour les prier de donner le Meffie qu'il attendoit avec tant d'impatience. *Cieux envoyez d'enhaut votre rofée, & que les nuées faffent defcendre le Jufte comme une pluie; que la Terre s'ouvre, & qu'elle germe le Sauveur.* *

Apoftrophe à un Avare

Tantale dans les eaux a foif & ne peut boire;

* Chap. 45. v. 8.

Tu ris, change le nom, la Fable eſt ton Hiſtoire. *

Ces Vers ſont une heureuſe Tra-
duction d'une penſée d'Horace.

Démoſthene invectivant les Atheniens.

» Nul moment n'échape à l'infati-
» gable Philippe. Son activité le mul-
» tiplie, il pourſuit avec ardeur la vic-
» toire : Vous vous étonnez qu'elle ſe
» rende à ſes empreſſemens, je m'éton-
» nerois moi qu'elle y reſiſtât, & qu'el-
» le vînt couronner des Républicains
» irréſolus, lents, & curieux du ſeul
» récit des combats. Deſcendons-nous
» de ſes Atheniens que l'intérêt de la
» Grece arma contre Sparte, & dont le
» courage ne brava pas moins les offres
» que les menaces du Roi de Perſe?
» Quoi! ce peuple autrefois protecteur
» de la Juſtice & de la foibleſſe ; cet
» implacable ennemi de l'orgueil & de
» la violence ; ce peuple Libérateur de
» tant d'autres peuples s'accoutume à
» voir tranquillement qu'on le dépoui-
» le, & qu'on l'enchaîne : à quoi ſe
» terminent nos démarches ? Tantôt
» nous nous flatons que les autres Grecs

* Bibl. Poët. tom. 2. 209.

» prendront plus à cœur notre défenſe
» que nous, & trompés dans notre at-
» tente, nous accuſons de nos malheurs
» nos Généraux : tantôt des promeſſes
» qu'il jettent au hazard pour nous
» calmer, reſſuſcitent nos eſperances,
» & las de floter entre la crainte & l'eſ-
» perance, nous nous replongeons enfin
» dans cette oiſiveté qui fait encore nos
» délices.

La *Communication* s'entretient fami-
liérement avec l'Auditeur, ſemble entrer dans ſes vues, délibere avec lui,
l'interroge, & en forme ſon Juge. C'eſt
ainſi que Saint Paul, après avoir rapporté dans ſon Epître aux Romains,
les avantages de la grace, & les mi-
feres qui ſuivent le péché, il leur demande : *Quel fruit tiriez-vous donc alors*
de ces déſordres, dont vous rougiſſez main-
tenant, puiſqu'ils n'avoient pour fin que
la mort ?

Dans Eſope à la Cour, Bourſault ſe
fert ingénieuſement d'une Fable ſimple & naturelle, pour reprocher à Ro-
dope ſon ingratitude à l'égard d'une
mere pauvre, qui étoit venue la voir à
la Cour de Creſus.

Eſope lui demande ſon avis ſur la
Fable qui ſuit.

Le FLEUVE & fa SOURCE.

Un Fleuve enflé d'orgueil de l'abondance
   d'eau
Qui de plufieurs endroits avoient groffi fa courfe,
Avec indignité defavoua fa fource.
Ingrat, lui dit la fource, à qui ce coup fut rude,
Que tu méconnois mal ma tendreffe & mes
   foins !
Quelqu'injufte raifon qu'ait ton ingratitude,
Sans moi qui ne fuis rien, tu ferois encore
   moins.

He bien de cette Fable avez-vous l'ame émue ?
Sentez-vous qu'en fecret votre cœur fe remue,
Vous pleurez ?

RODOPE.

    Eft-ce à tort, je fuis au défefpoir,
J'ai trahi la nature, oublié mon devoir,
Sacrifié ma gloire à des chimeres vaines,
Et fait taire le fang qui coule dans mes veines.
Semblable au Fleuve ingrat né d'un foible ruif-
   feau,
Qui méconnut fa fource orgueilleux de fon
   eau,
Ayant reçu le jour d'une Efclave étrangere,
Par orgueil, comme lui, j'ai méconnu ma me-
   re. *

Belle Réponfe du Duc de Guife à Poltrot.

Poltrot Calvinifte ayant voulu af-

* Théâtre de Bourfault, Paris 1725. 3. vol.

faſſiner le Duc de Guiſe ; le Duc lui demanda, » d'où vient qu'il l'aſſaſſi-
» noït ; c'eſt, répondit Poltrot, que
» vous êtes d'une autre Religion que
» la mienne. Le Duc lui repliqua : la
» mienne m'apprend à vous pardon-
» ner, & la vôtre à m'aſſaſſiner. Jugez
» qu'elle eſt la meilleure.

La *Conceſſion* accorde à l'adverſaire ce qu'il ne peut lui refuſer ; c'eſt une ruſe pour le preſſer plus efficacement ſur ce qu'on ne veut pas lui accorder.

C'eſt ainſi que le fameux Satyrique, répondant à ceux qui le reprenoient d'avoir cenſuré avec trop d'aigreur les Vers d'un honnête homme, dit

Qu'on vante en lui la foi, l'honneur, la pro-
      bité,
Qu'on priſe ſa candeur & ſa civilité :
Qu'il ſoit doux, complaiſant, officieux, ſincere,
On le veut, j'y ſouſcris, & ſuis prêt de me
      taire ;
Mais que pour un modèle on montre ſes Ecrits,
Qu'il ſoit le mieux renté de tous les beaux eſ-
      prits ;
Comme Roi des Auteurs qu'on l'éleve à l'Em-
      pire,
Ma Muſe alors s'échauffe, & je brule d'écrire, *

* Satyre 9.

Saint Cyprien aux Gens Riches.

» Vous êtes riches, & vous croyez
» que vous pouvez vous fervir de vos ri-
» cheffes, fervez-vous en, je vous le
» permets, mais que ce foit pour votre
» falut; que les pauvres fentent que vous
» êtes riches. Prêtez à Dieu-même vos
» biens à intérêt, acquerez des hérita-
» ges, mais que ce foit des héritages éter-
» nels, dont les fruits durent toujours.

La *Correction* corrige & condamne
la penfée & les paroles qu'on vient de
proferer, & leur en fubftitue de plus
efficaces, ou change de paffion, coupe le difcours, & laiffe à deviner ce
qu'on veut dire.

Didon dit à Enée quand elle vit qu'il l'abandonnoit.

Non cruel tu n'es pas le Fils d'une Déeffe?
Tu fuças en naiffant le lait d'une Tygreffe,
Et le Caucafe affreux t'engendrant en couroux,
Te fit l'ame & le cœur plus durs que fes cail-
  loux. *

Neptune s'apperçoit du défordre qui regne dans fon Empire, & dit aux Vents :

Race témeraire, qui vous infpire tant

(*) Boileau frere aîné du Poëte, Trad. du
quatriéme Livre de l'Enéide.

d'audace ? Vous ofez , fans mon ordre , troubler le Ciel & la Terre, & ravager mon Empire ! Si je vous traitois comme vous le méritez. . . . , Mais il s'agit de calmer les flots. *

La *Défcription* peint l'objet avec des nuances fi femblables qu'on ne croit plus entendre l'Orateur , mais être tranfporté à la contemplation réelle de l'objet repréfenté. Si on peint une tempête , tout l'Auditoire fe trouve fur la mer ; on friffonne, on tremble pour foi : rochers, bancs de fable , écueils , Aquilons fougueux , tout épouvante , & menace des derniers dangers.

La Défcription embraffe celle des évenemens remarquables, des mœurs, des lieux, des païfages, bois , prairies , &c. Cette Figure bien maniée fait de vives impreffions.

Défcription d'un Courtifan.

» C'eft un martir de fon ambition ,
» un homme empreffé , myftérieux in-
» triguant, admirable à envelopper une
» duppe , & rendre fot celui qui l'eft

* Virgile Enéid. liv. 1. v. 126.

» déja; 'c'eſt un homme plein de ſa
» grandeur, de ſes amis, de ſa char-
» ge; nourri dans le faux, il ne hait
» rien tant que d'être naturel; plein de
» hauteur & de confiance avec ceux qui
» n'ont que de la vertu, muet & em-
» baraſſé avec les ſçavans, deciſif avec
» ceux qui ne ſçavent rien; il parle de
» guerre à un homme de Robe, & de
» politique à un Financier; il ſçait
» l'Hiſtoire avec les femmes, il eſt
» Poëte avec les Docteurs, & Géomé-
» tre avec un Poëte; il paye tout ſon
» monde de mine & de façon de par-
» ler; il eſt Patron & Créature; il eſt
» médiateur, confident, entremetteur;
» il a une ferveur de Novice pour tou-
» tes les petites pratiques de la Cour;
» il ſçait embraſſer, prendre part à vo-
» tre joie, vous faire coup ſur coup des
» queſtions, ſur votre ſanté, vos af-
» faires, &c.

Le Soleil décrit à Phaéton la route qu'il doit tenir.

Auſſitôt devant toi s'offriront ſept Etoiles,
Dreſſe par là ta courſe, & ſuit le droit chemin :
Phaéton à ces mots prend les rénes à la main,
De ſes Chevaux aîlés il bat les flancs agiles :
Les Courſiers du Soleil à ſa voix ſont dociles;

Ils vont, le Char s'éloigne, & plus prompt
    qu'un éclair,
Penétre en un moment les vaftes champs de
    l'air.
Le Pere cependant plein d'un trouble funefte,
Le voit rouler de loin fur la plaine Célefte,
Lui montre encore fa route, & du plus haut des
    Cieux,
Le fuit autant qu'il peut de la voix & des yeux,
Va par là, lui dit-il, reviens, détourne, ar-
    rête.

″ Ne diriez-vous pas, dit Longin,
″ que l'ame du Poëte monte fur le char
″ avec Phaéton, qu'elle partage tous
″ fes périls, & qu'elle vole dans l'air
″ avec les chevaux.

*Defcription des effets de l'Hiftoire, par
Rouffeau dans fon Epître à M. Rollin.*

C'eft un Théâtre, un Spectacle nouveau,
Où tous les morts fortant de leur tombeau,
Viennent encor fur une Scene illuftre
Se préfenter à nous dans leur yrai luftre,
Et du Public dépouillé d'intérêt,
Humbles Acteurs attendre leur Arrêt.
Là retraçant leurs foibleffes paffées,
Leurs actions, leurs difcours, leurs penfées,
A chaque état ils reviennent dicter
Ce qu'il faut fuir, ce qu'il faut imiter;
Ce que chacun, fuivant ce qu'il peut être,
Doit pratiquer, voir, entendre, connoître,
& leurs exemples en diverfes façons,
Donnent à tous les plus nobles leçons.

Le *Doute* rend l'Orateur incertain de ce qu'il doit dire ou faire, il délibere, & il combat ſes réſolutions. Cette Figure a beaucoup de reſſemblance avec la *Correction.* Elles expriment enſemble le choc des Paſſions tumultueuſes de l'ame, qui vole de parti en parti, de penſée en penſée, de ſentiment en ſentiment.

Trouble de Didon abandonnée d'Enée.

Hélas! s'écria-t-elle au fort de ſa miſere,
Quel projet déformais me reſte-t-il à faire?
Chez les Rois mes voiſins mon cœur humble &
      confus,
Ira-t-il s'expoſer au hazard d'un refus?
Eux dont j'ai tant de fois avec tant d'inſolence
Mépriſé la recherche, & bravé la puiſſance.
Irai-je en ſuppliant à la tête des miens,
Implorer la pitié des ſuperbes Troyens?
Trop aveugle Didon, puis-je après cette injure,
Ne pas connoître encore cette race parjure?
Et comment mes ſoupirs pourroient-ils retenir
Ceux de qui mes bienfaits n'ont pû rien obte-
      nir?
Ou bien irai-je enfin juſqu'au bout de la terre,
Avec tous mes Sujets leur déclarer la guerre?
Mourons donc, puiſqu'enfin en l'état où je ſuis,
La mort eſt l'eſpoir ſeul qui reſte à mes ennuis. *

L'*Exclamation* eſt une voix pouſſée

* Boil. Frere du Poëte.

avec force ; elle a la vivacité & la
véhémence de l'Apoftrophe. Saint Bernard s'excitoit fans cesse à la pénitence par ces paroles: *Bernarde ad quid
venifti ?* Bernard , pourquoi es - tu venu
ici ? * Il trouvoit dans cette Exclamation une fource de ferveur & de zéle
qui l'animoit dans toutes fes Actions.

Boileau au commencement du Lutrin.

Muse redi-moi donc qu'elle ardeur de ven-
   geance,
De ces hommes facrés rompit l'intelligence,
Et troubla fi long-tems deux célèbres rivaux?
Tant de fiel entre-t-il dans l'ame des dévots?

La *Gradation* s'éléve par degrés de
penfée en penfée , qui enchériffent les
unes fur les autres ; *Mort, jugé , condamné , dans un inftant , peut-être au milieu de
vos plaifirs ,* difoit un Prédicateur Apof-
tolique. Le tour vif de cette penfée eft
propre à faire un grand effet.

  „ C'eft un crime de mettre aux fers
 „ un Citoïen Romain, c'eft un facri-
 „ lege de le faire battre avec des ver-
 „ ges, c'eft prefque un parricide de le

 * Effais de Morale Paris 1730. 13. vol. T.
4. P, 369.

condamner à mort ? Que dirai-je donc
» de l'avoir fait attacher à un gi-
» bet ? *

L'*Imprécation* maudit son adversaire,
forme des vœux contre lui, & lui sou-
haite tout le mal possible. C'est ainsi
que le Roi Prophete s'emporte contre
les impies : *Qu'ils soient effacés du Livre
des Vivans, & que leurs noms ne soient
point écrits avec ceux des Justes?*

Les Imprécations que fait Hérode
contre Jérusalem, contre la Judée,
contre lui-même, expriment bien l'état
violent où la mort de Marianne avoit
plongé son ame.

Quoi ! Marianne est morte !
Infidèles Hébreux vous ne la vengez pas ?
Cieux qui la possedez, tonnez sur ces ingrats ;
Lieux teints de ce beau sang que l'on vient de
répandre,
Murs que j'ai relevés, Palais tombez en cendre,
Cachez sous les débris de vos superbes Tours,
La place où Marianne a vû trancher ses jours,
Temple que pour jamais tes voutes se renver-
sent,
Que d'Israël détruit les enfans se dispersent,
Que sans Temple & sans Rois, errans, persé-
cutés,
Fugitifs en tous lieux, & par tout détestés,

* Ciceron contre Verrès.

Sur

Sur leurs fronts égarés portant dans leur misere
des vengeances de Dieu l'effrayant caractere
Ce Peuple aux Nations tranfmette avec terreur
Et l'horreur de mon nom, & la honte du leur.

L'*Interrogation* s'adreffe à l'Auditeur ou à l'adverfaire, moins pour s'informer de ce qui fait l'objet de la queftion, que pour le preffer, le réduire, le confondre.

Difcours de Jérémie au Juif prévaricateur.

Si un homme a répudié fa femme, & que fe féparant d'avec lui, elle en ait époufé un autre, le premier la reprendra-t-il? Mais pour vous, ô Fille d'Ifraël, vous vous êtes corrompue avec plufieurs qui vous aimoient, & néanmoins retournez à moi, dit le Seigneur, & je vous recevrai ? *

Dans Plaute, un jeune homme au défefpoir demande cinq fols à fon Valet. Qu'en voulez-vous faire? lui dit le Valet. J'en veux acheter une corde pour me pendre ; & mes cinq fols, qui me les rendra ? Cette Interrogation plaifante vaut mieux que toutes fortes de raifons & de motifs pour arrêter ce défefpéré.

* Chap. 3. v. 1.

H

L'*Interruption* entrecoupe le difcours de l'Orateur, marque fa furprife, fon étonnement, fon irréfolution.

Affuerus dans Efther.

Quel jour mêlé d'horreur vient effrayer mon
   ame !
Tout mon fang de colere & de honte s'en-
   flamme ;
J'étois donc le jouet..... Ciel daigne m'é-
   clairer.
Un moment fans témoins cherchons à refpirer.....
Appellez Mardochée, il faut auffi l'entendre.

Ce pas d'Affuerus vers le vrai, fait dire à l'Ifraëlite de la fuite d'Efther :

Vérité que j'implore acheve de defcendre ?

L'*Obfécration* demande grace avec un empreffement plein d'ardeur ; & l'*Op-tation* exprime un état violent de l'ame qui défire ardemment.

Priere de Jofabet dans Athalie.

                 Puiffant Maître des Cieux
Remets lui le bandeau dont tu couvris fes yeux,
Lorfque lui dérobant tout le fruit de fon crime,
Tu cachas dans mon fein cette tendre victime !

Souhaits d'Abner, Acte V.

Hélas! Dieu voit mon cœur; plût à ce Dieu
  puissant,
Qu'Athalie oubliât un enfant innocent,
Et que du Sang d'Abner sa cruauté contente,
Sçût calmer par ma mort le Ciel qui la tour-
  mente!
Mais que peuvent pour lui vos inutiles soins?
Quand vous périrez tous, en périra-t-il moins?
Dieu vous ordonne-t-il de tenter l'impossible?
&c.

La Figure appellée *Parallele*, expose
deux objets pesés dans une juste balance, & en apprécie la valeur.

» Si la Peinture par le secours des cou-
» leurs, & par le mêlange adroit des
» ombres, & des jours, anime &
» fait respirer la Toile, en représentant
» à nos yeux les traits extérieurs des
» objets corporels & sensibles, jusqu'à
» nous tromper par cette agréable illu-
» sion; la Poësie à l'aide des expressions
» forme aussi des Tableaux & des Pein-
» tures dans tous les genres: elle a le
» don même de peindre des objets que
» leur excessive inhumanité bannit de la
» Toile, elle caractérise de plus ses ob-
» jets par un choix de sons harmonieux,
» ou un concours d'expressions qu'elle

» emploie rélativement aux sujets qu'el-
» le traite.

La *Prétermission* ou *réticence* est une
figure par laquelle l'Orateur feint de
passer sous silence des faits ou circonftances sur lesquels il infifte très-
vivement , & quelquefois par un fi-
lence affecté , il en dit plus que les
paroles les plus énergiques. S. Paul
dans l'Epître aux Hébreux , après avoir
fait le dénombrement de ceux dont la
foi avoit été plus remarquable , ajoute :
» Que dirai-je davantage ? * Le tems me
» manquera fi je veux parler encore de
» Gedeon , de Baruc , de Samfon , de
» Jephté , de David, de Samuel & des
» Prophetes.

» N'attendez pas , Meffieurs , (Flé-
» chier) que j'ouvre ici une fcene tragi-
» que,**que je repréfente ce grand hom-
» me étendu fur fes propres trophées ,
» que je découvre ce corps pâle & fan-
» glant, auprès duquel fume encore la
» foudre qui l'a frappée , &c.

La *Profopopée* appelle les morts de
la nuit du tombeau, & les fait parler
d'une maniere touchante ; elle prête

* Chap. II. v. 32.

** Oraifon fun. de M. de M. de Turenne.

des paroles à Dieu même, aux Anges,
aux Efprits céleftes & infernaux, elle
perfonifie les bois, les rochers.

Un Orateur Chrétien parlant contre la vanité : » Hommes fuperbes, qui
» êtes maintenant le jouet des Démons,
» fortez pour un moment de vos ca-
» chots ténébreux, paroiffez ici char-
» gés de vos fers & de vos chaînes,
» inftruifez mes Auditeurs, dites leur
» ce que vous penfez de leur vanité.

*Ode M. de Villiers fur la Solitude de M.
Fieubet, mort à Suci, proche des
Camaldules.*

> Pour moi je crois encore l'entendre,
> Je crois le voir plein de fa foi,
> Et qu'il s'éleve de fa cendre
> Une voix qui s'adreffe à moi:
> Infenfé que veux tu donc faire ?
> Du monde efclave volontaire
> Veux-tu mourir dans tes liens,
> Et pour un faux bien qui t'amufe,
> Que ce monde ingrat te refufe,
> Renoncer aux fuprêmes biens?

La Sufpenfion laiffe l'efprit des Auditeurs en fufpens, & dans l'incertitude de ce qu'il va dire.

Dans la Tragédie de Voltaire, *la Mort
de Céfar*, Antoine parlant aux Romains
de ce Héros & de fes affaffins.

Helas ! fi fa grande ame eût connu la ven-
    geance ,
Il vivroit , & fa vie eût rempli nos fouhaits :
Sur tous fes meurtiers il versa fes bienfaits.
Deux fois à Caffius il conferva la vie ,
Brutus... ou fuis-je , ô Ciel ! ô crime ! ô bar-
    barie !
Chers amis , je fuccombe , & mes fens inter-
    dits....
Brutus... fon affaffin... ce monftre étoit fon
    fils.

Sonnet de Scaron.

Superbes monumens de l'orgueil des humains ,
Piramides , Tombeaux , dont la riche ftructure
A témoigné que l'art par l'adreffe des mains
Et l'affidu travail , peut vaincre la nature....
Par l'injure des ans vous êtes démolis !
Il n'eft point de ciment que le tems ne diffoude ;
Si vos marbres fi durs ont fenti fon pouvoir,
Dois-je trouver mauvais qu'un méchant pour-
    point noir,
Qui m'a duré deux ans foit percé par le coude.

    L'Allufion eft un certain jeu de mots
& de penfées qui flattent agréablement
l'oreille & le cœur.

    » Il femble que le jour ne foit fait
» que pour le peuple , les Grands Sei-
» gneurs aiment les plaifirs qui fe goû-
» tent à la lueur des flambeaux. Une
» femme de qualité fe leve à midi , à

» peine eſt-elle habillée à cinq heures ;
» la Comédie, le Bal, le Jeu ſe ſucce-
» dent ; on ſe couche à quatre heures
» du matin, n'eſt-ce pas renverſer l'or-
» dre du monde que de chercher le re-
» pos, lorſque les autres ſont dans l'oc-
» cupation.

» L'état d'un ſimple particulier eſt in-
» comparablement plus heureux, il eſt
» ſon maître & ſon roi, perſonne ne le
» contredit, il n'attend point, on l'at-
» tend, il dit ſon goût, on le ſuit, il
» mange à ſon appétit, il a la liberté
» de tout.

Le vieux Pline parlant de ces Dic-
tateurs Romains qui après avoir com-
mandé des armées & remporté des
victoires labouroient les champs, &
menoient eux-mêmes la charue, dit :
*Que la Terre ſe réjouiſſoit d'être cultivée
par des Laboureurs victorieux, & fendue
avec un ſoc chargé de lauriers.*

La *Conjonction* lie toutes les parties
du Diſcours, la disjonction les déſunit.

Quel carnage de toutes parts,
On égorge à la fois les enfans, les vieillards ;
Et la ſœur, & le frere,
Et la fille & la mere,
Le fils dans les bras de ſon pere. *

* *Racine dans Eſther.*

H iiij

Que le Seigneur eſt bon , que ſon joug eſt ai-
  mable ,
  Il s'appaiſe , il pardonne ,
 Du cœur ingrat qui l'abandonne ,
   Il attend le retour ;
  Il excuſe notre foibleſſe ,
 A nous chercher même il s'empreſſe.
Que ſon nom ſoit béni, que ſon nom ſoit chanté,
  Que l'on célebre ſes ouvrages ,
  Au-delà des tems & des Sages ,
  Au-delà de l'Eternité. *Là-même.*

La *Périphraſe* étend , & enrichit une idée. Ciceron * parlant de la fuite de Catilina , *il s'en eſt allé , il a pris la fui-te : il s'eſt échappé ;* ces mots qui paroiſſent ſynonimes ſont autant de coups de pinceau qui font paroître des traits qui n'étoient point aſſez formés.

La *Périphraſe* emprunte ſouvent le ſecours de la *Conjonction* & de la *Ré-pétition* qui emploie pluſieurs fois les mêmes termes avec grace & dignité.

Inconſtance de l'Homme.

Il veut , il ne veut pas , il accorde , il refuſe ,
Il écoute la haine , il conſulte l'amour ,
Il aſſure , il retracte , il condamne , il excuſe ,
Et le même objet plaît & déplaît à ſon tour.

* *Catil.* 2.

Assurance de David dans les promesses de Dieu.

Les Loix de son amour sont des Loix éternelles,
Toujours dans mon malheur je l'aurai pour ap-
      pui :
Toujours son bras puissant vengera mes que-
      relles,
Il me sera *toujours* ce qu'il m'est aujourd'hui.

Tendresse Paternelle.

Un *pere* est toujours *pere*, & malgré son cour-
      roux,
Quand il nous vient frapper, l'amour retient
      ses coups.

ARTICLE III.

Des Figures de Mots.

LEs Figures de Mots consistent en
des expressions choisies, mesurées,
& qui font une peinture sensible
de la chose. Si on appelle un Conqué-
rant un foudre de guerre, ce mot de
foudre représente la force qui subju-
gue des Provinces, la vîtesse de ses
conquêtes, & le bruit de sa réputation
& de ses armes.

H v

Les Figures de Mots font la Méta-phore, l'Allégorie, l'Hyperbole, & l'Ironie.

La *Métaphore* est une figure qui tire un mot de fa fignification naturelle, pour exprimer une chofe qu'elle ne fi-gnifie qu'indirectement, ainfi l'Ecritu-re appelle élégamment le Ciel durant une *fecherefje*, un Ciel d'*airain* : on dit qu'une maifon eft *riante*, lorfque la vûe en eft agréable.

» Les paffions font des plantes qui
» fléchiffent dans leurs Printems fous la
» main du Jardinier, & qui fe roidiffent
» dans leurs Automnes, de telle forte
» qu'on a de la peine à les manier.

Le vulgaire ftupide
Ne fuit jamais que le plus mauvais guide,
Et ne voit rien qu'à travers les faux jours
D'un verre obfcur qui le trompe toujours ;
D'un œil confus il cherche, il développe
Quelques objets ; tournez le Telefcope,
Ce qui d'abord lui parut un géant,
Semble à fes yeux rentrer dans le néant. *

L'*Hyperbole* abufe de la crédulité des Auditeurs, exagere les chofes avec excès, on dit d'un Coureur qu'il va *plus vîte que le vent*, d'une perfonne qui

* Rouffeau Ep. 5.

marche avec une péfante lenteur qu'elle marche *plus lentement qu'une Tortue.* Ces expreffions font des menfonges, mais ces menfonges font innocens, puifque leur fin eft la vérité.

Idée d'un homme chagrin par Voiture.

» Outre qu'il s'étoit mis en fantaifie
» de fe laiffer croître la barbe, qui lui
» vient déja jufqu'à la ceinture, il a pris
» un ton de voix beaucoup plus févére
» que jamais ; à moins que de traiter de
» l'immortalité de l'ame, ou du fouve-
» rain bien, & d'agiter quelques-unes
» des plus importantes queftions de la
» Morale, on ne lui fçauroit plus faire
» ouvrir la bouche. Si Démocrite reve-
» noit, quelque Philofophe qu'il fût, il
» ne le pourroit pas fouffrir, parce qu'il
» aimoit à rire.

Lettre du Duc du Maine, âgé de fept ans, au Roi fur la Prife de Gand.

» Si Votre Majefté continue à pren-
» dre des Villes, il faut que je fois un
» ignorant, car M. Ragois ne manque
» jamais de me faire quitter mon Etude
» quand la nouvelle en arrive, & je

» ne quitte la Lettre que j'ai l'hon-
» neur de vous écrire , que pour aller
» faire un feu de joie.

L'*Ironie* eſt une Figure piquante,
pleine de ſel , ſouvent même de fiel &
d'aigreur ; qui a recours à des contre-
vérités qui par leur contraſte avec ce
qui eſt évident, le mettent dans un jour
d'autant plus ſenſible , qu'il eſt plus
piquant. C'eſt ainſi qu'Elie diſoit aux
Prêtres de l'Idole de Baal , qui invi-
toient avec de grands cris leur Idole
à faire deſcendre le feu du Ciel pour
réduire en cendre le Sacrifice qu'ils lui
offroient : *Criez plus haut , car votre
Dieu Baal parle peut-être à quelqu'un ,
ou il eſt en chemin . ou dans une Hô-
t llerie : il dort peut-être , & il a beſoin
qu'on le réveille.* Ce tour qui eſt extraordinaire avertit efficacement de l'im-
puiſſance & de la baſſeſſe de cette Idole.

Ciceron contre Piſon.

» Ici, Meſſieurs, je loue mon En-
» nemi ; il ne fait point de dépenſe, ſi
» ce n'eſt en vin & en viande ; vous ne
» verrez point chez lui ces vaſes pré-
» cieux par l'ouvrage & par la matiere ;
» il a ſeulement de grandes taſſes de

» terre. On ne fent point fur fa ta-
» ble de mêts exquis, mais quantité
» de ragoûts qui excitent à boire; il
» eft fervi par des Efclaves mal faits,
» mal vêtus, mais la plupart ont la bar-
» be blanche; le même qui eft fon
» Cuifinier, eft auffi fon Huiffier de
» fale. Il eft fi ménager qu'il n'a point
» de cire, ni de provifions dans fa
» maifon; on envoie au bois, au pain,
» au vin à mefure qu'on en a befoin;
» il n'y a que les Grecs qui mangent
» avec lui, ils font ordinairement cinq
» à chaque table, mais Pifon eft tou-
» jours feul, pour manger plus à fon
» aife dans un trône entouré de bou-
» teilles.

La *Raillerie* eft une Figure fort fem-
blable à l'Ironie; elle exige de grands
talens; elle emploie un difcours enjoué, fans bleffer perfonne, ni l'honnêteté. Elle demande un efprit net &
jufte, qui s'explique d'une façon nouvelle & brillante, conformément à la
qualité des perfonnes qui parlent, &
qui écoutent. L'efprit pefant doit s'ab-
ftenir de railler, & fur-tout devant
ceux qui n'ont pas affez d'efprit pour
pénétrer le fin de la Raillerie, ou qu

ont l'efprit tellement de travers qu'ils donnent toujours un fens oblique, à ce qu'on peut dire de plus droit.

On n'a jamais plus heureufement obfervé cette regle que notre Ambaffadeur dans les deux réponfes qu'il fit au Marquis de Spinola, qui lui faifoit voir l'Efcurial, par l'ordre du Roi d'Efpagne. Après avoir vifité cette grande Maifon, on finit par le Cabinet du Roi, où le Marquis de Spinola, lui montrant les Bottes de François Premier, que l'on conferve en ce lieu-là comme un monument de la gloire de Charles-Quint, vous feriez bien embarraffés en France, lui dit-il en fe moquant, de nous en faire voir autant de quelqu'un de nos Rois? *Hé le moyen, répartit l'Ambaffadeur! il faudroit pour cela les pouvoir prendre à la guerre; & vous fçavez auffi-bien que moi, que l'on ne prend gueres les gens où ils ne vont pas.*

Ce qu'il lui dit encore lorfqu'ils furent defcendus dans la Cour de l'Efcurial, ne mérite pas moins d'être rapporté, quoiqu'il n'y ait que l'application qui foit de lui. Le Marquis de Spinola affeétoit de lui faire remarquer la face de cette belle Maifon,

Tout le monde fçait que Philippe II.
Roi d'Efpagne la fit élever avec des
dépenfes prodigieufes pour accomplir
le vœu qu'il en avoit fait, au cas que
les Efpagnols gagnaffent la Bataille de
Saint Quentin. Convenez, dit le Marquis, que voilà un fuperbe Edifice, &
qu'il n'appartient qu'aux Rois d'Efpagne de tenir ce qu'ils promettent
à Dieu? *J'en demeure d'accord*, répondit l'Ambaffadeur avec fa préfence d'efprit ordinaire; *mais vous devez
convenir auffi*, continua-t-il, en affec-
tant d'avoir toujours les yeux attachés à
ce Bâtiment, *qu'il faut avoir eû diable-
ment peur, pour avoir fait un fi grand
vœu.*

Dans ces deux réponfes notre Ambaffadeur conferve toujours fon caractere d'Ambaffadeur, qui confifte à foutenir la gloire du Prince qui l'envoie,
fans fe rendre défagréable au Prince à
qui il eft envoyé. Il a affaire à un
homme qui cherche à abaiffer la gloire
des Rois de France, & il abaiffe lui-
même la gloire des Rois d'Efpagne;
mais d'une maniere également agréable & judicieufe, & fans qu'on fe
puiffe plaindre de ce qu'il dit.

QUATRIE'ME PARTIE.

De la Prononciation & de l'Eloquence,
du Geste & de la Voix.

CEtte Partie est si essentielle pour celui qui parle en public, que c'est elle qui donne les graces, releve l'éclat du beau, & cache adroitement les ornemens, ou faux, ou inutiles du Discours. Elle exige un ton de Voix agréable, plein, sonore, fléxible; un Geste aisé, naturel; un visage & des yeux qui soient le vrai miroir de l'ame, & qui soient les premiers empreints des sentimens qu'on veut inspirer, un œil vif, gai dans la joie, morne, triste dans la douleur; c'est de la Nature seule qu'il faut attendre ces talens.

Un Prédicateur bégue se présenta à un grand Archevêque pour obtenir la permission de prêcher. Le Prélat lui dit sagement: *Je vous le permets, mais la Nature vous le défend.* Quiconque n'a point reçu cette Eloquence, qui consiste dans le ton de la Voix; dans les yeux, dans l'air de la personne, dégrade , & annulle les chofes les plus belles , convertit l'or en chaux. Le beau Gefte charme la vuë , & une belle Voix enchante les oreilles ; la peinture des mouvemens du cœur nous attendrit, & nous infpire les mêmes fentimens dont nous fommes témoins. Louis XIV. fi connoiffeur en vrai mérite , étoit tellement flatté de la beauté du Difcours, & de l'harmonie de la Voix de l'Abbé de Flechier , qu'il lui dit en le nommant à l'Evêché de Nifmes : *Ne foïez pas furpris fi j'ai récompenfé fi tard votre mérite , j'appréhendois d'être privé du plaifir de vous entendre prêcher, fi je vous faifois Evêque.*

DU COMMERCE

DE LETTRES.

Rien n'affure mieux la réputation
d'une Dame que de fçavoir arran-
ger noblement, & avec juftefle fes penfées fur le papier; l'imagination feule
travaille dans le difcours familier, les
paroles fe fuccédent en foule; on n'a
ni le tems, ni la préfence d'efprit néceffaire pour les difpofer dans le meilleur ordre; mais lorfque l'imagination
va de pair avec le jugement pour la
fimetrie & la compofition d'une Lettre, c'eft alors qu'on peut décider fur
le véritable mérite d'une perfonne qui
s'en acquitte bien. Sans cela on ne voit
que défordre, impolitefle, fautes de langage & de conftruction, ftérilité, igno-
rance.

Les Lettres ne font pas des ouvrages
d'efprit & d'éloquence; la Nature doit
y paroître à découvert, & dépouillée

de tout ornement étranger . Plusieurs
Dames y ont parfaitement réussi, sans
connoître aucune regle de l'Art, & le
stile & les choses ont plu, parce qu'elles parloient d'après la belle Nature ;
& qu'elles ne cherchoient point à briller
par le bel esprit.

L'amitié, l'honnêteté, le devoir, la
politesse, l'intérêt sont les liens de
la société, & ces liens forment tous les
différens genres de Lettres, qu'on écrit :
les *Lettres familieres*, les *Lettres de compliment*, les *Lettres d'affaires*.

Comme les hommes veulent con-
server sur le papier le rang qu'ils ont
dans le monde, il y a un cérémonial
usité, & qu'il faut suivre.

J'y ajouterai quelques réflexions sur
les sentimens & le stile, avec quelques
modèles de différens genres de Lettres,

Du Cérémonial.

Je ne parle point du Cérémonial qui
s'observe parmi les Grands ; ce Livre
n'est destiné que pour des personnes qui
n'ont qu'un commerce de Lettres familieres & ordinaires.

1°. Il faut observer des intervalles marqués au haut & à la fin de la Lettre quand

on écrit à ſes Supérieurs ; ces intervalles doivent être ménagés depuis le haut de la page juſqu'aux deux tiers, ſelon le reſpect qu'on doit à ceux à qui on écrit.

2°. Dans les Lettres de Supérieur à Inférieur , ou de perſonnes égales , ou à-peu-près égales , on peut mettre le *Monſieur* ou *Madame* , dans la premiere ligne de la Lettre ; *J'ai reçû, Monſieur, le billet, &c.* & on peut placer la Souſcription après le dernier terme de la Lettre , ſans interrompre la ligne, & ſans intervalle ; *Je vous prie inſtamment de le croire, & d'être perſuadée que je ſuis, Monſieur , votre très - humble & très-obéiſſante Servante . . . .*

Ce ſont ces Lettres qu'on appelle *Lettres en Billets, ou Lettres familieres,* qui n'ont rien qui gêne.

3°. La date doit être placée auſſi bas que les derniers termes de la Souſcription ; elle comprend le lieu d'où l'on écrit, le jour & l'année.

Quand on écrit beaucoup de Lettres , & cela eſt uſité chez les Négocians, pour ne pas ſe brouiller, on les baptiſe en écrivant au bas de la page le nom de la perſonne à qui elle eſt deſtinée ; mais il ne faut jamais le faire , en écrivant d'Inférieur à Supérieur, fa perſonne ſe diſtingue aſſez ſans qu'il ait à craindre d'être confondu avec d'autres.

5°. C'eſt une impoliteſſe de ſe tutoïer dans les Lettres, quelqu'amitié qu'il y ait entre les perſonnes qui ont commerce enſemble; cette maniere eſt bannie du bel uſage.

6°. On ne doit point charger un Supérieur de compliment à un tiers, ni d'aucune commiſſion.

7°. Il eſt incivil d'abbréger les qualités des perſonnes, d'écrire une Lettre à une perſonne diſtinguée, pleine de ratures, d'interlignes, & de longs récits après le corps de la Lettre; ce qu'on appelle *poſt-ſcriptum*; ce qui ſignifie *écrit après le corps de la Lettre*.

8° Les perſonnes diſtinguées par leur naiſſance mettent une enveloppe à toutes les Lettres; elles honorent ainſi le Supérieur, & elles ſe font honneur à elles-mêmes à l'égard de l'Inférieur.

L'Inférieur ne doit jamais manquer à ce cérémonial, quand il écrit à des Grands.

9°. Les ſuſcriptions ou adreſſes doivent être ſimples; on n'y doit employer que le titre qui honore le plus la perſonne à qui on écrit.

10°. C'eſt ſortir du reſpeẛ dû à un Supérieur que de ne pas mettre une double enveloppe, ou cacheter avec du pain à cacheter; il faut ſe ſervir de Cire d'Eſpagne.

Des Lettres de Compliment.

Un Compliment eſt un témoignage de joie ou de déplaiſir que l'on donne par Lettres aux perſonnes qu'on ré-vére, qu'on eſtime, & auxquelles on s'intéreſſe.

Ces Lettres demandent de la poli-teſſe, un caraẛére d'amitié, d'attache-ment & de ſentimens. Tout doit y par-tir du cœur, les louanges y doivent être amenées délicatement. & ſans intéreſ-ſer la modeſtie. Dans le cas d'afflietion, on doit ménager la douleur, & crain-dre d'exagerer trop vivement la perte.

A un ami le compliment doit être dans le ſtile familier; à un Supérieur on doit ſe ſervir de termes qui mar-quent du reſpeẛ pour la perſonne, & de l'attachement pour ce qui le regar-de: à un Inférieur on témoigne de la bonté par des expreſſions qui lui con-viennent, en conſervant ſon rang.

La briéveté eſt le vrai caraẛere de

ces Lettres, qu'il n'eſt permis d'allonger que quand l'amitié, & l'égalité le peuvent ſouffrir.

Lettre de compliment du Duc de Montauzier à Monſeigneur le Dauphin ſur la Priſe de Philiſbourg.

MONSEIGNEUR,

Je ne vous fais point de compliment ſur la Priſe de Philiſbourg, vous aviez une bonne Armée, des Bombes, du Canon, & Vauban. Je ne vous en fais point auſſi ſur ce que vous êtes brave, c'eſt une vertu héréditaire dans votre Maiſon; mais je me réjouis avec vous de ce que vous étes libéral ; généreux, humain, & faiſant valoir les ſervices de ceux qui font bien. Voilà ſur quoi je vous fais compliment.

Lettre d'une Religieuſe à une Dame, pour le commencement de l'année.

MADAME,

Quand je vous ſouhaite au commencement de cette année, une longue ſuite de jours heureux, j'entends des

jours de salut & de bénédiction spirituelle, les années finissent, & les profpérités
humaines valent si peu qu'elles ne méritent pas nos premiers vœux, ni notre
principale attention. Ce n'eft pas que
je ne demande pour vous au Seigneur
ce repos qui fait qu'on le fert plus
tranquillement ; cette joie qui eft le
fruit d'une bonne confcience ; ces
biens qui font la matiere de vos cha-
rités, & toutes les douceurs de la vie,
qui peuvent contribuer à votre fancti-
fication, étant très-perfuadée que vous
en ferez un fi faint ufage, que tout le
monde en fera édifié. Je fuis.

Lettre d'une jeune Demoifelle, Penfion-
naire dans un Couvent, à fon Pere
au commencement de l'année.

MONSIEUR MON TRES-CHER PERE,

Je fçais trop ce que je vous dois,
puifque je vous dois tout après Dieu ;
c'eft pourquoi vous me permettrez par
réconnoiffance, de vous fouhaiter un
heureux commencement d'année, une
fanté parfaite, & des jours remplis
de bénédictions. Voilà ce que ma tendreffe

dreſſe m'inſpire de vous dire aujour-
d'hui. Je vous demande avec inſtance
la continuation de la vôtre. Je vous
prie inſtamment de me faire l'honneur
de me venir voir au plutôt, c'eſt la
meilleure étrenne que je puiſſe recevoir
de vous ; c'eſt alors que je vous témoi-
gnerai de bouche avec combien de reſpect, je ſuis.

Lettre de reconnoiſſance de la Reine Ma-
rie Epouſe de Jacques II. Roi d'An-
gleterre au Roi Louis XIV.

SIRE,

Une Reine fugitive, & baignée dans
ſes larmes n'a pas eu de peine à s'expoſer aux plus grands périls de la mer
pour venir chercher de la conſolation
& un aſyle chez le plus grand, & le
plus généreux Monarque du monde.
Sa mauvaiſe fortune lui procure un
honneur que les Nations les plus éloignées ont cherché avec avidité ; la néceſſité n'en diminue pas le prix, puiſqu'elle fait choix de cet aſyle préférablement à celui qu'elle pouvoit chercher ailleurs. Elle croit lui marquer
aſſez l'eſtime ſinguliere qu'elle fait de
toutes ſes grandes qualités, en lui con-
fiant le Prince de Galles, qui eſt tout

I

ce qu'elle a de plus cher au monde ;
il eſt encore trop jeune pour partager
avec elle la reconnoiſſance qu'elle a de
la protection qu'elle eſpere. Cette reconnoiſſance eſt toute entiere dans le
cœur de ſa Mere, qui au milieu de
tous ſes chagrins ſe fait un plaiſir de
vivre à l'abri des Lauriers d'un Prince
qui ſurpaſſe tout ce qu'il y a jamais
eu de plus grand & de plus relevé ſur
la terre.

Des Lettres familieres.

Le titre annonce ce que c'eſt que
ces Lettres. C'eſt une effuſion , un
épanchement des ſentimens du cœur ,
c'eſt un commerce libre & aiſé d'un
Ami écrivant à ſon Ami, où il ſuffit
d'obſerver les regles du bon eſprit.

Comme une ſolide amitié eſt la baſe
de ces ſortes de Lettres , il eſt permis
de joindre l'enjouement aux endroits
qui en ſont ſuſceptibles , de badiner
noblement , d'égayer ſa matiere par
des expreſſions vives & choiſies. On y
évite ce qui peut déplaire , on adoucit
les choſes déſagréables à mander , on
propoſe les moyens efficaces de reme-
dier à ce qui paroît ou eſt mauvais.

Le ſtyle de ces Lettres doit être vif, léger, ſaillant, dégagé de ces longues périodes qui produiſent le froid & le languiſſant. L'ennemi mortel de ce genre de Lettres eſt l'étude & le raiſonnement recherché ; le cœur ne manque point de ſentimens, quand il eſt touché, mais il a beſoin de l'eſprit pour regler ſa marche, & placer ſes mouvemens à propos.

Quand je dis que l'étude eſt l'ennemi mortel de ce genre de Lettres, ce n'eſt pas que je croie que les perſonnes qui ont peu d'uſage du monde, ou dont les idées ne ſe préſentent pas d'abord avec toute la netteté néceſſaire, ne doivent travailler leurs Lettres : mais elles doivent éviter avec ſoin que ce travail paroiſſe, le chef-d'œuvre de l'art conſiſte à le cacher, & à atteindre le naturel qui eſt le vrai beau.

On lit avec un double plaiſir une Lettre compoſée avec goût, on ajoute l'eſtime à l'amitié, on ſe fait honneur du choix qu'on a fait de ſon ami, on montre ſes Lettres à d'autres perſonnes qui jugent favorablement de nos ſentimens & de notre eſprit par la légereté & la délicateſſe de nos Correſpondans.

Lettre de M. Buſſi Rabutin à une Dame.

MADAME,

Vous m'avez écrit d'une encre ſi blanche que je n'ai lû que dix ou douze mots par-ci par-là de votre Lettre ; & ce n'a été que votre bon ſens & le mien qui m'ont fait deviner le reſte. C'eſt une vraie encre à écrire des promeſſes qu'on ne voudroit pas tenir; de l'heure qu'il eſt tout eſt effacé ; mais enfin il me ſouvient bien que vous m'y avez dit des choſes obligeantes , j'eſpere que ces bontés auront fait plus d'impreſſion ſur votre cœur que ſur votre papier, ſi cela étoit égal vous ſeriez la plus légere ame du monde. Pour l'amitié que je vous ai promiſe , Madame , elle eſt écrite dans mon cœur avec des caracteres qui ne s'effaceront jamais.

Lettre de Madame de S. au Comte de Buſſi.

28. Février.

Nous avons eu ici des glaces & des neiges inſupportables ; les rues étoient de grands chemins rompus d'ornieres,

Nous commençons depuis quelques jours à revoir le pavé qui nous fait le même plaisir que le rameau d'olive qui fit connoître que la terre étoit découverte. Je crois pourtant que vous ne devez pas vous presser d'aller revoir votre charmant paysage de Chaseu, il est encore de trop bonne heure, c'est le mois d'Avril qui commence à ouvrir le Printems.

Ma fille est toujours languissante, sa mauvaise santé fait le plus grand chagrin de ma vie.

Nous sommes occupés présentement à juger des beaux Sermons. Le Pere Bourdaloue tonne à Saint Jacques de la Boucherie. Il falloit qu'il prêchât dans un lieu plus accessible ; la presse & les carosses y font une telle confusion, que le commerce de tout ce quartier-là en est interrompu.

On distribue bien des Evêchés & des Abbayes, enfin les uns sont contens, les autres non, c'est le monde, & il n'y a rien de nouveau à cela.

J'étois l'autre jour en un lieu où l'on tailloit en plein drap. On ouvroit des prisons, on faisoit revenir des exilés, on remettoit plusieurs choses à leurs places, & on en ôtoit plusieurs aussi de celles qui y font. Vous ne fûtes pas oublié dans ce remue-menage, & l'on parla de vous dignement.

Lettre de Madame de Sevigné à Madame la Comtesse de Grignan sa fille.

Paris 28 Janvier 1689.

Je suis ravie du commerce lointain que vous entretenez avec ce bon Gouverneur *, qui vous revere & qui me donne mille marques de son amitié en toute occcasion, sa femme ne cesse de vous louer, de vous remercier de votre souvenir, & de me prier de vous dire mille douceurs pour elle, & mille amitiés à Madame de Grignan; elle est partie pour Versailles, elle verra la Reine d'Angleterre, elle me contera bien des choses que je vous manderai. On a déja représenté à S. Cyr la Tragédie d'Esther; le Roi la trouve admirable, M. le Prince y a pleuré; Racine n'a rien fait de plus beau, ni de plus touchant, il y a une priere d'Esther pour Assuerus qui enleve; j'étois en peine qu'une petite Demoiselle représentât le *Roi*. On dit que cela est fort bien,

* Le Duc de Chaulnes.

Madame de Caylus fait *Esther*, & mieux
que la Chammelay, si cette piece s'imprime vous l'aurez bientôt.

A Chaulnes du 24. Avril 1689.

Madame de Chaulnes eut avant hier
au soir un si grand mal de gorge, tant de
peine à avaler, une si grosse enflure à
l'oreille, que Madame de Carman &
moi, nous ne sçavions que faire : à
Paris on auroit saigné d'abord, mais
ici elle fut frottée à loisir avec du
baume tranquille, bien bouchonnée,
du papier brouillard par-dessus ; elle
se coucha bien chaudement, même avec
un peu de fiévre ; en vérité ma fille il
y a du miracle à ce que nous avons
vû de nos yeux. Ce précieux baume la
guérit pendant la nuit si parfaitement
& de l'enflure, & du mal de gorge,
& des amigdales, que le lendemain,
elle alla *jouer à la fossette*, & ce n'est que
par façon qu'elle a pris un jour de repos, en vérité ce remede est divin ;
conservez bien ce que vous en avez, il
ne faut jamais être sans ce secours. Mais
ma chere enfant, que je suis fâchée de
votre mal de tête ; que pensez-vous de
me dire de ressembler à Monsieur Pascal:

vous me faites mourir. Il eft vrai
que c'eft une belle chofe que d'écrire
comme lui, rien n'eft fi divin, mais la
cruelle chofe que d'avoir une tête auffi
délicate, & auffi épuifée que la fienne
qui a fait le tourment de fa vie, & l'a
coupée enfin au milieu de fa courfe. Il
n'eft pas toujours queftion des propofitions d'Euclide pour fe caffer la tête,
un certain point d'épuifement fait le
même effet.

Lettre en Proverbes à une Demoifelle.

Dites – vous vrai, Mademoifelle,
quand vous affurez que mon abfence
ne vous plaît point, car entre nous a
beau mentir qui vient de loin : pour
moi, je vous avoue qu'après votre
départ, je demeurai plus pénaud qu'un
fondeur de cloches, & je difois fans
ceffe; hélas! les jours fe fuivent & ne
fe reffemblent pas; je crains bien d'a-
voir mangé mon pain blanc le premier;
j'étois avec mes amis comme poiffon
dans l'eau, & le rat en paille, mais
maintenant je ne fçais de quel bois faire
flèche : ce qui me confole, l'on m'a pro-
mis de revenir; mais promettre & tenir, c'eft beaucoup : & je ne connois que

trop que qui s'éloigne de l'œil, s'éloigne du cœur. Cependant si vous y manquiez, je vous réponds que je crierois plus haut après vous qu'un aveugle qui a perdu son bâton, & je ne sçai même si je ne jetterois point le manche après la coignée. Il vaut donc mieux faire contre fortune bon cœur, que d'être triste comme un bonnet de nuit sans coëffe. Cent ans de mélancolie ne payeroient point un soû de mes dettes, mais il ne faut pas se désesperer pour une mauvaise année; après la pluie viendra le beau tems.

Cependant me voici au bout de mon rollet, je ne bats plus que d'une aîle. Enfin il faut finir en disant comme le Roi Dagobert à ses chiens; il n'y a si bonne compagnie, qui ne se quitte, bon jour & adieu, en voilà assez pour le prix de votre argent, payez-moi en même monnoye, il vaut mieux un tien que deux tu l'auras; Adieu ma chere Demoiselle.

Des Lettres d'Affaires.

Les Lettres d'Affaires pour la plûpart ne font que des Mémoires destitués de sentiment.

I v

Ce genre ne demande qu'un esprit juste, nourri, & fortifié de toutes les connoissances qui ont du rapport à ce que l'on écrit : en deux mots il faut connoître son travail & le conduire avec intelligence, parler de ce qu'on entend, éclaircir ce qui est ambigu, ne point se mêler de faire des descriptions des matieres dont on n'a point les élemens : la précision & la clarté est le caractère essentiel de ce genre de Lettres, dont nous ne donnons point de modéles, parce que toute Demoiselle à qui le commerce tombera en partage, trouvera aisément la méthode courte & simple de cette espece de corresspondance.

C'est une regle générale dans ce genre de Lettres & même dans les Lettres familieres de n'observer aucun ordre dans le discours, de traiter les choses comme elles se présentent sous la plume ; cependant aux Lettres en réponse, on doit suivre l'ordre de celles auxquelles on répond, & l'on va à *Linea* quand on passe d'une matiere à une autre.

DE
L'HISTOIRE.

D. QU'eſt-ce que l'Hiſtoire?
R. C'eſt un récit fidele des évenemens qui ſont arrivés dans les différentes parties du monde, & qu'on di-
ſtribue ſelon l'ordre des tems.

D. Comment diviſe-t-on l'Hiſtoire?

R. En Hiſtoire Sacrée & Profane,
en Hiſtoire Générale & Particuliere,
en Hiſtoire Ancienne & Moderne.

D. L'étude de l'Hiſtoire eſt-elle utile
à tout le monde?

R. L'Hiſtoire eſt utile aux Rois, aux
Princes, aux Perſonnes de qualité, &
à tout homme qui eſt capable de reflexion; l'Hiſtoire de tant de Peuples &
de tant de Nations eſt une inſtruction
continuelle, & efficace que les choſes
temporelles ne ſont rien, puiſqu'en
nous décrivant ce qu'elles ont été, elles

I vj.

nous font voir en même-tems qu'elles
ne font plus. D'ailleurs il eſt honteux
d'ignorer l'origine des peuples, l'éta-
bliſſement des Monarchies, leurs révolutions & leurs durées, les Mœurs
& Coutumes de chaque Nation, ce
que peuvent les paſſions & les intérêts,
les tems & les conjonctures, les bons
& les mauvais conſeils ; enfin tout ce
qui eſt capable de donner une plus parfaite connoiſſance de la Politique & de
la Morale :

Les fautes qu'on fait en confondant
les tems s'appellent *Anachroniſmes.*

L'Hiſtoire *Générale* ou *Univerſelle*
fait un tableau de tous les ſiécles où
l'Hiſtoire de la Religion ſe trouve mêlée à la ſucceſſion des Empires.

L'Hiſtoire *Particuliere* repréſente celle
d'un Peuple, d'une Ville, d'un Royaume.

L'Hiſtoire Générale & Particuliere ſe
diviſe en Hiſtoire *Sacrée* & *Profane.*

L'Hiſtoire Sacrée traite de la Religion, elle porte le nom d'*Hiſtoire Sainte* ou d'*Hiſtoire de l'Ancien Teſtament,*
quand elle parle de la Religion avant
Jeſus-Chriſt ; on la nomme *Hiſtoire
Eccléſaſtique*, quand elle parle des évenemens arrivés depuis ſa mort.

L'Histoire Profane repréfente l'origine, la fucceſſion & la décadence des
Empires, c'eſt proprement l'Hiſtoire
Politique de tous les Etats & Royaumes qui couvrent le Globe Terreſtre;
Quand elle repréfente la fuite de la Religion & des Monarchies qui ont précédé la naiſſance de Jeſus-Chriſt, c'eſt
l'Hiſtoire Ancienne : quand elle nous
inſtruit de l'état de la Religion & des
Révolutions des Etats & des Royaumes
depuis Jeſus-Chriſt, c'eſt *l'Hiſtoire Mo-*
derne.

D. Quelles font les études préparatoires à celle de l'Hiſtoire ?

R. C'eſt l'étude de la Chronologie &
de la Géographie qui font les deux
clefs de l'Hiſtoire. Ces Sciences doivent faire l'occupation des jeunes gens
préférablement à mille autres bagatel-
les dont ils s'amuſent.

ARTICLE PREMIER.

De la Chronologie.

D. QU'eſt-ce que la Chronologie ?
R. C'eſt une Science qui dviſe
par ordre les évenemens célebres.

D. Quels font les termes propres à cette Science.

R. Siecle, Luſtre, Olympiade, Ere, Egire, Epoque, Indiction.

Un *Siecle* eſt une ſuite complette de cent années.

Le *Luſtre* eſt un eſpace de cinq ans, ce terme n'eſt gueres uſité qu'en Poëſie, Boileau Epître X. à ſes Vers :

Mais aujourd'hui qu'enfin la vieilleſſe venue,
A jetté ſur ma tête avec ſes doigts peſans
Onze *Luſtres* complets ſurchargés de trois ans.*

L'Olympiade eſt un eſpace de quatre ans, que les Grecs comptoient depuis une célébration dés Jeux Olympiques, c'eſt-à-dire des Jeux de la Courſe & du Combat des Athletes juſqu'à l'autre. La premiere a commencé l'an du monde 3228. dans la Ville d'Olympie.

Ere eſt un point fixe où certains peuples ou Royaumes ont commencé à compter leurs années, tel eſt l'Ere d'Eſpagne qui commence l'an du monde 3966.

L'*Ere* Chrétienne véritable commence à l'année préciſe de la naiſſance de Jeſus-Chriſt, elle devance l'Ere vul-

* C'eſt-à-dire 58. ans.

gaire, inventée dans le sixiéme siécle par Denis le Petit, de 4 ans ; ainsi au lieu de compter cette année 1749. il faudroit compter 1753.

Les Romains comptoient depuis la construction de leur Ville l'an du monde 3250.

L'Egire est l'Ere des Arabes & des Mahometans ; elle commence l'an 622 de l'Ere vulgaire, elle doit son origine à la fuite de Mahomet de la Mecque, d'où après avoir établi ses erreurs par la voie des armes, voyant que sa Doctrine mettoit sa vie en danger, il s'enfuit le 16 Juillet 622.

Le mot d'*Epoque* est à peu-près le même que celui d'Ere, il fixe un point certain & remarquable.

On entend par *Indiction* une révolution de 15 années ; les Romains s'en servoient pour compter : on s'en sert encore dans les Bulles & Rescrits Apostoliques.

D. Comment les Anciens divisoient-ils les tems ?

R. Les Poëtes anciens les divisoient en quatre âges ou siécles. Le premier, *le Siécle d'Or* ; le second, *le Siécle d'Argent* ; le troisiéme ; *le Siécle d'Airain* ; le quatriéme, *le Siécle de Fer*.

Le premier âge défigne l'innocence d'Adam & de fa femme dans le Paradis Terreftre , où ils trouvoient fans peine & fans travail tout ce qui leur étoit néceffaire.

L'*âge d'Argent* marque le tems qui fuivit le péché.

L'*âge d'Airain* repréfente la corruption & la malice des hommes, qui vint à un tel point que Dieu les fit périr par le Déluge , à la referve de Noé & de fa famille.

L'*âge de Fer* marque la guerre que les hommes fe firent les uns aux autres.

Les Hiftoriens anciens diviferent avec plus de raifon tous les fiécles en trois parties : la premiere comprend *le Tems Obfcur & incertain* ; la feconde , *le Tems Fabuleux*; la troifiéme *le Tems Hiftorique.*

Le *Tems Obfcur* s'eft écoulé depuis l'origine du genre – humain jufqu'au Déluge de la Fable , l'an du monde 2208.

L'Hiftoire Profane n'a point d'Hiftorien pour ces tems-là.

Le *Tems Fabuleux* commence au Déluge de la Fable, & va jufqu'aux Olympiades l'an du monde 3228.

Tout ce que les Auteurs Profanes nous rapportent de ces tems-là est extrémement incertain.

Le Tems Hiſtorique commence aux Olympiades, la vérité commence alors à ſe faire jour, & nous offre des Hiſtoriens reſpectables.

D. Comment les Modernes diviſent-ils les Tems?

R. 1°. En deux parties, la premiere comprend le tems qui s'eſt écoulé depuis la Création du monde juſqu'à Jeſus-Chriſt, c'eſt le tems de l'*Ancien Teſtament*; la ſeconde qui eſt le tems du *Nouveau Teſtament*, comprend tout le tems qui s'eſt paſſé depuis la naiſſance de Jeſus-Chriſt juſqu'à préſent.

2°. Ils partagent de nouveau ces deux Tems en Époques Anciennes & Nouvelles.

D. Combien comptez-vous d'Epoques Anciennes?

R. Neuf. La premiere commence à la Création du Monde & finit au Déluge, cet eſpace contient 1656 ans. La deuxiéme dure depuis le Déluge juſqu'à la Vocation d'Abraham, cet eſpace contient 427. ans.

1.
Création du Monde.

1656.
Noé ou le Déluge.

2083.
Vocation
d'Abraham

La troifiéme depuis la Vocation d'Abraham jufqu'à la
Loi donnée à Moyfe, cet efpace eft de 430. ans.

2513.
Loi donnée

La quatriéme commence à
la Loi donnée, & finit à la
prife de Troye, cet efpace
eft de 307.

2820.
Prife de
Troye.

La cinquiéme ne contient
que 180. ans depuis la prife
de Troye jufqu'à la Dédicace du Temple.

3000.
"Dédicace
duTemple.

La fixiéme depuis la Dé-
dicace du Temple de Salo-
mon jufqu'à la Fondation de
Rome, cette Epoque eft de
250. ans.

3250.
Fondation
de Rome.

La feptiéme commence à
la Fondation de Rome, & finit à la Liberté rendue aux
Juifs par Cyrus, cette Epoque dure 218. ans.

3468.
Liberté
rendue aux
Juifs.

La huitiéme s'étend depuis
la Liberté des Juifs jufqu'à
Scipion ou Carthage vaincue,
cet efpace contient 334. ans.

3802-4000
Prife de
Carthage.

La neuviéme depuis Car-
thage vaincue jufqu'à la naiffance de J. C. cet efpace eft
de 198. ans.

D. Combien comptez-vous
d'Epoques Nouvelles ?

L'an du Monde, 4000. 1. de l'Ere Chr.	R. Neuf. La premiere eſt *la Naiſſance de Jeſus-Chriſt ?*
L'an 312.	La ſeconde , *Conſtantin ou la Paix de l'Egliſe.*
420.	La troiſiéme , *les Monarchies Nouvelles.*
801.	La quatriéme , *Charlemagne, ou le Nouvel Empire.*
1098.	La cinquiéme , *Godefroi de Bouillon, ou la Croiſade.*
1300.	La ſixiéme , *Ottoman, ou l'Empire Turc.*
1492.	La ſeptiéme , *la Découverte de l'Amérique.*
1517.	La huitiéme , *Luther & Calvin.*
1700.	La neuviéme , *Philippe V. ſur le Thrône d'Eſpagne.*

Par le moyen de ces diviſions on
peut rapporter les faits les plus eſſen-
tiels de l'Hiſtoire à quelqu'unes des dix-
huit Epoques précédentes. Nous eſſaye-
rons ces morceaux hiſtoriques après
avoir donné une idée de la Géographie.

ARTICLE II.

De la Géographie.

D. COmment divise-ton la Terre ou le Globe terrestre?

R. La Terre se divise en deux Continens, dont le premier que l'on appelle l'*Ancien Monde*, renferme trois Parties : Sçavoir, l'*Asie*, l'*Afrique* & l'*Europe*.

Le second Continent que l'on appelle le *Nouveau Monde*, à cause qu'il est nouvellement découvert, porte le nom d'*Amérique*.

D. Comment parvient-on à connoître ces quatre Parties du Globe terrestre?

R. Par l'étude de la Géographie, qui nous enseigne le nom & la situation des divers Etats & Royaumes qui couvrent la face de la Terre.

D. Quels sont les termes usités en Géographie.

R. Les voici, *Isle*, espace de Terre entouré d'eau de tous côtés, comme la Sicile?

Presqu'Isle, *Peninsule*, espace de Terre entouré d'eau, excepté d'un seul côté, par lequel elle est jointe à une autre Terre, comme l'Italie.

Archipel, Mer semée de plusieurs Isles. Tel est l'*Archipel* dans la Méditerranée.

Isthme, Langue de Terre qui joint une Presqu'isle à un Continent. L'*Isthme* de Panama unit les deux Amériques.

Cap, *Promontoire*, espece de Montagne qui s'avance vers la Mer. Le *Cap* de Bonne-Espérance.

Détroit, *Pas*, *Phare*, *Bosphore*, portion de Mer serrée entre deux Terres. *Détroit* de Gibraltar, *Pas* de Calais, *Phare* de Messine, *Bosphore* de Constantinople.

Golfe, vaste portion de Mer, qui s'enfonce dans les terres. *Golfe* de Venise.

Baye, petit Golfe, où les Vaisseaux sont à l'abri des vents. La *Baye* de tous les Saints dans le Brésil.

Port, lieu de retraite pour les Vaisseaux.

Havre, Port artificiel, ou petit Port. Le *Havre* de Grace.

Mer ou *Océan*, assemblage d'eau salée qui environne les deux Continens,

& qui porte différens noms, suivant la pofition des différentes parties qu'elle arrofe.

Les Indiens, Les Ethiopiens. les Celtes & les Scythes, ayant été anciennement les plus fameux Peuples de notre Continent, on a donné à l'Océan Oriental le nom d'*Indien*, au Méridional celui d'*Ethiopien*, à l'Occidental, celui de *Celtique*, & au Septentrional, celui de *Scytique :* On a nommé encore l'Océan Occidental, l'*Atlantique*, de la Montagne d'Atlas que cette Mer baigne; & l'Océan Septentrional eft fouvent appellé *Glacial*.

Outre ces noms généraux, on remarquera, par exemple, que l'Océan Atlantique prend le nom de *Méditerranée* au Détroit de Gibraltar; que la Méditerranée porte le nom de *Mer d'Efpagne* vers l'Efpagne, *de Golfe de Lyon* près des Côtes de Provence, de *Mer de Tofcane* vers la Tofcane. Le grand Golfe qu'elle forme entre l'Italie & la Dalmatie, porte le nom de *Golfe de Venife*, & de *Mer Adriatique*; au Midi & à l'Occident de la Turquie d'Europe, celui de *Mer Ionienne;* entre la Grece & l'Afie, c'eft l'*Archipel* ou *Mer Egée;* plus au Nord, c'eft la *Mer de Marmora* qui

communique avec la Mer noire, &
celle-ci avec la *Mer de Zabache*.

Greve, partie de terre & de fable
que la Mer couvre par fon flux & re-
flux.

Dunes, élévations de fable amon-
celé fur le bord de la Mer.

Bancs, *Baſſes*, *Sirtes*, *Ecüeils*, *Bri-
ſans*, roches ou fables amoncelés fous
l'eau, très-dangereux pour les Vaiſ-
ſaux.

Fleuve, grand Courant d'eau qui
porte fon nom jufqu'à la Mer.

Riviere, moindre Courant d'eau qui
perd fon nom en tombant dans un
Fleuve ou dans une autre Riviere.

Canal, Riviere artificielle.

La *Droite* d'un Fleuve fe prend par
celle de celui qui le defcend. Le Louvre
à Paris eft à la *droite* de la Seine,
les Invalides à la *Gauche.*

Le *Deſſus* d'un Fleuve fe prend de
la proximité de fa Source; Paris eft
au-deſſus de Saint Germain.

L'*Embouchure* d'un Fleuve ou d'une
Riviere, eft l'endroit où l'un & l'autre perd fon nom.

On étudie la Géographie en fe fer-
vant de Globes & de Cartes.

La Mappemonde, comme une Nap-

pe du Monde, repréſente deux Hé-
miſphéres.

Les Cartes Hydrographiques donnent
la déſcription des Eaux & des Iſles.

Les Cartes *Chorographiques* repré-
ſentent un Royaume ou une Province.

Les Cartes *Topographiques* repré-
ſentent une Ville, ou quelque Territoire.

D, Quelles ſont les autres connoiſ-
ſances préparatoires à l'étude de la Géographie ?

R. Ce ſont celles qui ſe tirent de
la Géométrie.

Notions préliminaires tirées de la Géomé-
trie, qu'on doit ſe faire expliquer ayant
une Sphere ſous les yeux & des Cartes
Géographiques,

La Géométrie eſt une Science qui
a l'étendue ou le corps pour objet.
Tout corps à trois dimenſions, longueur, largeur & épaiſſeur.

Si nous ne conſidérons que la longueur ſans largeur, ni épaiſſeur, nous
nommons cette quantité *une Ligne;*
c'eſt ainſi qu'on conſidére la diſtance
de Paris à Lyon.

Si nous conſiderons la longueur &
la

la largeur sans épaisseur, cette quantité s'appelle *Surface*. Les fonds de Terre qu'on possede en Campagne s'estiment par leurs *Surfaces*.

Mais si nous considérons d'une quantité la longueur, la largeur & l'épaisseur, pour lors c'est un *Corps*, ou *Solide*. Un Vaisseau sur mer contiendra d'autant plus de marchandise, qu'il sera plus long, plus large & plus profond.

La Ligne est droite ou courbe. La Ligne *droite* est le plus court chemin d'un point à un autre point; de cette Définition on tire celle de la Ligne *courbe*.

Deux Lignes sont appellées *Paralleles*, lorsqu'elles sont également distantes l'une de l'autre; ensorte qu'étant prolongées elles ne se rencontrent jamais.

Deux Lignes sont *perpendiculaires* l'une à l'autre, quand une des deux tombant sur l'autre, ne penche ni d'un côté, ni de l'autre.

Les termes ou extrémités d'une Ligne sont des *Points :* Ceux d'une Surface sont des *Lignes*, & ceux d'un Corps sont des *Surfaces*.

La Surface est plane ou courbe.

K

La *Surface plane* peut-être repréfentée par la glace d'un miroir.

La Surface courbe, eft convexe, ou
concave.

La Surface *convexe*, eft comme le
deffus d'une calotte ; & la Surface *concave*, eft comme le dedans.

Le Cercle eft une figure plane bornée par le contour d'une Ligne courbe, qu'on appelle *circonférence*, au milieu de laquelle eft un point qu'on appelle *centre*; duquel point toutes les
Lignes droites tirées jufqu'à la circonférence font égales entre elles, & font
appellées *Rayons*.

La Circonférence de quelque cercle que ce foit, eft divifée par les Géo-
métres en trois cens foixante parties
égales, qu'on appelle *Degrés*; chaque
Degré en foixante parties égales qu'on
appelle *Minutes*; chaque Minute en foixante autres parties égales, qu'on appelle *Secondes*, &c.

Le Diamètre d'un Cercle eft une Ligne droite qui paffe par le centre du
Cercle, & qui aboutit de part & d'autre
à la circonférence.

Tout Diamètre partage le Cercle en
deux parties égales, qu'on appelle *de-
mi-cercle*.

Un Arc de Cercle eſt une partie grande ou petite de la circonférence d'un Cercle.

Un Angle eſt l'ouverture de deux Lignes qui ſe rencontrent en un point, lequel point eſt appellé le *Sommet* ou la *Pointe* de l'Angle : & les deux Li‑gnes ſont les *côtés*, ou les *jambes* de l'Angle.

Une *Sphere* ou *Globe*, eſt un Solide terminé par une Surface courbe.

La Ligne qui paſſe par le centre de la Sphére, s'appelle *Axe* de la Sphé‑re, & les points oppoſés ſont les *Poles* de l'Axe.

Zone eſt une portion, ou ceinture pri‑ſe ſur la Surface de la Sphére compriſe entre deux Cercles paralleles.

Du Globe artificiel & des grands & petits Cercles.

Le *Globe Terreſtre*, eſt un corps ſphérique, ſur la partie convexe du‑quel eſt repréſentée toute la Surface du Globe de la Terre, compoſé de terre & d'eau.

L'*Axe* de la Terre, eſt une Ligne imaginaire; dans le Globe artificiel l'Axe eft réel, & toute la machine tourne autour de cet Axe.

Les *Poles* de la Terre font les deux extrémités de l'Axe ; celui du Nord s'appelle *Pole Arctique*, & celui du Midi *Pole Antarctique*.

Pour mieux concevoir les parties extérieures du Globe, on le divife en plufieurs Cercles imaginaires, dont il y en a huit principaux, qu'on tranfporte auffi fur les Cartes Géographiques.

Les quatre grands font l'Equateur, le Zodiaque, l'Horifon & le Méridien.

Les quatre petits font les deux Tropiques & les deux Cercles polaires.

L'*Equateur*, ou la *Ligne équinoxiale*, ou fimplement *la Ligne*, eft un grand Cercle qui divife le Globe en deux parties égales, qu'on appelle *Hémifphere Septentrional* & *Méridional*.

Le *Zodiaque* eft un grand Cercle qui coupe obliquement l'Equateur, & dont un côté s'éloigne en biaifant autant vers le Nord, que l'autre côté vers le Midi. Ce Cercle défigne la route du Soleil, & il comprend dans fa largeur les douze Signes que le Soleil parcourt dans les douze mois de l'année.

L'*Horifon* eft un grand Cercle qui

divife le Globe en deux parties égales, appellées *Hémifphére fupérieur* & *Hé-mifphere inférieur.*

On diftingue l'Horifon fenfible de celui-ci. Ce dernier termine notre vue, lorfque nous fommes placés dans un endroit, où il paroît que le Ciel fe joint à la Terre.

Le *Méridien*, eft un grand Cercle, qui paffe par les deux Poles, & partage le Globe en *Hémifphere Oriental & Occidental* : On peut imaginer autant de Méridiens qu'il y a de points fur l'Equateur.

Le premier Méridien fixé par l'Ordonnance de Louis XIII. paffe par l'Ifle de Fer, la plus occidentale des Ifles Canaries.

Les *Tropiques*, font des Cercles paralleles à l'Equateur, & éloignés de l'E-quateur de 23 $\frac{1}{2}$ degrés.

L'un s'appelle le *Tropique du Cancer*, l'autre le *Tropique du Capricorne*, parce que le Zodiaque touche à ces Cercles par les deux Lignes de ce nom.

Les *Cercles polaires* font paralleles à l'Equateur, & autant éloignés des Poles que les Tropiques le font de l'Equateur.

Outre ces huit Cercles, le Globe artificiel en a encore deux grands qu'on appelle *Colures*. Ces Cercles partagent le Zodiaque en quatre parties égales, & diftinguent les quatre Saifons de l'année.

De la Latitude & de la Longitude.

La *Latitude*, eft la diftance qu'il y a depuis l'Equateur jufqu'à l'un ou l'autre des Poles qu'on compte fur le premier Méridien ou le Méridien du Globe, & qu'on trouve fur les Cartes Géographiques à l'Orient & à l'Occident dans des Lignes paralleles à l'Equateur.

Ainfi demander la Latitude de Londres, c'eft demander fa diftance de l'Equateur. Cette Ville eft à 51. deg. 30. min. de Latitude : c'eft-à-dire, qu'elle eft éloignée de l'Equateur de 51. fois $\frac{1}{2}$ 25. lieues, ce qui fait 1287.$\frac{1}{2}$ lieues.

La plus grande Latitude eft de 90. d. qui font 90. fois 25. lieues, ce qui fait 2250. lieues.

La *Longitude* eft la diftance du premier Méridien mefuré fur l'Equateur d'Occident en Orient, qu'on trouve dans les Cartes au Septentrion & au

Midi dans des Lignes paralleles au premier Méridien.

Demander la Longitude de Vienne en Autriche, c'est demander à quelle diftance eft Vienne du premier Méridien, qui paffe par l'Ifle de Fer : on trouvera 34. dég. 30. m. ce qui fait voir que Vienne eft éloignée du premier Méridien de 34. fois $\frac{1}{2}$ 25. lieues, c'eft-à-dire, de 886. $\frac{1}{2}$ lieues.

Des Zones & des Climats.

Les Zones font de larges efpaces ou ceintures de la Surface de la Terre, paralleles à l'Equateur, & féparées par les quatre petits Cercles.

On en diftingue cinq, deux *froides*, comprifes entre les Cercles Polaires & les Poles ; deux *tempérées*, comprifes entre les Cercles Polaires & les Tropiques ; une cinquiéme appellée Zone *Torride*, comprife entre les deux Tropiques, & divifée en deux également par l'Equateur.

Les *Climats* font de petites Zones, dont la largeur eft telle du Midi au au Septentrion, que la longueur du jour dans l'un furpaffe celle de l'autre d'une demie heure ; mais depuis les

Cercles Polaires jufqu'aux Poles, il y en a fix, qui font la différence d'un mois entier. Dans le premier de ces Climats, on voit le Soleil un mois de fuite fans fe coucher; dans le fecond deux mois.

Des Pofitions de la Sphere.

Les Pofitions de la Sphère font au nombre de trois; la Sphére Parallele, la Sphére Droite, laSphére Oblique.

La Sphére *Parallele*, eft une Pofition du Globe telle que les Habitans qui vivent fous les deux Poles, s'il y en a, ont les Poles du Monde au-deffus de leur tête ou de leurs pieds, & l'Equateur dans l'Horifon.

La Sphére *Droite* où font ceux qui habitent la Ligne équinoxiale, offre à fes Habitans les Poles dans l'Horifon, & l'Equateur au-deffus de leurs têtes, ou au-deffous.

La Sphére *oblique*, eft le partage de tous ceux qui n'habitent ni aux Poles, ni fous l'Equateur. Ces Habitans ont un Pole au-deffus de l'Horifon, l'autre au-deffous, & de même l'Equateur partie au-deffus, partie au-deffous de l'Horifon.

De la Situation respective des Habitans de la Terre.

On distingue les Habitans de la Terre en *Habitans sous un même Parallele*, en *Habitans opposés*, & en *Antipodes*, ou *Gens qui ont pied contre pied*.

Les premiers ont la même Latitude, & différent de 180. d. en longitude : Tels sont les Habitans de Surate dans les Indes, & ceux du Méxique dans l'Amérique Septentrionale. Ces Peuples ont les mêmes accroissemens de jour & de nuit ; mais ils ont les heures opposées, quand il est midi pour les uns, il est minuit pour les autres.

Les seconds vivent sous les mêmes Méridiens, mais sous des paralleles opposés, c'est-à-dire, ont même longitude, & latitude égale, mais non pas la même, les uns étant vers le Pole Arctique, les autres vers le Pole Antarctique ; ainsi les Habitans du Cap de Bonne-Esperance en Afrique sont à-peu-près *opposés* aux Habitans de la Morée dans la Grece.

Ces Peuples ont Midi & Minuit en même tems : les jours des uns sont égaux aux nuits des autres, leurs Sai-

fons font contraires, les uns ont l'Hyver quand les autres ont l'Eté.

Les Antipodes ont tout le diamètre
de la Terre entr'eux, ils font éloignés
de 190. d. en longitude, & ils font
dans une latitude égale, mais dans des
Hémifphéres oppofés. Tel eft le Royaume de Siam en Afie, & le Pays d'autour Lima au Pérou.

Ces Peuples ont toutes chofes contraires, les Pieds, les Saifons, l'Eté,
l'Hyver, le Jour & la Nuit, le Midi
& le Minuit.

Axiomes Géographiques.

1. Les Lieux fitués fous l'Equateur
n'ont point de Latitude.

2. Les Lieux fitués exactement fous
les deux Poles, ont la plus grande latitude poffible.

3. Les Lieux fitués exactement fous
le premier Méridien n'ont point de
longitude,

4. Les Lieux fitués immédiatement
auprès du premier Méridien du côté
de l'Occident, ont la plus grande longitude poffible.

5. L'endroit de la Terre fitué exactement fous le croifement du premier

Méridien & de l'Equateur, n'a ni longitude, ni latitude.

6. La Latitude d'un lieu est toujours égale à l'élévation du Pole du même lieu.

7. Il n'y a point d'endroit sur la Terre qui soit éloigné d'un autre de plus de 180. d. c'est-à-dire, 4500. lieues, en comptant 25. lieues pour un degré.

8. L'Horison sensible de tout endroit change aussi souvent qu'il nous arrive de changer de place.

9. Dans tous les endroits situés entre l'Equateur & les deux Poles, les jours & les nuits ne sont jamais égaux les uns aux autres, si ce n'est dans les Equinoxes, lorsque le Soleil entre dans le Signe du Belier & de la Balance.

10. dans tous les lieux situés sous la Zone torride, le Soleil est vertical deux fois l'année, il ne l'est qu'une fois sous les Tropiques; & jamais sous les Zones tempérées & les Zones froides.

11. Dans tous les lieux situés sous la Ligne équinoxiale, l'Ombre méridienne d'un style élevé perpendiculairement, tombe du côté du Nord pendant six mois, & du côté du Midi pendant six autres mois.

K vj

12. Si la différence de Longitude de deux endroits eſt de 15. d. le Peuple qui habite le Pays le plus Oriental comptera le tems du jour une heure plutôt que les Habitans de l'autre Pays, ſi la différence eſt 30. il comptera deux heures, &c.

Je ne continuerai point le Dialogue dans ce petit abregé Géographique, parce qu'il y auroit une répétition continuelle des mêmes Demandes. *Quels ſont les bornes d'un tel Pays? Quelle en eſt la Diviſion? Quelles ſont les Villes principales?*

Du Globe Terreſtre.

Le Globe que nous habitons eſt un corps rond, ſuſpendu dans les airs, compoſé d'eau & de terre, ayant des feux ſouterrains répandus çà & là dans ſon intérieur, le domicile commun des hommes & des animaux.

Sa rondeur eſt atteſtée par les Voyageurs, qui allant d'Orient en Occident, ou du Septentrion au Midi, perdent des Etoiles, & en apperçoivent de nouvelles; ou par un Vaiſſeau, qui s'éloignant du Port commence à perdre de vûe le bas, puis la pointe des Tours & des Montagnes.

Les inégalités de fa fuperficie, les plus hautes Montagnes, effets de la fageſſe du Créateur, & bienfaits de fa Providence, ne peuvent empêcher qu'on ne dife qu'elle foit ronde. Les plus hautes Montagnes n'ont pas deux lieues, & ne font pas fur la Terre une plus grande inégalité que la tête d'une épingle fur une boule de vingt pieds de diamétre.

Nous avons des Relations fûres de plufieurs Voyageurs qui ont fait le tour du Monde ; depuis Ferdinand Magellan Portugais, qui le fit en 1124. jours, l'an 1519. François Drack Anglois le fit en 1557. dans l'efpace de 1056. jours ; Simon Cordes de Roterdam l'an 1590. & Olivier Noort Hollandois en 1598. firent le même Voyage en 1077 jours. Guillaume Schouten le fit l'an 1615. en 749. jours. Voyez encore les Voyages de Dampier, de Gemelli Carreri, de Gentil, fur-tout celui de l'Amiral Anfon en 1740. &c.

L'Hiftoire & l'expérience nous apprennent que la Superficie de la Terre eſt ſujette à pluſieurs changemens; quelques lieux s'enfoncent pour faire place à de nouveaux Golfes, & à de nouveaux Lacs, & d'autres s'élevent & forment de nouvelles Iſles. Les Tremblemens de Terre bouleverſent & abîment quantité de Villes, l'Amérique eſt plus ſujette que les autres parties du Monde à ces terribles ravages. Le 29. Octobre 1746. la Ville de Lima a été enſevelie ſous ſes ruines. Il y a péri 1080. perſonnes; tout le peuple s'étoit réfugié à trois ou quatre lieues dans les terres.

DE L'EUROPE.

L'Europe a au Nord la Mer Glaciale, au Sud la Méditerranée, à l'Eſt l'Aſie, à l'Oueſt l'Océan Atlantique. Sa longueur eſt de 825. lieues, à compter du Nord-Cap en Norvege, juſqu'au Cap-Matapan en Morée. Sa plus grande largeur eſt de 775. en la prenant d'Occident en Orient, depuis le Cap-Saint-Vincent en Portugal, juſqu'à Conſtantinople.

L'Europe ſe diviſe en huit parties principales, qui ſe prennent du Nord au Sud en cet ordre.

Capitales.

Au Nord. Les Couronnes du Nord.
{
La Suede, *Stokolm.*
Dannemarc, *Copenhague.*
La Norvege, *Chriſtianſtad.*

Au milieu.
{
La France, *Paris.*
L'Allemagne, *Vienne.*
La Pologne, *Varſovie.*
La Moſcovie, *Moſcou.*

Au Midi.
{
L'Eſpagne, *Madrid.*
L'Italie, *Rome.*
La Turquie d'Europe
Conſtantinople.

On y joint les Iſles, dont les principales ſont les *Iſles Britanniques.*

Diviſion Politique.

L'Europe a un Prince Eccléſiaſtique, (le Pape.

Trois Empereurs.
{
D'Allemagne.
De Turquie, dit *Grand-Seigneur.*
De Moſcovie, dit *Czar.*

54. Rois.
{
De France,
D'Espagne,
De Portugal, *Lisbonne.*
De Suede,
De Dannemarck,
D'Angleterre, *Londres.*
De Prusse, *Berlin.*
De Naples, *Naples.*
De Sardaigne, *Turin.*
}

Les Royaumes de Boheme, dont la Capitale est *Prague*, & de Hongrie, dont la Capitale est *Bude*, sont à la Maison d'Autriche.

Celui de Norvege au Roi de Dannemarck.

Ceux d'Ecosse & d'Irlande, au Roi d'Angleterre.

Ecosse. { *Edimbourg.*
Irlande. { *Dublin.*

5 Républiques principales.
{
Les Provinces-Unies, *Amsterdam.*
Venise,
Genes,
Les Suisses, *Bâle.*
Les Grisons, *Coire.*
}

4 Républiques inférieures.
{
Raguse,
Geneve,
Lucques,
Saint-Marin dans le Duché d'Urbin.
}

DE L'ASIE.

L'Afie eft bornée au Nord par l'Océan Glacial, au Sud par la Mer des Indes; à l'Eft par la Mer de la Chine; à l'Oueft par la Mer Rouge, la Méditerranée & la Mer de Marmora. Elle fe divife naturellement en fix parties.

1°. La Gr. Tartarie, *Samarcande.*
2°. La Turquie d'Afie, *Alep.*
3°. La Perfe, *Ifpahan.*
4°. Le Mogol, *Agra.* Ou *Delli.*
5°. La Chine, *Pekin.*
6°. Les Ifles.

Divifion Politique.

La Turquie d'Afie appartient au Grand Seigneur; *la Perfe* au Sophi de Perfe, *le Mogol* à l'Empereur du Mogol, *la Chine* à l'Empereur de la Chine; *la Grande Tartarie* eft divifée comme *les Ifles* entre plufieurs Puiffances.

DE L'AFRIQUE.

L'Afrique eft une Prefqu'Ifle tenant à l'Afie par l'Ifthme de Suez; elle fe divife naturellement en huit parties:

1. ⎧ L'Egypte, *le Caire.*
2. ⎪ La Barbarie, *Fez.*
3. ⎪ Le Biledulgerid, *Dara.*
4. ⎨ Le Zaara ou Desert, *Zuenziga.*
5. ⎪ La Nigritie, *Tombut.*
6. ⎪ La Guinée, *Ardra.*
7. ⎩ La Nubie, *Dangala.*
8. ⎰ L'Ethiopie ⎱ intér. ou Abyssinie.
   ⎱   ⎰ extér. *Monomotapa.*

Division Politique.

La Barbarie comprend des Républiques & des Royaumes ; *Tripoli & Tunis* ont un Dey qui y préside : *Alger* est sous la protection du Turc : *Fez & Maroc* ont un Roi.

L'*Egypte* est au Turc qui lui envoye tous les trois ans un Bacha.

La *Nubie* a un Empereur qu'on appelle le Grand Négus.

Au reste l'intérieur de l'Afrique n'est point connue ; les Européens possedent plusieurs Places sur ses côtes.

DE L'AMERIQUE.

L'Amérique, qui consiste en deux grandes Péninsules situées dans l'Océan Atlantique, comprend dans la partie Septentrionale, sept parties.

1°. Le Méxique ou nouvelle Espagne, au Sud. *Mexico.*

2°. Le nouveau Méxique, au Nord,
Santa Fez,

3°. La Floride au Sud. *S. Augustin.*

4°. Le Canada à l'Orient. *Quebec.*

5°. La Louisiane à l'Occident. *Fort-
Louis.*

6°. La Terre de Labrador, au Nord.

7°. La nouvelle Angleterre. *Boston.*

Division Politique.

Les deux Méxiques, partie de la
Floride appartiennent aux Espagnols :
le Canada & la Louisiane aux François :
le Labrador aux naturels du Pays, &
la nouvelle Angleterre qui comprend
une étendue de 700. lieues sur la côte
aux Anglois.

Amérique Méridionale.

L'Amérique Méridionale se divise
aussi en sept parties.

1°. Terre ferme au Nord, *Santa Fez
de Bagota.*

2°. Perou au Sud. *Lima.*

3°. Chili. *San Jago.*

4°. Terres Magellaniques. *Corduba.*

5°. La Province de Rio de la Plata, *Buenos-Ayres.*

6°. Le Bréfil. *S. Salvador.*

7°. Le Pays des Amazones dans l'intérieur des Terres.

Divifion Politique.

Les cinq premieres parties appartiennent aux Efpagnols ; le Bréfil eft aux Portugais , & le Pays des Amazones aux anciens Habitans.

DE L'OCEAN & DE SA DIVISION.

L'Océan baigne les deux Continens , & fe divife , 1°. en *Septentrional , Méridional , Oriental , & Occidental.*

L'Océan Septentrional ou Glacial de l'Europe , & de l'Afie , forme *la mer Blanche , la mer de Mofcovie, de Tartarie.*

L'Océan Atlantique, ou Occidental, forme la *mer Baltique , la mer d'Allemagne , la Manche , la mer d'Efpagne , & côtoyant l'Afrique , la mer des Canaries , du Cap verd , la mer de Guinée.*

L'Océan Ethiopien & Méridional forme la *mer des Cafres , de Zanguebar.*

L'Océan Oriental ou Indien , forme *la mer de l'Arabie , de la Perfe , de l'Inde, de la Chine , du Japon , &c.*

L'Océan qui baigne l'Amérique ,

porte le nom de mer du *Nord* & du *Sud*.

La mer du Nord comprend celle de *Canada*, du *Bréfil*.

Celle du Sud comprend celle du *Méxique*, du *Perou*, du *Chili*, la mer *Magellanique*.

Elle prend auffi le nom de *mer Pacifique* à caufe de fes bonaces.

Des Golfes portant le nom de Mer.

Les Golfes fuivans portent le nom de Mer à caufe de leur étendue.

La mer Méditerranée.

La mer Noire, ou le Pont Euxin.

La mer Blanche, partie de l'Océan Septentrional qui entre dans la Ruffie.

La mer Baltique qui baigne la Suede, le Dannemarck, l'Allemagne & la Pologne.

La mer Adriatique, ou Golfe de Venife.

La mer Rouge ou mer de la Mecque, ou Golfe Arabique en Afrique.

La mer ou Golfe de Méxique en Amérique.

Détroits fameux.

Détroit de Gibraltar.

Europe,

Du Sund.

La Manche.

Le Pas de Calais.

Phare de Meſſine.

Boſphore de Trace, ou Dé-
troit des Dardanelles.

Aſie.

Détroit de Babelmandel.

Amér.

De Davis.

Détroit de Hudſon.

De Magellan.

Lacs fameux.

Lacs Ladoga & Onega en Moſcovie.

Lac de Genêve, entre la Suiſſe & la
Savoye.

Lac de Conſtance ſur les frontieres
d'Allemagne.

Le Lac Majeur, & le Lac de Côme,
en Italie.

La mer Caſpienne, en Aſie.

Le Lac Supérieur & pluſieurs autres
dans l'Amérique Septentrionale.

Iſthmes fameux.

Europe,

L'Iſthme de Corinthe qui joint la
Morée à la Turquie.

L'Iſthme d'Or ou de Précop, qui
joint la Crimée à toute la petite
Tartarie.

Afr.
Afie. L'Isthme de Suez qui unit l'Asie à l'Afrique.

L'Isthme de Tenacerim, qui attache la presqu'Isle de Malaca, au reste de la presqu'Isle de l'Inde au-delà du Gange.

Amér. L'Isthme de Panama qui unit les deux Amériques.

Caps fameux.

Europe.
Nord Cap.
Cap Matapan, en Morée.
Cap Finistere, en Espagne.
Cap de Roca.
Cap S. Vincent, en Portugal.

Asie.
Cap Ningpo, à la Chine,
Cap Comorin, dans la Peninsule en deçà du Gange.
Cap Rasalgate, en Arabie.

Afrique.
Le Cap Bon.
Le Cap Verd.
Le Cap de Bonne-Esperance.
Le Cap de Guardafui.

Amérique.
Le Cap Charles, en Canada.
Le Cap S. Augustin, dans le Brésil.
Le Cap Frward, dans la Terre Magellanique.
Le Cap de Corrientes, dans la Nouvelle Espagne.

Montagnes célébres.

Les Pyrenées qui féparent la France & l'Efpagne.

Les Alpes qui bornent l'Italie, du côté de la France, de la Suiffe, & de l'Allemagne.

Les Monts Crapack qui divifent la Pologne de la Hongrie.

Les Monts Coftegnas ou de Balkan, qui féparent la Turquie d'Europe, en Septentrionale & Méridionale.

Les Montagnes de Daarfield ou Offrines, qui féparent la Suéde & la Norvege.

L'Apennin, qui commence aux Alpes près de Nice, & qui traverfe l'Italie dans toute fa longueur.

Les Montagnes qui vomiffent feux & flammes, font le Mont *Hecla* en Iflande, le Mont *Vefuve* près de Naples, & le Mont *Gibel* ou l'*Etna* en Sicile.

Le Taurus dans la Turquie.

Le Caucafe, entre la mer Noire & la mer Cafpienne.

Les Montagnes qui féparent la Chine de la Tartarie.

L'Atlas

Europe.

Europe.

Afie.

L'Atlas qui s'étend l'espace de
1000 lieues, depuis l'Océan Atlantique jusqu'en Égypte, & qui sépa-
re la Barbarie du Zaara.

Les Montagues de la Lune sur
les Confins du Monomotapa.

Le Pic de Teneriffe dans l'Isle de
ce nom.

Montagnes d'Apalaché, entre la
Nouvelle France & la Floride dans
l'Amérique Septentrionale.

Les Andes ou Cordelieres, qui
traversent l'Amérique Méridionale
du Nord au Sud, & qui divisent le
Perou & le Chili du Pays des
Amazones.

Division des Isles principales.
Isles de l'Europe.

1°. Isles de l'Océan.
{
Isles Bri-
tanniques.
{ *Angleterre.*
& Ecosse.
Irlande.

Des Ter-
res Arcti-
ques.
{ *L'Islande,*
aux Danois.
Le Spitberg.

2°. Isles de la mer Baltique.
{ Zélande, *Copenhague.*
Fionie, *Odensée.*
Gotland, *Wisbi.*

L

3°. Isles de la Mediterra- née.
- La Sicile, au Roi de Naples.
- L'Isle de Malte, aux Chevaliers de ce nom.
- La Sardaigne, au Duc de Savoye.
- L'Isle de Corse, aux Génois.
- Majorque, aux Espagnols.
- Minorque, Port-Mahon, aux Anglois.
- Ivica, aux Espagnols.

4°. Isles de l'Archipel. { Candie, Negrepont, } au Turc.

5°. Isles de la mer Ionienne, ou du Golfe de Venise. { Corfou, Ste Maure, Cefalonie, } aux Vénitiens

Isles d'Asie
Dans l'Océan.

1°. Isles du Japon, *Meaco.*

2°. Isles de la Sonde. { Java. *Batavia*, aux Hollandois & à plusieurs Rois. Sumatra. Borneo.

3°. Isles Philippines.
Nouvelles Philippines. } aux Espagnols.

4°. Isles Marianes, ou Isles des Larrons.

5°. Ifles Mo- ⎰ Macaſſar. ⎱ Aux
luques, ou de ⎰ Banda.   ⎱ Hollan-
l'Epicerie.   ⎰ Amboine. ⎱ dois.

6°. Ifles de Ceylan. *Candea*, aux Hol-
dois, & aux Naturels du Pays.

7°. Ifles Maldives. *Mâle*, à un Roi du
Pays.

Dans la Méditerranée.

8°. Ifles de Chypre. *Famagouſte.* ⎱ Au
     L'Ifle de Rhodes.   ⎰ Turc.
9°. Ifles de l'Archipel. *Metelin.* ⎰

Iſles d'Afrique.

1°. Ifle Madere. *Fonchal*, aux Portugais.

2°. Ifles Canaries, aux Efpagnols.

3°. Ifles du Cap Verd, aux Portugais.

4°. Ifle S. Thomas. *Sous la Ligne*,
aux Portugais.

5°. Ifle Ste Hélene, aux Anglois.

6°. Ifle de Madagaſcar. *Fort Dauphin.*
Cette Ifle fort grande, eft habitée
par des Idolâtres.

7°. Ifles Françoiſes. ⎰ *Bourbon*
                  &
               Maurice.

8°. Ifle de Zocotora. A l'Orient de la
Côte d'Ajan.

Iſſes de l'Amérique

Dans la partie Septentrionale.

1°. Iſles de Terre Neuve, *Plaiſance* aux Anglois.

2°. Iſle Royale, ou Cap Breton, *Louis-Bourg*, aux François.

3° Les Grandes & Petites Antilles, & Iſles Lucayes	*Les Grandes Antilles.* *Cuba, La Havane*, aux Eſpagnols. *S. Domingue Cap Fr.* partie aux Eſpagnols, partie aux François. *La Jamaïque*, aux Eſpagnols. *Porto-Ricco*, aux Eſpagnols.

4°. Les Açores. *Angra*, aux Portugais.

Dans la partie Méridionale.

Les Iſles Magellaniques ou Terre de Feu.

Fleuves & Rivieres confidérables
Des quatre parties de la Terre.

Dans les Ifles Britanniques.

En Angleterre.
- La Tamife.
- La Saverne.
- L'Humber.
- La Twede.

En Ecofle.
- Le Tay.
- Le Clide.
- Le Spey.
- Le Dée.

En Irlande.
- Le Shannon.
- Le Lée.
- Le Blackwater.

En Suede.
- Le Torno.
- Le Kimi.

En Efpagne.
- Le Tage.
- Le Guadalquivir.
- Le Guadiana.
- Le Minho.
- Le Douro.

Embouchure dans l'Océan.

- L'Ebre, tombe dans la Méterranée.

En
France. {
La Seine, qui tombe dans la Manche.
La Loire. } Dans l'O-
La Garonne. } céan.
Le Rhône, dans la Méditer-ranée.

En Alle-magne. {
Le Rhin.
L'Elbe.
Le Weſer. } Dans la mer
La Meuſe. } d'Allemagne.
L'Ems.
L'Oder, dans la mer Balti-que.
Le Danube, dans la mer Noire.

En Po-logne. {
La Viſtule, qui } Dans la
reçoit le Bug. } mer Balti-
Le Niemen. } que.

{
Le Nieper ou } Dans la
Boriſthenes. } mer
Le Nieſter. } Noire.

En Moſ-covie. {
La Dwina, dans la mer Blan-che.
Le Don, dans la mer d'A-ſof.

La Duna, dans mer Balti-que.

En Italie. { Le Tibre. L'Arno. } Dans la Méditerranée.

{ Le Volturno. Le Po. L'Adige. } Dans le Golfe de Venise.

EnHongrie. { Le Danube. Le Niester, ou Turla. Le Nieper. } Dans la mer Noire.

Rivieres d'Asie.

Quatre Fleuves arrosent la Siberie, qui est au Nord de la Grande Tartarie.

L'Irtis, l'Obi, le Jenisca, & le Lena. Les deux premiers ayant mêlé leurs eaux, se rendent dans la Mer Glaciale, où se jettent aussi le Jenisca & le Lena.

La Grande Tartarie est arrosée du Wolga, qui a sa source dans la Russie Européenne, & qui se perd après un très long cours dans la Mer Caspienne.

L'Amour coule du Couchant au Levant, & se perd dans la Mer de Kamtzahatka.

L'Euphrate & le Tigre ont leur source dans les montagnes d'Arménie ;

L iiij

& après s'être joints près de Balſora, ſe perdent dans le Golfe Perſique.

L'Inde arroſe la partie Occidentale du Pays auquel il donne ſon nom, & tombe dans la Mer des Indes.

Le Gange, après avoir arroſé le milieu de l'Inde, ſe jette dans le Golfe de Bengale.

Rivieres d'Afrique.

Le Nil coule du Sud au Nord, & ſe décharge dans la Méditerranée.

Le Niger coule de l'Eſt à l'Oueſt, ſe partage en trois branches : la plus Septentrionale s'appelle le Sénégal ; celle du milieu, riviere de Gambie ; la plus méridionale, Rio Grande.

Rivieres de l'Amérique.

L'Amérique Septentrionale a la Riviere du Canada ou de S. Laurent, qui ſe perd dans la Mer du Nord.

Le Miſſiſſipi a ſon embouchure dans le Golfe de Méxique.

L'Amérique Méridionale a trois principales Rivieres, qui ſe perdent dans la Mer du Nord.

L'Orenoque, la Riviere des Ama-

zones, Rio de la Plata, ou Riviere
d'Argent.

Des différens Gouvernemens.

On diſtingue quatre ſortes de Gouvernemens : le *Monarchique*, le *Deſpotique*, l'*Ariſtocratique*, & le *Démocratique*.

Le *Monarchique* eſt lorſqu'une ſeule
perſonne gouverne, comme en France, en Eſpagne.

Le Gouvernement eſt *Deſpotique*,
quand le Souverain ne conſulte que
ſa ſeule volonté, comme en Turquie
& en Moſcovie.

Le Gouvernement *Ariſtocratique* eſt
celui où les Nobles ont toute l'autorité, comme à Veniſe.

Le *Démocratique* eſt celui où l'autorité
eſt entre les mains du peuple comme
à Genêve.

Il y a des Etats ou ces différentes eſpeces de Gouvernemens ſont mêlan-
gées. En Pologne la Monarchie &
l'Acriſtocratie ſont mêlées enſemble :
en Suede le Gouvernement eſt Monarchique & Ariſto-Démocratique ; le
Roi ne peut rien conclure d'important

L v

ſans le conſentement de tous les Ordres , & les Payſans en font un.

Des différentes Religions.

Les peuples de l'Europe ont trois principales Religions : la Chrétienne , la
Mahométane , & la Grecque.

La Chrétienne eſt Catholique Romaine ou Proteſtante.

La Catholique Romaine eſt la ſeule
permiſe en Italie , en Savoye , en Eſpagne , en Portugal , & en France.

Elle domine en Pologne , en Hon-
grie , en Autriche , en Baviere , en
Franconie , dans les trois Electorats
Eccléſiaſtiques , & dans ſept Cantons
Suiſſes.

La Proteſtante domine dans la Grande
Bretagne , en Irlande , dans les Provin-
ces-Unies , dans le Dannemarck , la
Suede , les Cercles de Weſtphalie , de
Haute & Baſſe Saxe , dans la Heſſe ,
dans ſix Cantons Suiſſes , & à Genêve.

Elle a encore pluſieurs Sectaires
dans les autres Provinces d'Allemagne ,
en Pologne , & en Hongrie.

La Religion Mahométane domine
dans tous les Etats du Turc ; on y

souffre les Chrétiens & les Juifs,
moyennant un tribut.

La Religion Schismatique Grecque est la seule Religion de la Russie
ou Moscovie.

D E L' E U R O P E.

I. *Couronnes du Nord.*

S U E D E.

La Suede a pour bornes au Nord
la mer Glaciale. Au Sud la mer Baltique ; à l'Est la Moscovie, & à l'Ouest
la Norwege.

Le Luthéranisme de la Confession
d'Ausbourg, est la seule Religion que
l'on professe en Suéde.

Les Etats de Suéde, après la mort
de Charles XII. ont recouvré leur droit
d'Election. Ils sont composés de quatre
Corps, 1°. la Noblesse, 2°. le Clergé,
3°. les Bourgeois, 4°. les Paysans, qui
y envoient leurs Députés, aussi - bien
que chaque Maison noble.

Les Militaires, depuis le Colonel,
jusqu'au Capitaine inclusivement, entrent aux Etats dans la Classe des Nobles.

Il n'y a point de Rivieres considé-

rables en Suéde ; mais quantité de Lacs
dont les principaux font ceux de Mé-
ler , de Waner & de Water.

ARCHEVECHE'S.

Upfal , Riga.

EVECHE'S.

*Gotthembourg. Strengnes.
Wexio. Lunden. Lindkoping. Scaren.
Abo. Wiborg.*

UNIVERSITE'S.

Upfal. Abo.

Ce Royaume fe divife en fept parties.

La Suéde a cinq parties , qui font :
I. La Laponie Suédoife. *Kola* qui eft
l'endroit le plus connu des Laponies ,
eft de la Laponie Ruffienne.

II. La Bothnie. *Torno.*

III. Les Nordelles ou Provinces du
Nord. *Gevalie. Hernofand.*

IV. Uplande ou Suéde propre *Stokolm* , Capitale de tout le Royaume ,
Ville bâtie fur pilotiés avec un Port
très-vafte.

Tout le commerce du Royaume fe

fait en cette Ville, les Hollandois & les
Anglois y portent du vin, de l'eau-de-
vie, des fruits de Provence & d'Espagne, des étoffes de soye, du sel,
des épiceries, du verre de France, du
tabac ; le Commerce de la Mer Baltique occupe bien 1000 vaisseaux ; ils
en rapportent du cuivre, du fer, des
canons, des boulets, de la couperose,
des planches & chevrons de sapins,
& des duvets.

Upsal. Nikoping. Orebro. Arosen :
V. La Gothie comprend, *Norkoping,
Calmar*, Ville forte avec un bon port.
Gothembourg, port de mer, *Carlstadt.
Lunden* patrie de Samuel Puffendorf ;
Ystedt. passage de l'Allemagne. *Chri-
stianopel. Carlscron. Helmstad.*

V I. La Finlande. *Abo*, Université,
Helsingfort, Wiborg, port de Mer, *Ca-
janebourg, Oreska,*

VII. La Livonie faisoit la meilleure
Province de la Suéde, *Riga* Capitale,
Ville forte, bien bâtie, *Revel.*

La Livonie, partie de la Carelie &
l'Ingrie ont été cédées au Czar par les
Traités du 30. Septembre 1721.

LE DANEMARCK.

Le Danemarck fitué au Nord de l'Allemagne, fe divife en Ifles & en Continent, qui comprend la Prefqu'Ifle de Jutland, & de la Norwege.

Le Luthéranifme eft la Religion que l'on fuit en Danemarck.

Le Gouvernement de Danemarck fut rendu Monarchique & héréditaire ; même aux filles, au défaut dès mâles, en 1669. par Frédéric III. qui força les Etats à fe démettre de leur Droit d'Election.

Arch. *Copenhague.*

Evech. *Slefwick, Arhufen, Alborg. Ripen. Wiborg. Odenfée.*

I. Isles du Danemarck.

Zélande. *Copenhague*, Capitale de tout le Royaume. *Cronebourg*, Clef du Sund. *Helseneur. Roskild*, où font les Maufolées des Rois de Danemarck.

Fionie. *Odenfée. Niborg.*

Langeland. *Rudkoping.*

Laland. *Naxow.*

Falfter. *Nikoping.*

Bornholm. *Sandwick.*

Alsen.

Arroe.

Femeren. *Borch.*

Islande, près du cercle Polaire à l'Occident de la Norwege.

Skaholt. Evêché. *Le Mont-Hecla* jette des flammes au milieu des neiges; on en tire du souffre.

Les Isles de *Fero*, font une dépendance de l'Islande.

2. Le Jutland comprend

Le Nord. Jutland.
$\left\{\begin{array}{l} \textit{Alborg.} \\ \textit{Wiborg.} \text{ Au Midi du Golfe} \\ \textit{Arhusen.} \qquad \text{de Limford.} \\ \textit{Ripen.} \text{ Port ; } \textit{Tonningen.} \\ \qquad\qquad\qquad \text{Port.} \end{array}\right.$

Le Sud - Jutland comprend le Duché de Slefwick. *Slefwick. Flensbourg.* Au Duc d'Holftein Gottorp.

Le Duché d'Holftein. *Kiel.*

N O R W E G E.

ARCHEVESCHE'. *Drontemh.*

EVESCHE'. *Obslo. Bergen. Stavanger.*

3. La Norwege, se divise en cinq Gouvernemens; fçavoir.

1. Wardhus, ou Laponie Danoise. *Wardhus.*

2. *Dronthem*, Port.

3. *Bergen*, Port, *Stavanger*.

4. Aggerus. *Obflo*, ou *Chriftianftad*, Capitale & Port de Mer. Elle porte ce ce dernier nom de Chriftien. IV. qui la fit rebâtir en 1648.

Fridericftad, Port.

5. *Bahus*.

Les Hollandois y portent du Vin d'Efpagne, de l'Eau-de-Vie, du Vinaigre, du Sel, du Tabac, des Epiceries, des Draperies, des Bas. Ils en rapportent des Mâts de Navires, des Planches de Sapins & du Bois de Sape, qui eft un Bois rougeâtre qui s'emploie pour les Ouvrages quarrés, du Goudron, des Peaux de Boucs, du Cuivre plus aigre que celui de Suede, de la Morue féche.

Ce Commerce occupe bien 200. Navires, du Port de 40. Tonneaux. Ce Commerce fe fait a Coperwik dans le Golfe d'Anflo, à Stavanger, Berghen, Dronthem, Romfdal.

Les Ifles d'Iflande & de Fero en dépendent.

Le Spitzberg eft au Nord de la Norwege, c'eft où les Hollandois & les Anglois vont à la Pêche de la Baleine.

Le Groeland, qui eſt dans les Terres Arctiques au Nord, & à l'Oueſt de
l'Iſlande, eſt fréquenté par les Danois.

II. LA FRANCE.

La France eſt bornée au Nord par
la Manche, & les Pays-Bas. Au Sud
par les Pyrenées, & la Méditerranée, à l'Eſt par l'Allemagne, les Suiſſes,
& la Savoye, à l'Oueſt par l'Océan.

La Religion Romaine eſt la ſeule
que l'on ſouffre en France.

Le Gouvernement de France eſt pu-
rement Monarchique. La Couronne eſt
héréditaire ſeulement aux Mâles, les
Femmes en étant excluſes par la *Loi
Salique*, qui adjuge toute la Succeſſion
entiere à l'Héritier mâle, le plus proche
en ligne directe.

Archevêchés avec les Evêchés Suffragans.

PARIS. *Chartres, Meaux, Orleans,
Blois.*

LYON. *Autun, Langres, Mâcon,
Châlons - ſur - Saone, Dijon, Saint
Claude.*

ROUEN. *Bayeux, Avranches, Evreux, Séez, Lizieux, Coutances.*

SENS. *Troyes, Auxerre, Nevers.*

Les trois Evêchés suivans sont Suffragans de Treves.

Metz, Toul, Verdun.

REIMS. *Soissons, Châlons-sur-Marne, Laon, Senlis, Beauvais, Amiens, Noyon, Boulogne.*

TOURS. *Le Mans, Angers, Rennes, Nantes, Quimpercorentin, Vannes, S. Pol-de-Leon, Treguier, Saint-Brieux, Saint Malo, Dol.*

BOURGES. *Clermont, Limoges, Tulles, Le Puy-en-Velay, S. Flour.*

ALBY. *Rhodez, Castres, Cahors, Vabres, Mende.*

BORDEAUX. *Agen, Angoulesme, Saintes, Poitiers, Perigueux, Condom, Sarlat, La Rochelle, Luçon.*

AUSCH. *Acqs, Létoure, Comminges, Conserans, Aires, Bazas, Tarbes, Oleron, Lescar, Bayonne.*

NARBONNE. *Béziers, Agde, Carcassonne, Nismes, Montpellier, Lodeve, Uzès, S. Pons-de-Tomieres, Aleth, Alais, Perpignan.*

TOULOUSE. *Montauban, Mirepoix,*

Lavaur, Rieux, Lombez, S. Papoul, Pamiers.

Arles. Marseille, S. Paul-trois-Châteaux, Toulon, Orange.

Aix. Apt, Riez, Fréjus, Gap, Sisteron.

Vienne. Il a pour Suffragans hors du Royaume, Geneve, & S. Jean-de-Maurienne. Et dans le Royaume, Grenoble, Viviers, Valence, Die.

Embrun. Digne, Grasse, Vence, Glandéve, Sénez.

Besançon. Belley en Bugey. Entre plusieurs Suffragans de Besançon, Belley est le seul dans le Royaume.

Cambray. Arras, S. Omer. Strasbourg Suffragant de Mayence.

Univerſités.

Paris, Douay, Caen, Reims, Pont-à-Mousson, Strasbourg, Besançon, Nantes, Angers, Orleans, Poitiers, Bordeaux, Cahors, Bourges, Toulouse, Montpellier, Perpignan, Aix, Orange, Valence.

Rivieres de France.

LA SEINE a fa fource dans la Bourgogne, traverfe le Champagne, l'Ifle
de France & la Normandie ; & va fe
perdre au Havre de Grace dans la
Manche.

La Seine reçoit l'Aube, l'Yonne, la
Marne, l'Oife & l'Eure.

LA LOIRE a fa fource dans le Viva-
rais ; arrofe le Velai, le Forêts, le
Beaujolois, la Bourgogne, le Nivernois, l'Orléannois, la Touraine, l'Anjou & la Bretagne méridionale ; puis
elle fe jette dans l'Océan.

La Loire reçoit l'Allier, le Cher,
l'Indre, le Loir, la Sarte & la
Mayenne.

LE RHÔNE a fa fource dans le haut Velai, traverfe le Lac de Gênêve, fepare
la Breffe de la Savoye & du Dauphiné, defcend à Lyon, coule droit au
Midi dans la Mediterranée, & borne
le Dauphiné & la Provence.

Le Rhône reçoit la Saone, l'Ifere
& la Durance.

LA GARONNE fort des Pyrenées, arrofe le Cominge, partie du Languedoc, traverfe la Guienne, & fe perd

fous le nom de Gironde à la Tour de Cordouan dans l'Océan.

Elle reçoit dans fon cours le Tarn, le Lot & la Dordogne.

Il y a encore la Somme, l'Orne, la Vilaine, la Charante, l'Adour & l'Aude, &c.

Parlemens.

Let Parlemens font des Cours Souveraines de Juftice, où les Procès font jugés en dernier reffort.

Les douze Parlemens du Royaume font ceux de *Douay*, pour la Flandre; de *Rouen*, de *Paris* qui outre l'Ifle de France, eft pour toutes les Provinces qui n'ont point de Parlement; de *Metz*, de *Dijon*, de *Befançon*, de *Rennes*, de *Bordeaux*, qui s'étend fur la Saintonge & le Limoufin; de *Pau*, de *Touloufe*, d'*Aix* & de *Grenoble*.

Confeils Souverains.

Colmar pour l'Alface.
Perpignan, pour le Rouffillon.
Arras, pour l'Artois, portant le nom de *Confeil Supérieur d'Artois*.

L'ancienne France fe divifoit en

douze Gouvernemens Généraux, qui tinrent encore les Etats en 1614. nous suivons cette division comme la plus aisée, & nous y joindrons les Païs des Conquêtes.

Au Nord.

Picardie.   Ifle de France.
Normandie.   Champagne.

Au Milieu.

Bretagne.   Bourgogne.
Orléanois.   Lyonnois.

Au Midi.

Guienne & Gafcogne. Dauphiné.
Languedoc.   Provence.

Au Nord.

I. PICARDIE.

La Picardie comprend. 1. Le Pays reconquis. *Calais,* Paffage de France en Angleterre. *Guines, Ardres.*

2. Le Boulonnois. *Boulogne,* Port fur la Manche, *Ambleteufe.*

3. Le Ponthieu & Vimeux. *Abbe-ville*, Ville peuplée & marchande, *S. Riquier*, *Crecy*, *Vervins*, connu par un Traité conclu l'an 1598. entre Henry IV. & Philippe II. *S. Valery* à l'Embouchure de la Somme.

4. Le Vermandois, *S. Quentin*; *Ham*.

5. Le Thiérache, *Guise*, *La Fere*.

6. L'Amiennois, *Amiens*, la Nef de fon Eglife Cathédrale, eſt un Ouvrage qui mérite l'attention des Curieux; c'eſt la Patrie de Voiture & de du Cange; *Dourlens*.

7. Santerre, *Péronne*, ſur la Som-me; *Royes* grands Paſſages de Flandre, *Montdidier*.

II. N O R M A N D I E.

La Normandie comprend. 1. Le Vexin Normand & le Roumois, *Rouen* Capitale, Ville confidérable & d'un grand Commerce; *Giſors*, *Pont-Aude-Mer*, *Quillebeuf*, *Elbeuf*, Bourg célébre par ſes Draps.

2. Le Bray, *Gournay*, *Aumale*.

3. Le Pays de Caux, *Caudebec* célébre par ſes Chapeaux, *Dieppe*, on

y travaille l'Yvoire très-proprement; *Havre-de-Grace, Harfleur, S. Valery-en-Caux.*

4. Diocèse de *Lisieux, Pont-l'Evêque, Honfleur.*

5. Dioc. d'*Evreux, Vernon, Verneuil, Louviers,* connu pour les Draps de ce nom.

6. Dioc. de *Sées, Alençon, Falaise, Guibrai,* Foire célébre.

Dioc. de *Bayeux, Caen, Vire.*

Dioc. de *Coutances, Cherbourg, S. Lo.*

9. Dioc. d'*Avranches. Mont Saint Michel* Château & Abbaye sur un Rocher.

III. ISLE DE FRANCE.

L'Isle de France comprend:

1. L'Isle de France, *Paris,* Capitale de tout le Royaume, ornée d'un Archevêché, d'un Parlement, d'une Université, la plus célèbre du Royaume, comme la plus ancienne; *S.Denis* Sépulture de nos Rois, *Vincennes* Maison Royale, *Chelles, Charenton, S. Cloud,* le Château & le Parc appartiennent au Duc d'Orleans.

2. La Brie ; *Brie-Comte-Robert, Corbeil, Crecy.*

3. Le

3. Le Hurepoix & la Beauce. *Dourdans , Châtres , Longjumeau , Montfort-Lamaury.*

4. Le Gatinois François. *Melun , Fontainebleau*, gros Bourg avec une belle Maison Royale, *Nemours.*

5. Le Mantois. *Mantes, Versailles*, célèbre Maison Royale bâtie par Louis XIV. *S. Germain , Poissi , Meulan , Dreux.*

6. Vexin François. *Pontoise.*

7. Le Beauvoisis. *Beauvais* ; le Chœur de son Eglise Cathédrale est un morceau admirable d'Architecture ; *Clermont* grande route de Picardie.

8. Le Valois. *Crespy , Pont-S.-Maxence. Chantilly ,* renommé pour le magnifique Château du Prince de Condé ; *Compiegne ,* où il y a une Maison Royale.

9. Le Soissonnois. *Soissons.*

10. Le Laonnois, *Laon , Liesse ,* fameux par les Pélérinages.

11. Le Noyonnois. *Noyon* Patrie de Calvin.

LA CHAMPAGNE.

La Champagne renferme,

1. Le Rhémois, le Perthois & le

M

Rhételois. *Rheims*, Ville ancienne &
Archiépifcopale, où fe fait le Sacre
des Rois. Le Portail de fa Cathédrale eft
admiré des Connoiffeurs.*Vitry-le-Fran-*
çois, Rethel, Rocroi, Charle-Ville, Se-
dan, où il y a une bonne Manufac-
ture de Draps.

2. La Champagne propre, & le Châlonnois. *Troyes, Châlons-fur-Marne,*
La Promenade *du Jar* hors de la Ville eft fort belle.

3. Le Baffigni & le Vallage. *Lan-*
gres, Joinville, Bar-fur-Aube; à deux
lieues eft la célèbre Abbaye de Clair-
vaux.

4. Le Sénonois & le Tonnerois,
Sens, Tonnerre.

5. La Brie Champenoife. *Meaux,*
Provins, Château-Thierry, où nâquit le
célèbre Jean la Fontaine.

AU MILIEU.

I. BRETAGNE.

La Haute Bretagne comprend cinq
Evêchés.

1. *Rennes* Capitale, *Fougeres, Vitré.*
2. *Nantes,* Ville riche & bien fituée pour le Commerce; *Ancenis.*

3. *S. Malo*. grand & célébre Port, très-fréquenté, *Penbœuf*, où s'arrêtent les gros Bâtimens qui ne peuvent remonter jufqu'à Nantes. *Croiffic*, *Dinant*.

4. *Dol*.

5. *S. Brieux*.

La Baffe Bretagne a quatre Evêchés,

1. *Vannes*, *Port-Louis*, *Hennebond*.

2. *Quimper*, ou *Quimpercorentin*, *Karhays*, renommé pour fes Foires & fon Gibier.

3. *S. Pol-de-Leon*, *Breft*, bon Port, premier Département de la Marine.

5. *Treguier*, *Morlaix*.

II. ORLEANNOIS.

L'Orléannois renferme,

1. L'Orléannois propre. *Orléans*. *Baugenci*.

2. La Beauce Chartraine, le Vendomois, le Dunois, le Perche; le Nivernois. *Chartres*, Ville très ancienne; fes Clochers font mis au rang des chofes néceffaires pour faire une belle Eglife; *Nogent-le-Roi*, *Vendome*, *Château-dun*; la vivacité des Habitans a

fait dire en Proverbe : *Il est de Château-dun, il entend à demi mot. Nevers.*

3. Le Blaifois, la Sologne. *Bazoches, Blois,* fur le bord de la Loire ; *Chambor,* Maifon Royale à 4. lieues, dont le Roi a donné la jouiffance au Maréchal de Saxe. *Romorantin.*

3. Le Gatinois. *Montargis, Gien, Etampes, Briare.*

5. La Touraine, l'Anjou, le Maine, le Saumurois. *Tours* fur la Loire, *la Fleche,* où les Jéfuites ont un magnifique Collége. *Angers, Saumur, le Mans, Laval.*

6. Le Poitou, le Berri, l'Angoumois, la Saintonge & le Pays d'Aunis. *Poitiers, Bourges,* grande Ville qui a donné naiffance au Pere Bourdaloue, Jéfuite ; *Angoulefme, Saintes, la Rochelle,* Port confidérable fur l'Océan ; *Rochefort,* jolie Ville ; *Brouage,* renommé pour la bonté & la quantité du Sel qui s'y fait ; l'Ifle de *Ré,* l'Ifle d'Oleron, *Thouars.*

III. LA BOURGOGNE.

La Bourgogne comprend,

1. Le Dijonnois. *Dijon, Beaune, Nuitz*, toutes villes renommées pour les bons Vins.

2. L'Autunois. *Autun, Bourbon-Lancy*.

3. Le Châlonnois. *Châlons-fur-Saone, Verdun*.

4. Le Pays des Montagnes, *Châtillon-fur-Seine, Bar-fur-Seine*.

5. L'Auxois. *Semur, Avalon*.

6. L'Auxerrois. *Auxerre, Coulange*, Pays de Vignobles.

7. Le Charollois. *Charolles*.

8. Le Maconnois. *Macon, Tournus*.

9. La Breffe, & Bugey, & la Principauté de Dombes. *Trevoux*.

IV. LE LYONNOIS.

Le Lyonnois comprend :

1. Le Lyonnois propre. *Lyon*, la feconde Ville de France , au confluent du Rhône & de la Saone. *S. Chaumont, Condrieux*.

2. Le Foreft. *Monbrifon, S. Etienne*.

3. Le Beaujolois. *Beaujeu , Ville-franche.*

4. Le Bourbonnois. *Moulins ,* Ville jolie & riante.

5. L'Auvergne. *Clermont.* Ville riche & bien peuplée; *S. Flour , Riom.*

Au Midi.

I. GUIENNE et GASCOGNE.

La Guienne comprend ,

1. Le Bourdelois. *Bourdeaux* fur la Garonne ; une des plus grandes Villes du Royaume. La *Tour de Cordouan* eft à l'Embouchure de la Gironde ; on y pofe un Fanal pendant la nuit. *Blaye , Libourne.*

2. Le Bazadois. *Bazas , Langon.*

3. Le Périgord. *Périgueux , Sarlat.*

4. Le Querci. *Cahors.*

5. l'Agenois. *Agen,* Patrie de J. Scaliger.

6. Le Rouergue. *Rodez , Clairac , Villefranche.*

7. Le Limofin , *Limoges . Tulles , Brive la Gaillarde.*

La Gafcogne fe fubdivife en

1. Condomois. *Condom, Nerac.*

2. Armagna . *Auch, Leitoure.*

3. Cominge. *S. Bertrand, Lombez.*

4. Conferans. *S. Licer.*

5. Bigorre. *Tarbes.*

6. Chaloſſe. *Aire.*

7. Baſques. *Bayonne*, ville forte à l'entrée de l'Eſpagne; *S. Jean-de-Luz.*

8. Les Landes, Pays de Sables & de Bruyeres. *Dax.*

9. Le Bearn. *Pau,* ou nâquit Henry IV. en 1557.

10. La Navarre, ou baſſe Navarre. *S. Jean Pied de Port.*

II. LANGUEDOC.

Le Languedoc contient le haut & le bas Languedoc.

Le haut contient neuf Diocèſes & le bas onze.

Le Haut Languedoc a,

1. *Toulouſe,* Capitale du Languedoc.

2. *Montauban.*   *Caſtel-Sarazin.*

3. *Alby.*

4. *Caſtres.*   *Lautrec.*

5. *Lavaur.*   *Puilaurens.*

6. *S. Papoul.*   *Caſtelnaudari.*

M iiij

7. *Rieux.*

8. *Mirepoix*

9. *Comminges.* *Valentine.*

Les onze Evêchés du Bas Languedoc font,

1. *Carcaſſonne* ſur l'Aude. *Monreal.*

2. *Alet.* *Limoux.*

S. *Pons de Tomieres.*

4. *Narbonne.* *Rieux, Comté.*

5. *Beziers,* ville dont la ſituation charmante a fait dire, *que ſi Dieu vouloit faire ſon ſéjour ſur la Terre, il le feroit à Beziers.*

6. *Lodeve. Port de Cette, Pezenas.*

. *Ag de.*

8. *Montpellier, Lunel, Frontignan,* lieux célèbres par leurs Vins.

9. *Niſmes,* Ville ancienne; *Beaucaire,* connue par une Foire très-fameuſe; *Aigues-Mortes, Sommieres.*

10. *Alais.* *Ste Hyppolite.*

11. *Uzès.* *Pont S. Eſprit.*

III. DAUPHINÉ

Le haut Dauphiné comprend :
1. Gréfivaudan. *Grenoble*, fur l'Ifere, *la grande Chartreufe.*
2. Royanez. *Pont de Royan.*
3. Les Baronies. *Buis, Nyons.*
4. Le Gapençois. *Gap.*
5. L'Ambrunois. *Ambrun, Guilleftre.*
5. Le Briançonnois. *Briançon, Feneftrelles, Exiles.*

Bas Dauphiné.
1. Le Viennois. *Vienne*, ville ancienne ; *Romans.*
2. Le Diois. *Die.*
3. Le Valentinois. *Valencé, Montelimar.*
4. Le Tricaftin. *S. Paul - Tricaftin,* ou *Trois-Châteaux.*

IV. PROVENCE.

La haute Provence a ,
1. *Sifteron, Forcalquier.*
2. *Digne.*
3. *Apt.*

M v

5. *Senez*, *Castellane*, *Colemar*.
6. *Glandeve.*

La Baſſe Provence a

1. *Arles*, *Taraſcon.*
2. *Aix*, *Brignoles.*
3. *Marſeille*, Ville d'un grand Commerce, *La Ciotat.*
4. *Toulon*, place forte ; *Iſles d'Hyeres.*
5. *Frejus*, *Draguignan* S. *Tropez.*
6. *Grace*, *Antibes.*
7. *Vence.*

Le Comtat Venaiſſin, & la Principauté d'Orange.

Le Comtat Venaiſſin eſt ſous la Domination du Pape.

Avignon, *Carpentras*, *Cavaillon*, *Vaiſon.*

La Principauté d'Orange eſt réunie à la France ; *Orange.*

PAYS DE CONQUESTES.

Les Pays de Conquêtes ſont,

1. L'*Artois*. Comté, une des dix-ſept Provinces cédées à la France par la

Paix des Pyrenées en 1659. *Arras*, Capitale de l'Artois; Louis XIII. la prit en 1640. Les Habitans qui la croyoient imprenable avoient fait mettre sur une des Portes cette Inscription : *Quand les François Prendront Arras, les Souris mangeront les Chats.* Un François après la Prise dit qu'il n'y avoit qu'à effacer le *P. S. Omer*, *Bethune*, *Aire*, *Bapaume.*

2°. La Flandre Françoise. *Voyez* p.297.

3°. Le Hainaut François. *Voyez* p.300.

Il faut y joindre le *Cambresis*, *Cambray*, *Crevecœur.*

4°. La Franche-Comté qui est demeurée à la France par la Paix de Nimegue.

Ce Comté se divise en quatre Bailliages.

Bailliages. $\begin{cases} \text{1. } \textit{Vesoul.} \\ \text{2. } \textit{Gray.} \\ \text{3. } \textit{Besançon.} \\ \text{4. } \textit{Dole.} \end{cases}$

Salins, ainsi nommé à cause de ses Salines, *S. Claude*, célèbre Abbaye sécularisée & érigée en Evêché en 1742.

5°. Le Roussillon uni à la France par la Paix des Pyrenées.

M vj

Il fe divife en Vigueries & en Cér-
dagne Françoife.

Perpignan, Capitale, *Colioure*, *Ri-*
vefaltes.

Conflans, *Ville-Franche*, *Mont-Louis*.

6°. L'Alface, qui fe divife en Haute
& Baffe, & le Sut-Gaw.

La Haute a *Colmar*, *Neuf-Brifac*.

La Baffe a *Strasbourg*, Capitale &
ville très-confidérable, *Haguenau*, *Sch-*
leftat, *Landau*, *Saverne*.

Le Sut-Gaw, *Ferrette*, *Beford*, *Hun-*
ningue, bien fortifiée.

7°. La Lorraine & le Duché de Bâr
cédés au Roi Staniflas, par la derniere
Paix, & réverfibles en pleine Souve-
raineté à la Couronne de France après
la mort de ce Roi.

Le Duché de Lorraine fe divife en
trois Bailliages.

DeuxBaillia-
ges François
&
Un Alle-
mand.
{
1. *Nanci*, *Luneville*. *Vaudemont*.

2. Bailliage de Vofge, *Mirecourt*, *Efpinal*, *Re-*
miremont, célébre Ab-
baye de Chanoineffes
Plombieres, Nobles.

3. *Sarbruck*.
}

Le Duché de Bar se divise en trois Bailliages.

Bailliages.	De Bar,	Bar-le-Duc.
	De Bassigni,	*Vaucouleurs.*
	De S. Michel,	*Pont-à-Mousson.*

Par le Traité de Munster, la France possede les trois Evêchés, *Metz*, *Toul*, *Verdun*, & dans le Barrois, *Longwi*, & *Stenai*.

III. L'ALLEMAGNE.

L'Allemagne a pour bornes au Nord le Jutland & la Mer Baltique ; au Sud les Suisses, une partie de l'Italie ; à l'Est, la Pologne & la Hongrie ; à l'Ouest les Pays-Bas & l'Océan.

La Religion Catholique est la dominante de l'Allemagne ; on n'élit point d'Empereur qui n'en soit ; la Luthérienne, dite *Protestante*, & la Calviniste, ou *Prétendue-Réformée* y sont permises & même très-puissantes.

ARCHEVESCHE'S.

Cologne. Treves.

Mayence. Saltzbourg, Vienne érigé

en 1721. Ceux de *Breme* & de *Magde-bourg* ont été fécularifés.

E V E S C H E' S.

Brandebourg.	Meiſſen.	Minden.
Halverberg.	Hildesheim.	Brixen.
Spire.	Conſtance.	Gurck.
Worms.	Halberſtat.	Neuſtadt.
Wutſbourg.	Bamberg.	Lubec.
Aichſtat.	Friſengen.	Ratſbourg.
Verden.	Ratiſbonne.	Schwerin.
Ghur.	Paſſau.	Naumbourg.
Oſnabrug.	Chiemſée.	Maeſbourg.

U N I V E R S I T E' S.

Vienne.	Leipſik.	Wittemberg.
Liege.	Erfurt.	Francfort ſur
Marſbourg.	Ingoſtaldt.	l'Oder.
Gripſwald.	Dilengen.	Iena.
Lewegem.	Helmſtadt.	Paderborn.
Altorff.	Herborn.	Keil.
Gratz.	Tubingen.	Lemgou.
Heidelberg.	Roſtock.	

Le Gouvernement de l'Allemagne eſt *Monarchique Ariſtocratique*, ſon

Chef eſt un Empereur qui eſt élû par neuf Princes Electeurs.

ELECTEURS ECCLESIASTIQUES.

1. L'Archevêque de Mayence, *Ar-chi-Chancelier* de l'Allemagne , *Direc-teur* des Archives.

2. L'Archevêque de Treves , *Archi-Chancelier* dans les Gaules.

3. L'Archevêque de Cologne, *Ar-chi-Chancelier* en Italie.

ELECTEURS SECULIERS.

Le Roi de Bohême , *Grand Echanſon* de l'Empire.

2. Le Duc de Baviere , *Grand-Maî-tre.*

3. Le Duc de Saxe , *Grand - Maré-chal.*

4. Le Marquis de Brandebourg , *Grand-Chambellan.*

5. Le Comte Palatin, *Grand Tréſorier.*

6. Le Duc de Brunſwic - Hanover , *Porte-Enſeigne.*

La Bulle d'Or qui contient les Con-ſtitutions de l'Empire ne nomme que quatre Electeurs, le Roi de Bohême , l'Electeur Palatin du Rhin, le Duc de

Saxe & le Marquis de Brandebourg.

Frédéric Electeur Palatin s'étant fait déclarer Roi de Bohême en 1622. il fut mis au Ban de l'Empire, & l'Empereur créa en sa place le Duc de Baviere.

Le fils de Frédéric fut créé Electeur à la Paix de Westphalie en 1648. avec la clause que si l'une des deux Maisons Palatine ou la Maison Ducale de Baviere venoit à manquer, cet Electorat ne subsisteroit plus.

L'Empereur Léopold créa Ernest, Duc d'Hanover, Electeur en 1692.

L'Empereur & chaque Prince de l'Empire est Souverain dans ses Etats, & l'Empereur, quoique Chef, ne peut rien faire hors de ses Etats héréditaires sans le consentement de la *Diette.*

La Diette est une assemblée de tous les Etats de l'Empire qui se tient à Ratisbonne; elle est partagée en trois Colleges; celui des Electeurs, des Princes, tant Ecclésiastiques que Séculiers, Prélats, Comtes & Barons, & celui des Villes *Impériales & Anséatiques.*

On appelle Villes Impériales celles qui ne reconnoissent aucun Prince Souverain; ce sont comme autant de Républiques.

RIVIERES D'ALLEMAGNE.

Le Danube a sa Source dans les montagnes de la Forêt Noire, passe dans la Suabe, la Baviere, l'Autriche, la Hongrie, la Servie, la Bulgarie, la Moldavie, & se jette dans la Mer Noire.

Il reçoit *l'Iser*, *l'Inn*, *l'Ems*, *le Rahab*, *la Drave*, *& la Save*, &c.

Le *Rhin* prend sa Source au Pays des Grisons, traverse une grande partie de l'Allemagne & des Pays-Bas, se divise en deux branches au Fort de Schenck, dont l'une sous le nom de *Rhin* va à Arnhem, l'autre sous le nom de *Vahal* coule vers Nimegue, Bommel, se joint à la Meuse.

Le *Rhin* se divise de nouveau à Arnhem, où la branche droite, sous le nom d'*Issel*, passe à Doesbourg, Zutphen, Deventer, se jette dans le Zuyderzée; à Wick-te-Duerstede, le *Rhin* se partage encore, & la branche gauche sous le nom de *Leck* passe à Rotterdam; le *Rhin* va se perdre dans les Sables au-dessous de Leyde.

Le *Rhin* reçoit le *Necre*, le *Mein*, la *Lippe* & la *Moselle*.

L'*Elbe* a sa Source sur les Frontieres de la Silesie, traverse la Misnie, la Saxe, se jette dans la Mer d'Allemagne : il reçoit la *Moldaw*, la *Salta*, & la *Sprée*.

L'*Oder* a sa Source dans les Confins de la Moravie, arrose la Silesie, la Marche de Brandebourg, se jette dans la Mer Baltique par trois embouchures.

Le *Weser* a sa Source en Franconie, passe par le Pays d'Hesse, de Brunswic, se jette dans la Mer d'Allemagne.

Le *Mein* a sa Source dans le Marquisat de Culmbach, traverse l'Evêché de Bamberg, & l'Electorat de Mayence, & se jette dans le Rhin.

L'*Allemagne* se divise en dix Cercles dont celui de Bourgogne ne subsiste plus. On y joint le Royaume de Bohême, la Hongrie, les Pays-Bas, & les Suisses comme Pays adjacens.

I. AU NORD.

Le Cercle de Westphalie, dont le Roi de Prusse, comme *Duc de Cleves*, & l'Electeur Palatin en qualité de Duc de Julliers, font alternativement Directeurs avec l'Evêque de Munster, comprend :

1 Les Evêchés qui ont leurs Evêques pour Princes.
{
Munster. Evêché Catholique.
Paderborn. Evêché Catholique.
Osnabruck, qui a alternativement un Evêque Luthérien & un Catholique.
Liege a son Evêque & Prince, *Dinant*, *Hui*.
}

2 Les Duchés de
{
Julliers ; Dusseldorp, à l'Electeur Palatin.
Aix-la-Chapelle, Ville Impériale, célebre par le Congrès qui a donné la Paix à l'Europe en 1748.
Bergue, à l'Elect. Palatin.
Cleves, *Wesel*, Capitale au Roi de Prusse.
Duisbourg.
Ferden.
}

3. Au Roi de Prusse Les Principautés
{
D'Oost Frise; *Aurick*.
De Minden.
}

4. Les Comtés de la *Marck*, au Roi

de Prusse , d'*Oldembourg* , au Roi
Dannemarck , de *Teckembourg* , de *Lin-
gen* , de *Lippe* , & d'*Aremberg* , au Prince de ce nom.

II. AU NORD.

Le Cercle de Basse-Saxe a pour Directeurs alternatifs , avec le plus âgé
Duc de Brunswic Lunebourg , le Roi
de Prusse , comme Duc de Magdebourg
& le Roi d'Angleterre comme Duc de
Breme.

1 L'Hol-
stein.
{
L'Holsteinpropre,*Glucstad*,
Ditmars, *Lunden.* Kiel.
Wagrie , *Lubec* , ville Impé-
riale dont l'Evêque est Lu-
thérien & Seigneur du
Territoire.
Stormarie , *Hambourg*, ville
Imperiale.
}

2. Le Meckelbourg aux Ducs de ce
nom. *Rostock* , Ville considérable.

3. L'Electorat d'*Hanover* , à l'Electeur , Roi d'Angleterre ; *Calemberg.*

4. L'Evêché d'*Hildesheim* , a son Evêque qui est Catholique.

5. La Principauté d'*Halberstadt* , au
Roi de Prusse.

6. Les Du-
chés de
{
Breme; au Roi d'Angle-
terre, la Ville de Breme
eſt libre.

Magdebourg; au Roi de
Pruſſe

Lawembourg
Lunebourg.   } à l'Electeur
Brunſwic.   } d'Hanover.

III. AU NORD.

Le Cercle de la Haute-Saxe, dont l'Electeur eſt ſeul Directeur, comprend :

L. Le Duché & l'Electorat de Saxe Wit-temberg où le Luthéraniſme a pris naiſſance.

1. La *Miſnie*, *Dreſde*, Capitale & réſi-dence de l'Electeur.
   Leipſik. Univerſité célebre.

3. La *Turinge*, *Weimar*, où réſide le Duc de Saxe-Weimar.
   Erfort, à l'Electeur de Mayence, *Iena*.

4. La Principauté d'Anhalt *Deſſaw*, au Prince de ce nom.

5. L'Electorat de Brandebourg qui ſe diviſe :

En
{
Vieille marche, *Stendel.*
Nouvelle, *Cuſtrin*, *Landſberg.*
Moyenne, *Berlin*, Capitale & réſidence du Roi de Pruſſe, gran-

de Ville bien bâtie, *Francfort-fur-l'Oder.*

6. Pomeranie. { *Suedoife.* { *Stralfund.*
{ *Studgard.*
{ *Pruffienne.* { *Stettin.*

Le Brandebourg appartient au Mar-
quis de ce nom , aujourd'hui Roi de
Pruffe depuis 1700. & reconnu tel à la
Paix d'Utreck en 1713.

IV. AU MILIEU.

Le Cercle, dit *Electoral*, parce qu'il
renferme les trois Electeurs Eccléfiafti-
ques , & de plus l'Electeur Palatin porte
auffi le nom de *Cercle du Bas-Rhin*, il
a pour Directeur l'Electeur de Mayence, & l'Electeur Palatin.

1. Mayence, *Afchaffembourg.*
2. Treves, *Coblentz*, réfidence de l'E-
lecteur.
3. Cologne ville Imperiale , *Bónn ,
Keyfervert , Nuys.*
4. Le Palatinat du Rhin , *Heidelberg ,
Manheim* réfidence de l'Electeur Palatin. *Traerbac , Birkenfeld.*

V. AU MILIEU.

Le Cercle du Haut-Rhin, comprend,

Les Evê- } *Spire*, ville Impériale.
chés de } *Worms*, ville Imperiale.

2. Le Lan-
graviat
de Heſſe.

{
Caſſel, Marbourg, premie-
re Branche Calvini-
ſte.

Darmſtad, Geiſſen, ſecon-
de Branche Luthe-
rienne.

Rhinfels, Rotembourg, troiſiéme Branche Catho-
lique.

Hombourg, quatriéme Bran-
che Calviniſte.
}

L'Abbaye de Fulde eſt à ſon Abbé,
Ordre de S. Benoît.

3. La Weteravie, Wetzlar, Chambre
Imperiale.

4. Les Du- { Deux Ponts.
chés de   { Simmeren.

5. Les
Comtés de
{
Laurec.
Hanau, Naſſau - Siegen.
Montbelliard, au Duc de
Wirtemberg.
}

6. Les Villes de Briſac, Fribourg. A la
Maiſon d'Autriche. Louis XV. prit
cette derniere en 1744. & en fit dé-
molir les fortifications. Philiſbourg

appartient à l'Evêque de Spire , mais
l'Empereur a droit d'y mettre Garnison.

VI. AU MILIEU.

Le Cercle de Franconie , dont l'Evêque de Bamberg & le Marquis de Culembach font Directeurs, renferme ,

1. Les Evê- ⎰ *Bamberg* , à l'Electeur
chés de { de Mayence.
⎱ *Wurtsbourg* à son Evêque.
Aichstat , à son Evêque.

Mergentheim , à l'Electeur de Treves,
Grand-Maître de l'Ordre Teutonique.

2. Le Duché de *Cobourg.*

3. Les Mar- ⎰ *Culembach.* ⎰ au Roi de
quisats de ⎱ *Anspach.* ⎱ Prusse.

4. Les Prin- ⎰ *Henneberg. Smalkarde ,*
cipautés de { au Prince de Hesse-Cassel
⎱ *Schwartzemberg ,* à son
Prince.

5. Le Margraviat de Bareith , à un
Margrave.

Les Com- ⎰ *Wertheim, Brandebourg.*
tés de { *Leuvoestein.*
⎱ *Holac.*

Nuremberg.

Nuremberg, grande ville forte, ayant un bel Arſenal & un prodigieux commerce, les Habitans ſont Luthériens. *Francfort* ſur le Mein, ville Imperiale.

L'Univerſité d'*Altorff*, dépend de la ville de *Nuremberg*.]

VII. AU MIDI.

Le Cercle de Souabe qui a pour Directeurs l'Evêque de Conſtance & le Duc de Wirtemberg, comprend :

1. Les Evê- { *Conſtance*. { Villes Im-
   chés de   { *Auſbourg*. } périales.

C'eſt à Auſbourg que Luther & Mélancthon préſenterent en 1530. à Charles-Quint la célébre Confeſſion de Foi du nom de cette ville.

2. Le Duché de { *Studgard*, où le Duc
   Wirtemberg. { qui eſt Luthérien
                { fait ſa réſidence.
                { *Tubingen*.

Hohentwiel, *Mindelheim*, au Duc de Baviere.

N

3. Le Marquifat de Bade.
{
Bade, ville ruinée, *Keil.*
Raftadt, réfidence de la Branche Catholique.
Dourlach, réfidence de la Branche Proteftante.
}

4. Le Burgaw, à la Maifon d'Autriche,

5. L'Ortenaw, *Offembourg.*

6. Les Principautés de
{ *Furftemberg.* *Hohenzollern.* }
aux Princes de ce nom.

Les villes Foreftieres fituées à l'entrée de la Forêt Noire *Rhinfeld, Seckingen, Lauffenbourg, Waldshout,* elles font de l'ancien Domaine de la Maifon d'Autriche. *Aufbourg, Hall, Ulm,* villes Imperiales.

Kempten, à fon Abbé.

Merfbourg, à l'Evêque de Conftance.

Dillengen, à l'Evêque d'Aufbourg, Prince Temporel du Territoire de l'Evêché.

VIII. AU MIDI.

Le Cercle de Baviere qui a pour Directeurs l'Archevêque de Saltzbourg, & l'Electeur de Baviere, comprend :

1. Les Evêchés de *Saltzbourg.* Il eft Lé-

gat né du Pape en Allemagne, &
Prince de la Ville.

2. Les Evê-
chés de
- *Paſſaw*, à l'Evêque.
- *Ratiſbonne*, ville Imperiale où ſe tiennent les Dietes ou Aſſemblées de l'Empire.
- *Freiſingen*, à ſon Evêque.
- *Chiemzée*, à la nomination de l'Archevêque de Salzbourg.

3. La Prévôté de *Berchſtolgaden*, au Prévôt de ce nom.

4. L'Electorat de Baviere, *Munich*, réſidence de l'Electeur. *Ingolſtadt*, place forte, *Burckauſen*, *Lanshut*, *Straubigen*, *Donawert*.

5. Le haut Palatinat, *Amberg*, *Leuckenberg*, au Duc de Baviere. *Sultzbach*, à l'Electeur Palatin.

6. Le Duché de *Newbourg*, à l'Electeur Palatin, *Hochſtedt*.

IX. AU MIDI.

Le Cercle d'Autriche, dont l'Archichiduc eſt ſeul Directeur, comprend :

1. Haute { *Lintz.*
& {
Baſſe { *Vienne,* érigé en Archevê-
Autriche.　ché en 1721. & réſidence
　　des Empereurs de la Mai-
　　ſon d'Autriche, *Neuſtat.*

2. Haute { *Clagenfurt.*
& {
Baſſe {
Carinthie.

3. Haute { *Laubach.*
& {
Baſſe { *Trieſte.*
Carniole.

4. Haute {
& {
Baſſe { *Gratz.*
Stirie.

5. Le Ti- { *Tirol* propre, *Inſpruck.*
rol. { *Bolzen, Kufſtein.*
{ *Trente,* Evêché fameux par
{ le Concile Général qui s'y
| tint dans le ſixiéme Siécle.
{ *Brixen,* Evêché.

L'Empereur poſſede *Trieſte,* Evêché
ſur la Mer Adriatique, & *Aquilée* dans
le Frioul.

PAYS ADJACENS.

Le Royaume de Bohême.

Ce Royaume eſt un Electorat Royal, dont le Roi porte le nom de *Grand Echanſon de l'Empire*; il fut rendu héréditaire par la paix de Munſter en 1648. dans la Maiſon d'Autriche qui le poſſédoit par voie d'Election depuis 200 ans ; la Religion Catholique eſt la dominante.

ARCHEVESCHE'S.

Prague.

EVESCHE'S.

Leitmeritz, Konigsgratz, Breſlau, Olmutz.

UNIVERSITE'S.

Prague, Olmutz.

Ce Royaume ſe diviſe en
1. Bohême propre , *Prague* Capitale , *Leitmeritz.*
2. Moravie , *Olmutz , Brinn.*

N iij

3. Haute
&
Baſſe
Sileſie, au
Roi de Pruſſe.
{ *Ratibor*, *Breſlau*, Capitale, ville belle, riche, & très – commerçante.

4. Haute
&
Baſſe
Luſace.
} *Gorlitz*.
Soraw. { A l'Electeur de Saxe.

LA HONGRIE.

Ce Royaume eſt borné au Nord par la Pologne; au Sud, par la Turquie; à l'Eſt, par la Valaquie & la Moldavie; à l'Oueſt, par l'Autriche & la Moravie.

La Hongrie étoit autrefois un Royaume Electif, que l'Empereur Léopold fit déclarer héréditaire pour les Princes de ſa Maiſon en 1687. Les Turcs en poſſedent une partie.

La Religion Romaine y eſt la dominante; il y a auſſi des Luthériens, des Calviniſtes, des Grecs & des Juifs.

ARCHEVESCHE'S.

Gran, *Colocza*.

EVESCHE'S.

Agria , Meytracht , Cinq-Eglises , Raab , Vesprin , Grand-Waradin , Weiffeimbourg , Hermanstat.

Le Danube traverse ce Royaume , & y reçoit le Wag , la Teisse , la Drave & la Save.

Ce Royaume se divise en ,

1. Haute
&
Basse
Hongrie.

{
Presbourg , Capitale.
Agria , Place forte.
Neuhausel , Tokai , célebre par son vin excellent.
Cassovie , Mongatz , le *Grand-Waradin.*
Temesivar , Segedin.
}

{
Bude , Capitale de toute la Hongrie.
Comorre , Sopron , Canise , place forte ; *Gran* ou *Strigonie, Javarin* ou *Raab.*
}

2. Esclavonie , *Posega , Waradin.*
3. Transilvanie , *Hermanstat* , place forte. *Colofwar.*
4. Servie , *Belgrade , Nissa , Semendrie , Viddin.*

PAYS-BAS.

Les Pays-Bas font fitués à l'Oueft de l'Allemagne, & comprennent dix-fept Provinces.

Quatre Duchés, *Brabant, Gueldre, Luxembourg, & Limbourg.*

Sept Comtés, *Flandre, Artois, Hainaut, Namur, Hollande, Zélande, Zutphen.*

Cinq Seigneuries, *Frife, Groningue, Owerifiel, Utrecht & Malines.*

Un Marquifat du S. Empire, *Anvers.*

RIVIERES DES PAYS-BAS.

La *Meufe* vient de la Lorraine, traverfe le Comté de Namur, le Pays de Liége, la Gueldre, fe jette dans l'Océan, entre la Brille & Gravefande.

L'*Efcaut* fort du Cambrefis, arrofe la Flandre tout le long de fon cours, fe divife au-defius d'Anvers en *Efcaut* Oriental, qui pafie proche Berg-Opzom; & en *Efcaut* Occidental, qui fe perd dans la Mer d'Allemagne.

La *Lys* vient de l'Artois, arrofe la Flandre dans un cours prefque parallele à l'Escaut, auquel elle se joint, à Gand,

La *Sambre* qui arrose le Hainaut, & se jette dans la Meuse à Namur.

La *Scarpe* qui arrose Arras, Douai, Marchienne, S. Amand, & se jette dans l'Escaut à Mortagne.

DIVISION DE CES PROVINCES.

par la Paix d'Utrecht

1. FLANDRE.

1. Flandre Françoise, où l'on parle François.

{ *Lille*, Capitale de la Flandre Françoise sur la Deulle, c'est la plus marchande du Pays-Bas après Amsterdam. *Douay*, sur la Scarpe, la Fonderie de Canon en est estimée. *Orchies*.

Où l'on parle Flamand.

{ *Dunkerque*, ville très-jolie, dont les Fortifications furent démolies par la Paix d'Utrecht. *Bergues-S.-Winoc, Gravelines*.

N y

2. Flandre Imperiale, où l'on parle Flamand.

{ *Gand*, ville très-grande située au Confluent de la Lys & de l'Escaut, elle a donné naissance à Charles-Quint.

Bruges, belle ville. *Ostende* très-bon Port sur l'Océan, *Nieuport*, *Dixmude*, *Ypres*, *Furnes*, *Courtrai* sur la Lys. *Oudenarde*.

Où l'on parle François.

{ *Tournay*, ville respectable par son antiquité, dont on a razé la Citadelle.

3. Flandre Hollandoise, où l'on parle Flamand & Hollandois.

{ *L'Ecluse*, *Isendick*. *Sas-de-Gand*.

Hulst, *Axel*, *Terneuse*, &c.

2. BRABANT.

Brabant Autrichien.

{ *Bruxelles*, Capitale du Duché, situé sur la Senne, ville très-belle & bien bâtie, résidence des Gouverneurs des Pays-Bas. *Vilvorde*.

Louvain, grande ville & célebre Université.

Rupelmonde,

Brabant Hollandois.	Bois-le-Duc, Breda, Berg-Op-zom, toutes places très-fortes ; cette derniere a été prise sous les ordres de M. le Maréchal de Lowendal le 16 Septembre 1747. après 65 jours de tranchée ouverte. Gertrudemberg, Grave.

OBSERVATION.

On nomme *Biesbos* le *Pays submergé qui se trouve entre Dordrecht & Gertruydemberg, l'an* 1421. *jour de Sainte Elisabeth, la Mer étant grosse & les digues s'étant rompues par la violence de la tempête, presque toute la Hollande Méridionale fut inondée, il y périt plus de* 100 *mille personnes ; il y eut plus de* 72 *Villages couverts d'eau ; mais la Mer s'étant retirée, ils furent tous rétablis hormis* 21 *& deux Monasteres qui resterent ensevelis sous les eaux.*

Le Pays de Liege quoiqu'enclavé dans les Pays-bas est du cercle de Westphalie ; il comprend, *Liege*, grande & belle ville qui a son Evêque pour Prince & Seigneur temporel. *Hasselt, Huy,*

Maseyck, *St. Tron*, *Bilsen*, *Cyney.*

3. La Seigneurie de *Malines*, sur la Dyle.

4. Le Marquisat du S. Empire, *Anvers*, très-belle ville sur l'Escaut. *Liere*, *Turnhout*, principale fabrique des *coutils à lits* connus sous le nom de coutils de Bruxelles, *Hooghstraeten*, *Tirlemont*.

5. Le Hainault Autrichien. } *Mons* où il y a un célébre Chapitre de Chanoineffes, *Ath*, *Binch*, *S. Guilain*, *Leuze.*

Le Hainault François. } *Valenciennes*, *Maubeuge*, *Condé*, le *Quenoi*, *Landrecies*, *Bouchain*, *Bavai.*

6. Le Comté de *Namur*, place forte au confluent du la Sambre & de la Meuse. *Charleroi*, *Bouvigne*, *Fleuru.*

7. Le Duché de *Luxembourg*, place très-forte, *Arlon*; le Luxembourg François, *Bouillon*, *Carignan*, *Damvilliers*, *Thionville.*

8. Le Limbourg Autrichien, *Limbourg.* Le Limbourg Hollandois, *Maestricht*, *Wich*, *Dalem*, route d'Allemagne.

9. Voyez l'Artois, *page* 274.

10. Le Comté de *Zutphen* aux Hollandois.

PROVINCES UNIES.

Les Provinces *unies* sont ainsi appellées, depuis l'union qu'elles firent à Utrecht en 1579. pour se soustraire à la domination d'Espagne à l'occasion des troubles arrivés dans les Pays-Bas.

Le Gouvernement y est Démocratique, chaque Province forme autant de Republiques, que l'intérêt commun réunit pour n'en faire qu'une, sous le nom *d'Etat Généraux des Provinces Unies.*

Les Villes envoient leurs Députés à leur Province avec ceux de la Noblesse, & les Provinces envoient les leurs aux Etats Généraux ; la Hollande en a trois ; la Gueldre, la Zelande, la Frise deux, les autres Provinces un chacune.

La Religion prétendue réformée est la dominante des Provinces Unies, où l'on tolere toutes les autres lorsqu'elles ne troublent point l'Etat.

OBSERVATION.

Les Catholiques Romains n'entrent point dans la Magistrature, mais pour

les charges militaires ils y ont autant de
part que les Protestans & on ne refuse pas
à ceux qui le méritent le gouvernement des
places de guerre.

A la Campagne les maisons des Paysans Catholiques Romains sont marquées
de croix rouges & de croix blanches.

Nort-Hollande.

Enckhuisen, *Horn*, *Edam*,
Alcmaer.

(Sud-Hollande)

1. La Hol-
lande la plus
riche Pro-
vince de
l'Europe.

Harlem, *Amsterdam* vaste
Magasin siége de l'opulen-
ce où l'on trouve toutes
les Marchandises des qua-
tres parties du monde. *Leyde* Université. *Voerden*, *la
Haye*, le plus grand &
le plus riche bourg de
l'Univers. *Riswick* Maison
Royale immortalisée par
le traité de paix de 1697.
entre les Alliés & la France. *Delft*, *Oudewater*,
Schiedam, *Roterdam* bon
Port & magasin des vins
de la Hollande. *Schonhove*,
Gorcum, *Dordrecht*, ou
Dort, elle étoit autrefois

jointe au continent, mais elle en fut séparée par une terrible inondation qui arriva l'an 1421. le jour de Ste Elisabeth.

Isle de Woorn, *la Brille*, où l'on
s'embarque pour l'Angleterre.

OBSERVATION.

*On nomme Zuiderzèe cette petite Mer
qui se trouve renfermée entre les Provinces de Hollande Utrecht, Gueldre, Ove-
riffel & Frise,& à qui les Isles du Texel, de
Vilietant, & de Schelling servent comme de
séparation d'avec la grande Mer où l'O-
céan ; on compte 20 lieues depuis Harde-
vick jusqu'à Texel, & le trajet depuis En-
chuisen jusqu'à St Saveren en Frise n'est
que de 5 lieues.*

2. La Zelande est composée de sept
  Isles, les principales sont :
  1. Walcheren, *Middelbourg, Fles-
  singue.*
  2. Sud-Beveland, *Goes.*
  3. Scowen, *Ziriczée.*

3. la
Gueldre.
{ Hollandoise { *Arnhem.*
Fort de Skenck
Venlo.
Autrichienne, *Ruremonde,*
Prussienne, *la Gueldre.*

4. Seigneurie *d'Utrecht*, ville grande, belle, célébre par son Université, *Amers Fort.*

5. La *Frise*, *Harlingen*, *Worcum*, *Francker*, Université, *Leuwarde*, résidence du Prince d'Orange, aujourd'hui *Statouder* héréditaire des Provinces Unies, *Dockum.*

6. *Groningue*, Université.

OBSERVATION.

On nomme *Dollert* cette petite partie de la Mer *d'Allemagne* qui entre dans les terres entre le Comté *d'Oostfrise* & la Seigneurie de Groningue l'an 1277. 33. Villages y furent submergés.

7. *Owerissel*, *Campen*, *Deventer*, *Zwol*, *Coevorden*, place forte.

LA SUISSE.

La Suisse est au Midi de la Souabe, elle se divise en treize Cantons.

1. *Zurich.*

2. *Berne*, *Lauzane*, Université

3. *Lucerne*. *Hapsbourg* Comté d'où sort la Maison d'Autriche.

4. *Uri*, *Altorff.*

5. *Swits.*

6. *Underwald.*

7. *Zug.*

8. *Glaris.*

9. *Basle*, sur le Rhin.

10.*Fribourg;Gruye-* re célébre par fes fromages.

11. *Soleure,* où ré- fide l'Ambaffa- deur de France.

12. *Scaffouze* fur le Rhin.

13. *Appenzel.*

Le Canton de Zurich a la préroga- tive d'honneur avant tous les autres ; celui de Berne contient lui feul les deux tiers de la Suiffe il peut mettre 60000 hommes fur pied.

Les Sujets des fept premiers Can- tons Suiffes font :

Le Turgow, *Flawenfeldt.*
Le Comté de *Sargans.*
Le Comté de Role, *Bremgarten.*
Le Woghental, *Meyenberg.*
L'Argow, *Bade.*
Le Rhintal.

En Italie lesBaillia- ges de

Lugano.
Borcano.
Mendrifio.
Valmagia.

Auxdouze pre- miers Can- tons.

Bellinzona.
Valbruna.
Riviera.

Aux Cantons d'*Uri,* de *Swits,* d'*Underwald.*

Les Alliés des Suiſſes ſont :

1. Les Griſons , *Coire* ville conſidérable qui ſe gouverne par un Conſeil
compoſé de 70 perſonnes.

$$\left\{\begin{array}{l}\text{Ligue Griſe.} \\ \text{Ligue de la Maiſon-Dieu.} \\ \text{Ligue des dix Juriſdictions.}\end{array}\right.$$

Des Griſons dépend :

1. $\left\{\begin{array}{l}\text{La Walteline.} \\ \text{La ville \& l'Abbé de S. Gal.}\end{array}\right.$

2. Le Valais , *Sion* , jolie ville.
3. La Rep. de *Geneve* , ville ſituée ſur
le Rhône, ſes édifices publics ſont
magnifiques.
4. La Principauté de *Neufchâtel* ; au
Roi de Pruſſe , *Mulhauſen* en Alſace,
Rotweil & *Bienne* en Souabe.

Le Gouvernement des Suiſſes eſt Démocratique , chaque Canton a ſes Loix
& ſes Magiſtrats ; les Cantons Catholiques s'aſſemblent à Soleure, les Proteſ-
tans à Araw , & tous enſemble à Bade
pour la cauſe commune.

Les Cantons Catholiques ſont *Lucer-*
ne , *Uri* , *Switz* , *Underwald* , *Zug* , *Fri-*
bourg , *Soleure* , *Appenzel* & *Glaris* ,
les Griſons ſuivent l'une & l'autre Re-

ligion ; les autres Cantons font Proteftans.

IV POLOGNE.

La Pologne eft bornée au Nord & à
l'Eft par les Etats de la grande Ruffie
& la petite Tartarie ; au Sud par la
Hongrie, Tranfilvanie, Moldavie ; à
l'Oueft par la mer Baltique, le Brandebourg, la Silefie.

La Pologne eft un Etat Monarchique
Républicain, fon Chef eft un Roi élu
par la *Diette* générale du Royaume.

La *Diette* eft compofée, 1°. des Sénateurs du Royaume. 2°. Des Députés de la Nobleffe des Palatinats appellés *Nonces*. 3°. De ceux des villes principales. Elle fait prêter ferment au
Roi de garder les *Pacta Conventa* qui
bornent fon autorité.

La Religion Catholique y domine,
la Lithuanie eft infectée de différentes Sectes.

ARCHEVESCHÉS

Guefne ; *Léopol.*

EVESCHES.

Cracovie.   *Pofna.*   *Ploczko.*

Culm.	Vilna.	Colmenfée.
Caminiec.	Windou.	Letzko.
Fauſſemberg.	Midnick.	Kiow.
Limberg.	Premiſlaw.	

UNIVERSITES.

Konigſberg , Poſna , Vilna.

RIVIERES.

La Duna coule au Nord.

Le Niemen arroſe Novogradeçk, Grodno, la Samogitie, ſe décharge dans la Mer Baltique.

La Viſtule reçoit le Bug, traverſe la petite Pologne, la Mazovie, la grande Pologne, la Pruſſe & ſe perd dans le Golfe de Dantzic.

la Warte ſe perd dans l'Oder.

Le Nieper baigne Smolensko, Orſa, Kiow, l'Ucraine & s'embouche dans la Mer Noire.

La Couronne de Pologne eſt compoſée de trois Etats.

1. Pruſſe, *Konigſberg.*
2. Lithuanie, *Vilna.*
3. Pologne, *Warſovie.*

1. La Pruſſe ſe diviſe en

1. Pruſſe Polonoiſe & Royale *Ma-*

rienbourg , *Dantzic* , ville libre. *Culm* , *Torn* .

2. Royaume de Prusse; *Konigsberg* ; cette derniere à été érigée en Royaume l'an 1701. en faveur de Frederic Electeur de Brandebourg.

II. La Lithuanie a cinq Parties.

1. La Lithuanie propre, *Vilna* .
2. La petite Russie , *Novogrodeck* .
3. La Samogitie , *Midnick* .
4. La Curlande , *Goldingen* .
5. Le Duché de Semigalle , *Millaw* ; *Libaw* . Les Duchés du Curlande , de Samogitie & de Semigalle forment un état particulier , lequel a son Souverain qui releve de la Couronne de Pologne , lui rend hommage & a ses Armées, ses Officiers, ses Finances & ses Loix à patt.

III. La Pologne comprend ,

1. La grande Pologne, *Posna* , *Gnesne* , *Kalich* , *Sirad* , *Petricow* , *Lencici* , *Rawa* , *Dobruzin* , *Ploczko* .
2. La Cujavie, *Wladiflaw* .
3. La Mazovie, *Warfovie* .
4. Polaquie , *Bielski* .
5. La petite Pologne, *Cracovie* , *Sendomir* , *Lublin* .

6. La Polefie, *Brzeffici.*
7. La Ruffie Polonoife , *Limberg ; Belcz, Chelm.*
8. L'Ukraine pays des Cofaques, *Kiow,* aux Mofcovites.

V. MOSCOVIE.

La Mofcovie eft bornée au Nord par la Mer Glaciale , au Sud par la petite Tartarie, à l'Eft par la grande Tartarie, & à l'Oueft par la Suede & la Pologne.

Les Mofcovites fuivent le Schifme des Grecs : le Czar Pierre s'eft déclaré lui-même le Chef des Eglifes de fes Etats ; le Czar les gouverne avec un pouvoir defpotique ; il a confervé les Patriarches & les Archevêques.

MÉTROPOLITAINS fous l'autorité
DU CZAR.

Novogorod-Welixi , Cafan ,Roftou, Sarki.

Il y a de plus des Archevêques des Evêques, des Abbés, des *Proto-Papas,* &c.

RIVIERES.

La Don, ou Tanais fort d'un petit

Lac du Duché de Refan, coule à l'O-
rient, enfuite au Midi de maniere que
fon cours reffemble à un demi cercle,
il fe perd dans la Mer de Zabache.

La Dwina eft formée du concours de
plufieurs Rivieres, elle arrofe le Duché d'Ouftioug, d'où elle coule au Nord
& va fe perdre dans la Mer Blanche
fous Archangel.

Le Czar Pierre a joint le Wolkova
qui paffe à Peterfbourg avec le Wolga, de forte qu'on va par eau jufqu'à
la Mer Cafpienne.

Il vouloit joindre le Don au Wolga; mais ayant perdu Afoph en 1712.
l'embouchure du Don tomba dans les
mains du Turc. On vient d'achever
auffi fuivant fes deffeins la jonction
du Wolkova avec le Lac de la Doga.

Le Volga a fa fource dans le centre du pays, traverfe le Duché de
Twere, Jeroftaw, entre dans la Tartarie Mofcovite, arrofe le Royaume de
Cafan, le Duché de Bulgar, le Royaume d'Aftracan & va fe jetter dans la
Mer Cafpienne.

LA MOSCOVIE SEPTENTRIONALE.

Kola; on y commerce en pelleterie.

Archangel, ville d'un grand commerce
très-fréquentée par les Hollandois & les
Anglois, *Kargapol*, *Nottebourg*, *Peterf-*
bourg, féjour de la Cour, qu'on peut
regarder comme Capitale de ce vafte
Royaume. *Wiatka*, *Vologda*, entrepôt
des marchandifes entre Archangel &
Mofcou, *Pleskou*.

MOSCOVIE MÉRIDIONALE.

Refchow, *Kiou*, *Mofcow* fur la Mof-
ca qui a donné fon nom à la Ville
& à tout l'Empire, *Rofthou*, *Twer*,
Sufdal, *Sensko*.

Les Provinces les plus connues de
cet état font la Livonie & l'Ingrie.

OBSERVATION.

La Mofcovie tire les Marchandifes du
Nord & du milieu de l'Europe par la
Mer Baltique & la Mer Blanche, celles
de Turquie par le Pont Euxin, celles des
Indes, par la Mer Cafpienne, Les Villes
d'Archangel, d'Aftracan & le voifinage
de la Mer Noire lui donnent la commo-
dité de débiter en échange fes bleds, fes
fourures, fes cuirs, fon fel, fa cire, fon
fuif, fon poiffon fec & falé, fon huile
de

de poiſſon , ſa poix , ſon lin , ſon chanvre,
&c.

AU MIDI

VI L'ESPAGNE.

Ce Royaume eſt borné au Nord par
l'Océan & les Pyrenées qui le ſéparent
de la France ; au Sud & à l'Eſt par
la Méditerranée ; & à l'Oueſt par le Portugal.

La Religion Romaine eſt la ſeule
que l'on ſouffre en Eſpagne.

Le Gouvernement eſt Monarchique,
la Couronne eſt héréditaire & paſſe aux
filles au défaut de mâles.

ARCHEVESCHE'S.

St. Jacques de	Tarragone.	Burgos
Compoſtelle.	Grenade.	Seville.
Valence.	Sarragoſſe.	Tolede.

EVESCHE'S.

Oviedo.	Tuy.	Jaen.
Lugo.	Orenſe.	Almeria.
Mondonedo.	Cordoue.	Segovie.
La Corogne	Cadix.	Cuença.
Tervere.	Origuenza.	Balbatro.

O

Pampelune.   Barcelone.   Guidad Real
Valladolid.   Tortoze.   Siguenza.
Calahorre.   Lerida.   S. Leon.
Placentia.   Solsona.   Salamanque.
Coria.   Vich.   Toro.
Avila.   Tarrasone.   Astorga.
Malaga.   Huesca.   Palença.
Segorve.   Jacca.   Zamora.
Cadix.   Carthagene.   Albarazin.

UNIVERSITE'S.

Seville.   Siguenza.   Ossone.
Grenade.   Valencia.   Cadix.
Compostelle.   Lerida.   Barcelone.
Tolede.   Huesca.   Murcie.
Valladolid.   Sarragosse.   Taragone.
Salamanque.   Tolede.   Baeza.
Alcala de He-
nares.

RIVIERES.

Les principaux Fleuves de l'Espagne sont :

L'Ebre qui a sa source dans les Montagnes de Santillane, il entre dans la
Navarre, traverse l'Arragon & la Catalogne, & au dessus de Tortose se
jette avec violence dans la Méditerranée.

Le Guadalquivir fort des Montagnes de Murcie, arrofe Baeza, Auduxar, Cordoue & Seville, & fe jette dans l'Océan près de S. Lucar.

La Guadiana vient des Montagnes de la nouvelle Caftille, entre dans le Portugal, fe jette dans l'Océan après avoir arrofé Calatrava, Medelin, Merida Badajox.

Le tage qui a fa fource dans la Caftille nouvelle, après avoir paffé à Tolede & traverfé le Portugal, fe jette dans l'Océan au delà de Lifbonne. La marée monte fort haut à Lifbonne & fe fait fentir à 8 lieues au deffus de cette Ville.

Le Douro fort de la vieille Caftille, traverfe le Royaume de Leon & le Nord du Portugal, & fe jette dans l'Océan.

Le Minho fépare le Portugal de la Galice, paffe à Lugo, Orenze, Tuy, fe jette dans l'Océan.

Ce Royaume fe divife en quatorze Parties.

1. Le Royaume de Galice, *S. Jacques de Compoftelle, la Corogne* excellent Port; *Vigo, Ferrol*, bon Port, *Orenze, Cap Finiftere.*

2. Les Afturies, *Oviedo.*

1. ⎧ La Biscaye &
3. ⎨ Guipuscoa, *Bilbao, Santillane*,
   ⎩ *Fontarabie, S. Andero, Tolose,*
   St *Sebastien.*
4. Le Royaume de Navarre, *Pampelu-ne, Tudela.*

OBSERVATION.

Ce Royaume a été envahi en 1512, *par Ferdinand d'Arragon sur Jean d'Al-bret Grand-Pere d'Henri* IV. *C'est pour-quoi les Rois de France qui n'ont jamais renoncé à leurs prétentions sur le Royau-me de leur Pere, prennent le titre de Roi de France & de Navarre.*

5. Le Royaume de Leon, *Leon, Sa-lamanque* Université si célebre que les Espagnols l'appellent *la Mere des Vertus, des Sciences & des Arts.*
6. La vieille Castille, *Burgos, Valla-dolid, Segovie,* renommée pour ses beaux Draps, *Siguenza.*
7. Le Royaume d'Arragon, *Sarragosse, Huesca.*
8. La Catalogne, *Barcelone, Tarrago-ne, Lerida,* place forte, *Tortose, Gi-ronne, Cap-de-Roses.*
9. L'Estramadoure, *Badajox, Merida.*
10. La Nouvelle Castille, *Madrid* Ca-pitale du Royaume ; *l'Escurial,*

Palais magnifique avec un riche Couvent, *Tolede*, *Aranjuez*, Maison Royale, *Calatrava.*

11. Le Royaume de Valence, *Valence la belle*, ville très-riche & très-peuplée. *Denia*, *Alicante*, bon port connu par ſes vins & ſon ſavon. *Morvedro.*

12. L'Andalouſie. Cette Province fait le commerce le plus conſidérable de l'Eſpagne, on la nomme *le Grenier*, *la Cave & l'Ecurie* d'Eſpagne ; *Seville*, la ſeconde ville d'Eſpagne, les grands Vaiſſeaux chargés de marchandiſes pour Seville, déchargent à *S. Lucar*, d'où elles ſont portées à Seville dans des Barques ; *S. Lucar*, *Ubeda* ; *Kerès*, *Rota*, connues par leurs vins ; *Cadix*, port très-fréquenté, où l'on fait les embarquemens pour l'Amérique, *Gibraltar* ſur le Détroit, bon port, aux Anglois.

13. Le Royaume de Murcie, *Murcie*, *Carthagene.*

14. Le Royaume de Grenade, *Grenade*, *Malaga*, eſtimée par ſes vins ; ſes huiles & ſes olives.

O iij

PORTUGAL.

Ce Royaume eſt ſitué entre l'Eſpagne & l'Océan.

La Religion Romaine eſt la ſeule
que l'on ſouffre en Portugal, dont le
Gouvernement eſt ſemblable à celui
d'Eſpagne.

ARCHEVECHE'S.

Liſbonne , Brague , Evora.

EVECHE'S.

Mirande.	*Coimbre.*	*Elvas.*
Leiria.	*Lamego.*	*Portalegre.*
Port-à-Port.	*Viſeu.*	*Faro.*

UNIVERSITE'S.

Liſbonne , Evora , Coimbre.

Le Portugal ſe diviſe en ſix parties.
1. Entre Douro & Minho , *Brague,*
   Porto , ou *Port-à-Port ,* d'où l'on tire
des vins eſtimés.
2. Tralos Montes , *Bragancé , Mi-*
   rande.
3. Le Beira , *Coimbre.*

4. L'Eſtramadoure, *Liſbonne* Capitale du Royaume & Port très-fréquenté, *Setuval, Santaren, Leiria.*

5. L'Alentejo, *Evora, Elvas, Olivenza, Beja.*

6. Le Royaume d'Algarve, *Lagos, Silves, Tavira, Cap S. Vincent.*

VII. L'ITALIE.

Ce Pays qui repréſente aſſez bien la figure d'une botte qui pouſſe du bout du pied la Sicile dans la Mer, eſt bornée au Nord par une partie de l'Allemagne & par les Suiſſes, au Sud par la Méditeranée, à l'Eſt par la Mer Adriatique, & à l'Oueſt par les Alpes.

Ses principaux Fleuves ſont le Pô qui lave les murailles de Turin, de Caſal, de Valence, de Plaiſance, de Guaſtale.

Le Tibre qui prend ſa Source dans l'Apennin, arroſe l'Ombrie, la Campagne de Rome; on voit ſur ſes bords Citta-di-Caſtello, Perouze, Todi, Magliano, Rome, Oſtie.

Les autres Rivieres ſont l'Adige, l'Adda, le Teſin, l'Arne, la Trebia, le Tarn, le Volturne, le Silaro, l'Oſſante, &c. le nombre des ruiſſeaux qui la baignent est immense. Les Eaux Minérales & les Bains y sont très-communs, sur-tout au Royaume de Naples. La Religion Catholique est la seule permise.

ARCHEVESCHE'S.

Milan.	Capoue.	Nazareth, ou
Turin.	Salerne.	Barleta.
Tarentaise.	Amalfi.	Frani.
Bologne.	Sorento.	Tarento.
Gênes.	Conza.	Brindisi.
Florence.	Beneven˃˙	Otranto.
Pise.	Thieti.	Roffano.
Urbin.	Lanciano.	Confenza.
Fermo.	Manfredonia.	San-Severino.
Ravenne.	Bari.	Reggio.
Naples.	Cirenza.	

Nous ne mettons point les Évêchés qui sont en si grand nombre, que plusieurs Bourgs & Villages sont décorés de ce titre; on en compte 250.

UNIVERSITE'S.

Rome.	Sienne.	Salerne.
Bologne.	Milan.	Venise.
Ferrare.	Mantoue.	Padoue.

Perouſe.   Pavie.   Veronne.
Florence. Naples. Parme.
Piſe.

L'Italie ſe diviſe en dix parties, aux-quelles il faut joindre les Iſles.

I. Les Etats du Roi de Sardaigne en Terre ferme ſont :

1. La Savoye Propre , *Chamberri.*
2. Genevois , *Anneci.*

Geneve eſt une petite République alliée des Suiſſes , & ſous la protection de la France qui ne dépend en rien du Roi de Sardaigne.

3. Chablais , *Thonon.*
4. Faucigni , *Bonneville.*
5. Tarentaiſe , *Monſtier.*
6. Maurienne , *S. Jean.*
7. Le Piémont , *Turin* Capitale du Royaume , réſidence du Roi de Sar-daine. *Ivrée , Suze ,* paſſage de Fran-ce en Italie, *Pignerol , Coni , Oneille.*
8. Le Duché d'*Aouſt.*
9. Le Marquiſat de *Verceil* , place forte.
10. Le Comté d'Eſt , *Aſti.*
11. Le Marquiſat de *Saluces.*
12. Le Comté de *Nice.*
13. *Ville-Franche.*
14. Montferrat , *Trin , Albe , Caſal.*

Le Roi de *Sardaigne* eſt Vicaire de l'Empire en Italie, & gouverne avec un pouvoir abſolu ſes Etats, où les filles ſont excluſes, comme en France, de la Succeſſion.

II. Les Etats de la République de Veniſe ſe diviſent en douze Gouvernemens, qui ſont :

1. Le Dogado, *Veniſe La Riche.*
2. Le Frioul, *Udine.*
3. L'Iſtrie, *Capo d'Iſtria* ; *Trieſte* eſt à l'Empereur, c'eſt le ſeul port qu'il ait ſur la Méditerranée.
4. La Marche Tréviſane, *Treviſe.*
5. Le Padouan, *Padoue.*
6. Le Poleſin de Rovigo, *Rovigo, Adria.*
7. Le Vincentin, *Vicence.*
8. Le Veronois, *Verone.*
9. Le Breſſan, *Breſſia.*
10. Le Crémaſc, *Crême.*
11. Le Bergamaſc, *Bergame.*
12. Les Iſles de la Mer Ionienne, dont les principales ſont, *Corfou, Sainte Maure, Cephalonie, Zante.*

Une partie de l'Iſtrie & du Frioul appartient à la Maiſon d'Autriche, comme auſſi *Segna* dans la Morlaquie.

Le Gouvernement de Veniſe eſt Ariſtocratique, dépendant entierement des Nobles du Pays , qui ont pour Chef un *Doge*, ou Duc perpetuel lequel eſt électif. Il préſide aux Conſeils où il n'a que ſa voix. Il eſt obligé auſſi - bien que tous les Miniſtres & les Magiſtrats, de rendre compte de ſa conduite au *Conſeil des Dix*, Tribunal du monde le plus redoutable , lequel juge des Crimes d'Etat , & protege le peuple contre les mauvais traitemens des Grands.

On tire de l'Etat de Veniſe des Glaces & des Criſtaux qui ſe fabriquent à *Muran*, bourg fameux dans une Iſle voiſine, des points de toute eſpece, de la Tériaque excellente , des huiles & des olives de Verone , du ris, de l'anis, du ſouffre, de l'acier , de la térébentine , des raiſins de Corinthe, des ſoyes , du papier, des gands , des tabatieres , de la terre verte de Verone, des laques fines, & de toutes ſortes de drogues du Levant où ſes Citoyens trafiquent beaucoup, & d'où ils tirent de très-grands profits : mais leur Commerce eſt déchû depuis que les Portugais ont doublé le Cap-de Bonne-Eſpérance. Avant cette importante découverte les Vénitiens fourniſſoient l'Europe de toutes les marchandiſes du Levant qu'ils alloient enlever en Egypte , & dans les Iſles de l'Archipel, où cette Republique avoit étendu ſes conquêtes :

III. La Côte de Gênes comprend :

1. L'Etat de *Gênes*, ſurnommé la *Superbe*, *Savone*, l'Iſle de *Corſe*.
2. Le Marquiſat de Final acheté par la République de l'Empereur en 1713.
3. La Principauté de *Monaco*. Le Prince de ce nom eſt ſous la protection de la France.
4. Le Duché de *Maſſa*, au Duc de Modene.
5. La République de *Lucques*, *Viaregio*. *Lucques* eſt un Etat Ariſtocratique qui a pour Chef un Gonfalonier que l'on change tous les trois mois.

Gênes ſe gouverne en Ariſtocratie ; ſon Chef eſt un Doge que l'on change tous les deux ans , & qui eſt obligé de demeurer dans ſon Palais ſous une eſcorte de 500 Cavaliers étrangers.

On dit en général de l'Etat de Gênes que les *hommes y ſont ſans foi, la mer ſans poiſſons , les montagnes ſans bois , & les femmes ſans pudeur ,* mais à Gênes comme ailleurs le bon grain eſt mêlé avec la paille.

IV. Le Milanez se divise en,

1. Milanez Autrichien ; *Milan*, ville très-considérable pour son commerce & ses richesses, *Pavie*, ville forte sur le Tésin. *Cremone*, *Picigithone*, *Côme*.

2. Milanez au Duc de Savoye, *Alexandrie*, *Verceil*, *Vigevano* ; & par les derniers Traités de Paix, *Novarre*, *Tortone*, & le *Vigevanasc*.

V. Le Mantouan Autrichien ; *Mantoue*, ville ancienne & très-forte. *Luzzara*.

Montferrat Mantouan, au Duc de Savoye, *Casal*, *Acqui*, *Sabionne*, *Guastalla*, dans le Duché de ce nom, cédé à Dom Philippe par la Paix de 1748.

VI. Les Etats du Duc de Parme sont :

1. Le Duché de Parme, *Parme*, ville charmante, & Duché avec un Palais magnifique ; son Terroir est fertile en bled, vin, fruits, il abonde en paturages où l'on fait ces excellens fromages si estimés.

2. Le Duché de Plaisance, *Plaisance* belle & grande ville.

Le Duc de Parme releve du Saint Siége, & lui paye un tribut annuel de

dix mille écus , depuis que le Pape
Paul III. donna ces Duchés avec celui
de Castro à son fils Louis Farnese. Ils
sont cédés à Dom Philippe par le Traité d'Aix-la-Chapelle en 1748.

VII. Les Etats du Duché de Modene
    sont :

1. Le Duché de Modene , *Modene* ville
   ancienne avec un Palais magnifique.
2. Le Duché de Reggio, *Reggio* ville
   ancienne , belle & forte.
3. Le Duché de Mirandole , *Mirandola,*
   Concordia.

Ce dernier Duché a été confisqué
sur le Duc de ce nom par l'Empereur
Joseph , pour avoir pris le parti de
l'Espagne , & a été vendu pour cinq
millions au Duc de Modene.

Le Duc de Modene est membre
de l'Empire, & lui paye quatre mille
écus d'or tous les ans. Dans son Etat
l'aîné ne partage point à la Succession
avec ses freres.

VIII. Les Etats du Grand Duc de
    Toscane comprennent :

1. Le Florentin , *Florence la Belle.*
2. Le Pisan , *Pise* , *Livourne* , ville très-

belle & très-confidérable, où on ne visite jamais les marchandises qui y entrent, toute Religion y jouit d'un profond repos; les Juifs s'y regardent comme dans une terre promise; on dit à Livourne, *qu'il vaudroit mieux battre le Grand Duc qu'un Juif.*

3. Le Siennois, *Volterra, Sienne.*

4. Stato delli Presidii, *Orbitello, Portohercole.*

5. La Principauté de Piombino, *Porto-longone* dans l'Isle d'Elbe est au Prince de ce nom, le Roi des deux Siciles y a garnison.

Porto-Ferraro est au Grand Duc.

Ce Grand Duché appartient présentement à l'Empereur, ancien Duc de Lorraine, à qui il a été cédé par les derniers Traités de Paix en échange de la Lorraine & du Duché de Bar qu'il possédoit.

IX. L'Etat de l'Eglise est composé de douze Provinces, qui sont:

1. La Campagne de Rome, *Rome* sur le Tibre, autrefois Capitale de l'Empire Romain, aujourd'hui de la Chrétienté. *Ostie, Tivoli.*

2. La Sabine, *Magliano.*

3. Le Patrimoine de S. Pierre, *Viterbe.*

4. Le Duché de Caſtro, *Civita Vecchia* bon port où le Pape tient ſes Galeres.

5. L'Orvietan, *Orvieto* ſur le Tibre.

6. Le Perouſin, *Perouſe.*

7. L'Ombrie, *Spolette.*

8. La Marche-d'Ancone, *Ancone.*

9. Le Duché d'Urbin, *Urbin.*

10. La Romagne, *Ravenne.*

11. Le Ferrarois, *Comachio.*

12. Le Bolonez, *Bologne* la Graſſe, on eſtime les Sauciſſons de cette Ville.

Le Pape gouverne l'Etat Eccléſiaſtique en Souverain par des Légats qui ſont ordinairement des Cardinaux.

L'Election du Pape ſe fait à préſent par les Cardinaux, qui ſont au nombre de 70. & dont il doit avoir les deux tiers de voix dans le Conclave.

OBSERVATION.

Autrefois on choiſiſſoit indifféremment les Papes d'entre les Cardinaux de toute Nation ; d puis Adrien VI. Hollandois élu l'an 1521. à la recommandation de l'Empereur Charles V. ſon Diſciple, les Cardinaux ont obſervé pour loi fondamentale de ne jamais élire aucun Pape qui ne soit Italien de naissance ou d'origine.

La Ville de *San-Marino* est une petite République, sous la protection du Pape, enclavée dans la Romagne.

X. Le Royaume de Naples,

Il se divise en quatre Parties principales ; sçavoir :

I. La Terre de Labour, qui comprend :

1. La Terre de Labour propre, *Naples* Ville considérable, riche & dans une situation charmante, les Habitans y passent pour inconstans & paresseux, ce qui a donné occasion de dire que *Naples est un Paradis habité par des Diables; Capoue, Gaëte, Nole.*

2. La Principauté Citérieure, *Salerne* Université très-célebre pour la Médecine.

3. La Principauté Ultérieure, *Benevent*, au Pape.

II. L'Abruzze, qui se divise en :

1. Abruzze Citerieure, *Chieti.*

2. Abruzze Ultérieure, *Aquila.*
3. Comté de Molise, *Anciano.*

III. La Pouille qui comprend :

1. La Capitanate, *Manfredonia,*

2. La Terre de Bari, *Trani.*

La Terre d'Otrante, *Otrante, Tarente*, où l'on voit de ces especes d'araignées vénimeufes qu'on appelle *Tarentules.*

IV. La Calabre, qui fe divife en:

1. Calabre Citérieure, *Cofenʒa.*
2. Calabre Ultérieure, *Reggio.*
3. Bafilicate, *Acerenʒa.*

LES ISLES.

L'Ifle & Royaume de Sicile, qui fe divife en trois Vallées, qui font:

1. La Vallée de Mazara, *Palerme*, ville bien bâtie avec un beau port, *Mont-Réal.*
2. La Vallée de Demoni, *Meffine*, le *Mont-Gibel*, ou *l'Etna.*
3. La Vallée de Noto, *Siracufe.*

OBSERVATION.

Les François poffédoient cette Ifle dans le treiʒiéme fiécle, un Seigneur Napolitain irrité contre eux à caufe de quelque affront fait à fa femme, trama une affreufe confpiration qui éclata l'an 1282. aux Vêpres de Pâques ; on égorgea par toute l'Ifle tous les François qui s'y trouverent : on croit qu'il y en eut environ dix mille; *ces Vêpres Siciliennes feront long-tems gravées dans la mémoire des François.*

4. Les Iſles de Lipari, *Lipari.*

5. L'Iſle de Malthe aux Chevaliers de ce nom, *la Valette*, le Terroir y eſt très-fertile, c'eſt le *Grenier* de l'Italie.

OBSERVATION.

Le Roi préſente tous les ans au Pape par ſon Ambaſſadeur la HACQUENÉE, cheval blanc portant en forme de bât, une ſelle de velours avec une houſſe traînante richement brodée où ſe trouve une lettre de change de ſept mille ducats pour le tribut que paye au Saint Siége le Royaume de Naples.

Ces deux Royaumes de Naples & de Sicile, appartiennent à Dom Carlos, premier Infant d'Eſpagne, qui en a fait la conquête en 1735. & a été reconnu Roi par le dernier Traité de Paix.

L'Iſle de Corſe eſt poſſédée par les Genois, *la Baſtie, Ajacio, Bonifacio, Calvi.*

L'Iſle de Sardaigne, qui appartient au Duc de Savoye à Titre de Royaume, ſe diviſe en deux Caps ; ſçavoir de

1. *Cagliari*
2. *Lodugori, Saffari.*

VIII. TURQUIE

En Europe.

Cet Empire eſt borné au Nord par la Hongrie; au Sud par la Méditerranée; à l'Eſt par la Mer Noire, la Mer de Marmora & l'Archipel; à l'Oueſt par la Mer Ionienne.

La Religion Mahometane eſt la dominante de la Turquie, où les Chrétiens & les Juifs ſont ſoufferts moyennant un tribut.

Le Gouvernement du Grand - Seigneur eſt ſi Deſpotique, que ſa volonté ſeule fait les Loix à l'égard de la vie & des biens de ſes Sujets, qui ſont tous ſes Eſclaves. La Nobleſſe n'eſt point héréditaire en Turquie.

ARCHEVESCHE'S

Des Provinces voiſines du Danube.

Calcédoine.	*Sophie.*
Trajanopoli.	*Antivari.*

EVESCHE'S.

Poſoga.　　Zagrab.　　Narenʒa.
Belgrade.　Scardona.　Cattaro.

ARCHEVESCHE'S.

DE LA GRECE.

Amphipoli.　Malvaſie.　　Saloniki.
Lariſſa.　　Patras.　　　Andrinople.
Tarſa.　　　Napoli di Ro-
　　　　　　　　· mania.
Athenes.　　Corinthe.　　Janna.

EVESCHE'S.

Scotuſa.　　Argito Caſtro. Livadia.
Modon.　　Delvino.　　Caffa dans la
　　　　　　　　　　　　　Crimée.

Caminiek.　Butrinto.　　Granitʒa.
Argos.　　　Clykeon.　　Thalanta.
Miſiſtra.　　Salona.　　　Amphiſſa.

La Turquie Européenne ſe diviſe en Septentrionale & Méridionale.

La Septentrionale comprend :

1. La Beſſarabie { Tartares de Budʒiac, qui a des Tarta- } Bender ſur le Nieſter. res indépendans } Tartares d'Oczakow, des Turcs. { ſur le Nieper.

2. La Moldavie, à l'Hofpodar, tributaire du Turc, *Jaffi.*

3. La Valachie, au Waivode, tributaire du Turc, *Targowick.*

4. La Croatie Turque, *Wihitz.*

5. La Bofnie, *Jaiza.*

6. La Servie, *Belgrade, Semendrie, Viddin.*

7. La Bulgarie, *Nicopoli, Sophia.*

8. La Dal-
matie.
{
  Turque, *Herzegovina.*
  Vénitienne, *Spalatro,
  Zara.*
  Ragufienne, *Ragufe,* Ré-
  publique; elle paye tri-
  but, aux Turcs, aux Vé-
  nitiens, à l'Ordre de
  Malthe.
}

La Dalmatie Turque a peu d'étendue, *Herzegovina,* fa Capitale eft la
réfidence d'un Bacha, les Vénitiens y
font tout leur commerce.

9. La Romanie, *Conftantinople* dans
une fituation très-avantageufe, tant
pour le Commerce que pour la guerre; elle eft en Europe & touche
à l'Afie : les *Dardanelles* font deux
Châteaux forts fur les bords de
l'Hellefpont; *Abidos* en Afie, *Seftos*

en Europe ; ces Châteaux, dont les volées de canon fe croifent, font comme la clef de Conftantinople, & empêchent qu'aucun vaiffeau ne puiffe paffer le Détroit fans congé, *Andrinople, Gallipoli.*

La Turquie Méridionale, ou l'Ancienne Grece, comprend :

1. La Macedoine, *Saloniki.*
2. L'Albanie, *Scutari, Duraffo* bon port & grand paffage de Grece en Italie ; *Butrinto* eft aux Vénitiens.
3. La Theffalie, *Janna, Lariffa.*
4. L'Epire, *Chimera, Larta, Parga* eft aux Vénitiens.
5. l'Achaïe, *Lepante, Athènes.*
6. La Morée, *Patras, Corinthe, Coron, Mififtra, Napoli di Romania, Malvafie,* bon Port & Territoire célebre pour fes vins.

LA PETITE TARTARIE.

La petite Tartarie appartient à un Prince, ou *Kam,* qui eft tributaire du Turc.

La partie Septentrionale eft habitée par les *Tartares Nogais.*

La Méridionale qui porte le nom

de *Crimée* , a pour Capitale *Bacziaſe-*
rai réſidence du Kam.

Or ou *Precop* , *Aſoph* , *Caffa* , au
Turc.

La Turquie fournit quantité de ſoye,
de laine , de poil de chevre & de cha-
meaux , de coton brut & filé , de ſené ,
d'huile ; elle tire de Perſe des ſoyes,
des toiles , des draps d'or , des pierre-
ries & des épiceries ; elle tire de l'Arabie des parfums , du baume , du caffé.

Il y a en Turquie différentes ma-
nufactures qui ſont les tanneries, les
pelleteries pour toutes ſortes d'uſage ;
la teinture pour les peaux y eſt dans
la derniere perfection , ſurtout pour
l'éclat & la durée des couleurs.

L'Italie leur fournit des velours , du
papier , des glaces , des verres ; les Anglois des étoffes de laine , du plomb
& de l'étain ; l'Allemagne du laiton,
du clinquant, & de la mercerie ; la
Ruſſie des fourures ; la France quelques étoffes de laine & de la mercerie ; la Hollande des épiceries.

La France fait ſa grande proviſion de caffé en Egypte , & ce caffé
eſt bien meilleur que celui qu'on tire
des lieux où il croît par la voye des
Compagnies ; parce qu'en reſtant trop

ſu

fur Mer il perd beaucoup de fa qualité.

DES ISLES DE L'EUROPE.

DES ISLES BRITANNIQUES.

Les Ifles Britanniques font à l'Occident des Pays-bas, & comprennent
deux grandes Ifles, qui forment trois
Royaumes ; l'Angleterre & l'Ecoffe
s'appellent *la Grande Bretagne* depuis
l'union que le Reine Anne en a faite en
1707. l'Irlande eft une Ifle & un Royaume féparé.

La Religion dominante eft celle des
Epifcopaux, qui differe moins que celle
des autres Proteftans de la Catholique,
elle a confervé les Evêques, qui la Gou-
vernent fous l'autorité du Roi qui en
eft le chef.

Les *Prefbiteriens* n'ont point d'Evêques, ils dépendent des Miniftres & des
Anciens ; d'ailleurs on y fouffre toutes les Religions ; la Catholique eft la
feule dont l'exercice foit deffendu.

ARCHEVESCHE'S.

Cantorberi.   Yorᴋ.

P

EVESCHE'S.

Londres.	*Chichester.*	*Chester.*
Durham.	*Salisbury.*	*Bristol.*
Winchester.	*Worcester.*	*Norwich.*
Cath ou Vells.	*Lincoln.*	*Glocester.*
Oxfort.	*Peterboroug.*	*Hereford.*
Rochester.	*Carlile.*	*Litchfied ou*
Ely.	*Exester.*	*Coventri.*

DANS LE PAYS DE GALLES,

Bangor.	*Landaff.*
S. Asaph.	*S. David.*

UNIVERSITE'S.

Oxford.	*Cambridge.*

RIVIERES.

La Tamise prend sa source dans le Duché de Glocester, elle lave les murs d'Oxford, de Vindsor, de Londres & de Gravesande, & ouvrant une large bouche, elle se jette dans la Mer du Nord; la marée y monte jusqu'à dix milles au dessus de Londres.

La Saverne prend sa source dans le comté de Mourgommery, & après

avoir arrofé les Villes de Shrowefburi,
Wofcefter, Glocefter, elle fe jette dans
le Canal de S. George.

L'Humber eft un petit bras de la Mer
du Nord formé par les rivieres de Dar-
vent, de l'Are, de Calder & quelques
autres.

La Trente arrofe Stafford, Notti-
gham; puis fe jette dans l'Humber.

Le Gouvernement eft Monarchique
& Arifto-Democratique. L'Ariftocratie
eft repréfentée par la *Chambre Haute*,
qui eft compofée des Princes du Sang,
des Ducs, Marquis, Comtes & Vi-
comtes.

La Démocratie par la *Chambre des
Communes*, compofée des Députés des
Comtés, Villes, &c.

*On nomme Bills les actes d'une Cham-
bre du Parlement d'Angleterre, jufqu'à
ce qu'étant approuvé par le Roi & par
l'autre Chambre, ils acquierent la force &
le nom de Loy : chaque particulier peut
faire dreffer un Bill par un Avocat & le
préfenter à l'Orateur ou au Greffier de la
Chambre baffe pour être examiné en fon
tems.*

*Les factions des Torys & des Whigs met-
tent perpétuellement le Royaume à la
veille de grandes révolution.*

P ij

Les Torys outrés attribuent à leur Roi une puissance arbitraire, les Wighs rigides ont des sentimens entierement Républicains. Les modérés dans l'un & l'autre parti ne different qu'en ce que les Torys sont plus portés pour la Cour & pour l'autorité Royale, & que les Wighs panchent davantage vers les priviléges de la Nation.

La Couronne y est héréditaire, les filles succedent au défaut des mâles.

On divise l'Angleterre en huit parties.

1. Le Royaume de Northumberland, *Barwik*, clef de l'Ecosse, place forte sur la *Twede*, *York*, grande ville, belle, riche, *Lancastre*, *Carlile*, *Durham*.

2. Le Royaume de Murcie, *Oxford*, *Chester*, passage pour l'Irlande, *Glocester*, *Hereford*.

3. Le Royaume de Sussex, *Chichester*.

4. Le Royaume de Westsex, *Winchester*, *Dorchester*, *Bristol*, ville considérable pour les richesses, la grandeur, le commerce. *Plimouth*, rendez-vous des Espagnols, *Portsmouth*, *Listhiell* dans la province de Cornouaille, ville renommée pour ses riches mines d'étain.

5. Le Royaume d'East-Angles, *Cambrige*, *Yarmout*, *Harwich*, depart pour la Hollande.

6. Le Royaume d'Effex , *Londres* fur la Tamife, Capitale de tout le Royaume, *Colchefter* , renommée pour fes huitres.

7. Le Royaume de Kent , *Cantorberi , Rochefter , Douvres*, paffage pour Calais.

8. La Principauté de Galles , *S. David , S. Afaph , Milfort ,* Havre ,

L'Ecoffe occupe le Nord de l'Angleterre, la Religion Calvinifte Prefbiterienne eft la dominante ; il y a auffi des Epifcopaux, fous la conduite de deux Archevêques.

ARCHEVESCHE'S.

S. Andrews. Glafcow.

EVESCHE'S.

Edimbourg.	*Brichen.*	*Orkney.*
Dunkeld.	*Dumblain.*	*Galloway.*
Aberdeen.	*Roff.*	*Argile.*
Murray.	*Cathneff.*	

UNIVERSITE'S.

S. Andrews.	*Aberdeen.*
Edimbourg.	*Glafcow.*

On la divife en feptentrionale & en Méridionale.

La Septen -
trionale
comprend,
$\begin{cases} \textit{Aberdeen.} \\ \textit{Dundée.} \\ \textit{Dumblain.} \\ \textit{S. Andrews.} \\ \textit{Glascow.} \end{cases}$

La Méridionale comprend *Edimbourg,*
Capitale.

L'IRLANDE.

L'Irlande eft fituée à l'Oueft de la
grande Bretagne.

La Religion dominante eft la Calvinifte Epifcopale , cependant il y a
encore grand nombre de Catholiques.

ARCHEVESCHE'S.

Armagh.	Dublin.
Caffel.	Galloway.

EVESCHE'S.

Meath.	*Limerick.*	*Clonfert.*
Kildare.	*Waterfort.*	*Elpin.*
Offori.	*Corck.*	*Raphoe.*
Leighlin.	*Cloyne.*	*Derri.*
Killaloe.	*Glogher.*	*Kilmore.*
Killala.	*Down.*	*Drommore,*

UNIVERSITE'.

Dublin.

L'Ecoſſe ſe diviſe en quatre parties, qui ſont;

1. L'Inſter, *Dublin*, *Vexfort*, *Kilkneni*.
2. L'Ulſter, *Armach*, *Londonderi*.
3. Le Konnaugt, *Galoway*, *Athlone*.
4. Munſter, *Limmerick*, *Balatimore*, *Corck*, *Kinſale*, *Waterford*.

Iſles qui avoiſinent L'Angleterre. {
Iſles Orcades, Iſles Hebrides, les Sorlingues.
Iſles de Man, Angleſey, Wigth.
Jerſey, Guerneſey, voiſines de la Normandie.
}

A S I E.

L'Aſie eſt bornée au Nord par l'Océan glacial, au Sud par la Mer des Indes, à l'Eſt par la Mer de la Chine, à l'Oueſt par l'Europe & l'Afrique; c'eſt la plus riche & la plus grande des trois parties de notre continent.

L'Aſie a pluſieurs Golfes fameux, la *Mer rouge*, (ou Mer de la Mecque, Golfe Arabique) le Golfe *Perſique*, (ou le Golfe de *Balſora*, ou Mer d'El-ſatif, villes voiſines) le Golfe de *Ben-*

gale, de *Siam*, de *Cochinchine*, de *Gang*
qui fepare la Chine de la prefqu'Ifle
de Corée.

L'Afie fe divife en cinq Parties, &
les Ifles.

1. La grande Tartarie.
2. La Turquie d'Afie.
3. La Perfe.
4. L'Inde, L'Indoftan, ou le Mogol.
5. La Chine.
6. Les Ifles.

I. LA TARTARIE.

Ce vafte pays comprend plus d'un
tiers de l'Afie, il fe divife en Tartarie
Mofcovite, indépendante, & Chinoife.

La Tartarie Mofcovite comprend,
1°. Au *Nord*, la Ruffie Afiatique, la Siberie & le Kamtzchatka, Peninfule fituée à l'Orient de la Siberie. *Tobolskoi,*
Capitale de la Siberie, *Tumen, Nipchou,*
ou les Plénipotentiaires du Czar & de
l'Empereur de la Chine fignerent un
traité de paix en 1689. les Samoiedes
habitent au Nord la Siberie.

2°. A l'Occident & au Midi, les Royaumes de Caffan, de Bulgar, l'Aftracan
& la Circaffie. *Aftracan, Terki.*

TARTARIE INDEPENDANTE.

Tartares *Calmoucks,* Tartares *Ufbecks.*

Tartarie Chinoise.

Tartares *Mongales*, Tributaires de la Chine.

II. TURQUIE D'ASIE.

La Turquie d'Asie est bornée au Nord par la Moscovie ; au Sud par la Mer d'Arabie, à l'Est par la Perse, & à l'Ouest par l'Archipel. Elle se divise en six parties.

1. La Natolie ou *Asie Mineure.* entre l'Archipel & l'Euphrate.
{ Natolie propre, *Burse*, *Smirne*, très-bonne échelle du Levant, c'est ainsi qu'on appelle les Villes de Commerce de l'Asie qui font maritimes.
Cioutaie.
Amasie, *Trebisonde.*
Caramanie, *Cogni*, *Tocat.*
Aladulie, *Maraz.*

2. La Georgie à l'Orient de la Mer Noire.
{ *Mingrelie.* } Provinces au Turc,
Imirette.
Guriel.
Carduel, *Teflis*, au Sophi de Perse.

P v

3. Turcomanie, ou *Armenie* Maj. au Midi de la Georgie. } *Erzerum*, fur l'Euphrate, au Turc. *Erivan* fur l'Arraxe, au Perfan.

4. Diarbeck ou Aſſyrie, à la droite & à la gauche du Ti-gre. } *Diarbekir, Moſul, Bag-dat, Baſſora.*

5. Syrie à l'O-rient de la Mé-diterranée. } Syrie propre, *Alexan-drette, Alep*, ville con-fidérable. Phenicie, *Damas, Tri-poli.* Paleſtine, *Jeruſalem.*

6. Arabie, on en diſ-tingue trois. } Deferte, au Turc, & au Cherif de la Mecque. *Anna,* au Turc; *Medine, la Mecque* au Cherif. La Mec-que eſt le lieu de la naiſſance de Mahomet & Medine celui de fa ſepulture. Petrée, *Herac.* Heureuſe, *Aden, Moca,* d'où vient le meilleur caffé, *Elca-tif* fur le Golfe Perfique. *Iſle de Baharen,* fameuſe par la pêche des perles.

OBSERVATION.

La Mer rouge nommée aussi Golfe Arabique & par les Turcs Golfe de la Mecque, tire son nom de la couleur de son fond ou de son sable, où il croît beaucoup de Corail ; lorsque le Soleil luit, on apperçoit dans plusieurs endroits une couleur rougeatre sur sa superficie ; mais cette couleur n'est qu'apparente & dépend de la terre argilleuse & rougeatre du fond, c'est en ce sens selon toute apparence qu'on a donné le nom de Mer Noire au Pont-Euxin.

III. LA PERSE.

La Perse a pour bornes au Nord, la Tartarie ; au Sud la Mer d'Arabie ; à l'Est l'Inde, à l'Ouest la Turquie.

Les villes les plus connues des Européens font *Ispahan, Tauris, Derbent, Schiras, Gomron, ou Benderabaffi,* fur le détroit d'Ormus Port très-fréquenté par tous les Européens.

La Perse est très-commodément située pour le commerce, elle est au centre de l'Asie, environnée des Indes, de la Tartarie, de l'Arménie, de la Natolie, de la Syrie, de l'Arabie, & de l'E-

P vj

gypte, elle participe à leurs richesses,
soit par terre avec les Nations voisines,
soit par mer avec celles qui font plus
éloignées , elle a les Mers des Indes &
d'Arabie, & le Golfe Persique au Midi,
la Mer Caspienne au Nord , & les
grands Fleuves de l'Euphrate & du Ti-
gre qui l'arrosent, facilitent le transport
des marchandises dans son continent:
ce commerce consiste en soyes crues
& travaillées , en toiles de coton , en
perles & en vin excellent que la Religion Mahometane défend de boire.

IV. L'INDE.

L'Inde ou l'Empire du Mogol est
borné au Nord par la Tartarie ; au
Sud par l'Océan Méridional ; à l'Est
par la Chine ; à l'Ouest par la Perse.

1. Le Mogol propre comprend les Royaumes de	*Delli* , Capitale de tout le Royaume.
	d'Agra , *de Cachemire.*
	Cambaie, Surate, ville la plus marchande de l'Asie.
	Bengale , Ougli ville très-commerçante.

Une Caravane de Marchands de Patna part tous les ans pour différens endroits de la Tartarie , pour y aller chercher la rhubarbe , le musc , des fourrures , & de la semencine , pour les vendre ensuite aux bouches du Gange.

A l'Occident.

2. La presqu'Isle Occidentale de l'Inde , en-deçà du Gange , comprend les Royaumes

- De *Visapour, Bombai* , aux Anglois.
- *Chaul , Dabul , Goa ,* Siege d'un Archevêque, aux Anglois.
- De *Golconde* à l'Orient , *Masulipatan.*
- De *Bisnagar.*
- La Côte de Malabar , *Calicut , Cochin.*
- La Côte de Coromandel, *Paliacate,* aux Hollandois , *Meliapour ,* aux Portugais , *Madras,* aux Anglois , *Pondicheri ,* aux François.

C'est sur la côte de Coromandel qu'on pêche les plus belles perles qui soient au monde.

La presqu'Isle Occidentale de l'Inde, au-delà du Gange, comprend les Royaumes de

{ *Aracan.*
D'*Ava*, de *Pegu*, de *Tunquin*, de *Cochin-chine.*
De *Coccian*, de *Camboie*, de *Siam: Louvo*, *Bancock* ; ces trois villes font fur la *Menan.*
Malaca, aux Hollan-dois.

V. LA CHINE.

La Chine eft bornée au Nord par une vafte muraille qui la fépare de la Tartarie ; au Sud par l'Océan, le Tunquin &c. à l'Eft par la Mer du Japon ; à l'Oueft par l'Indoftan.

Les Villes les plus connues font *Pekin* Capitale de la Chine, réfidence de l'Empereur, *Nanquin*, *Canton*. Les Portugais poffédent la petite Isle & la Ville de Macao à l'entrée du Golfe de Canton.

Les richeffes particulieres de chaque Province de la Chine, la quantité de rivieres & de canaux dont cet Empire eft arrofé y ont rendu le commerce intérieur floriffant ; auffi les Chinois fe mettent peu en peine de commercer au dehors , ils portent au Japon du ginfeng , de l'ariftoloche , de la rhubarbe, de l'efquine, des myrobolans, de l'areque , du fucre blanc, beaucoup de foyeries , des cordes de foyes pour les inftrumens , du bois d'aigle & de fantal recherché pour les parfums ; ils en rapportent des perles fines , du cuivre rouge, des lames de fabre, des papiers à éventailles , de l'or très-pur , du tombac qu'ils vendent pour Batavia.

Ils portent à Manille & à Batavia du thé de toute efpece, des porcelaines, ils en emportent des piaftres , des épiceries , des cloux de girofle, de la mufcade, de la canelle, des écailles de tortues, du bois de fandal & de bréfil , des pierres d'agathe , & des draperies d'Europe ; ils vont encore à Achem , à Malacca , à Ihor , à Pantane , à Ligor ; ce font les Hollandois & les Anglois qui font le plus brillant commerce à la Chine.

VI. LES ISLES.

Le Japon eft à l'Eft de la Chine , les Japonois font Idolâtres.

1. Iſles.
   { Niphon ; *Yedo , Neaco.*
   { Kimo , *Nangaſacki.*
   { Xicoco.

2. Iſles Philippines , *Luçon* ou *Manille.* Siege d'un Archevêque & d'un Viceroi.

   Nouvelles Philippines. La plûpart de ces Iſles appartiennent aux Eſpagnols.

3. Iſles Marianes ou des Larrons , elles font un Pont de communication entre l'Amérique & l'Aſie.

4. Iſles Moluques , *célébes* , ou *Macaſſar , Gilolo , Ceram , Amboine , Banda.*

5. Iſles de la Sonde.
   { *Borneo* , Capitale d'un Royaume.
   { *Sumatra , Achem ,* Capitale.
   { *Java , Batavia* , aux Hollandois , où ils font un prodigieux commerce ; *Bantam* , appartient à un Roi Mahometan.

6. Iſles de Ceylan , ou de la Canelle , les Hollandois y ont les meilleures places. *Colombo , Punta de Galle.*

7. Isles Maldives , *Male* à son Prince.

Les Religions dominantes de l'Asie font la Mahometane & l'Idolâtrie , les Missions y ont fait quelques Chrétiens. Le Gouvernement y est entierement despotique.

A F R I Q U E.

L'Afrique est bornée au Nord par la Méditerranée , au Sud par l'Océan Ethiopien ; à l'Est par le Golfe Arabique , & l'Océan Indien ; à l'Ouest par l'Océan Atlantique. C'est une grande presqu'Isle qui tient à l'Asie par l'Isthme de Suez.

1°. L'Egypte appartient au Turc qui y envoye tous les trois ans un Bacha.
1. Haute Egypte ou ancienne Thébaïde.
2. Moyenne Egypte , *le Caire.*
3. Basse Egypte , *Alexandrie , Rosette ; Damiette ; Suez* à la côte de la Mer Rouge.
2°. La Barbarie comprend les Royaumes de *Maroc ,* de *Fez ,* d'*Alger ,* de *Tunis ,* de *Tripoli ,* & de *Barca , Ceuta* & *Oran* aux Espagnols. *Salé ,* les Habitans sont de fameux Corsaires : *Arzile* est au Roi de Maroc.

Les Royaumes d'Alger, de Tunis, & de Tripoli, dont les Capitales de même nom font fur la Méditerranée, font gouvernés en forme de République par un Chef qu'ils appellent *Dey*, & fous la protection du Turc.

Le Royaume de Barca appartient au Turc.

3°. Le Bildulgerid ou pays des Dattes ; *Toufera*, Capitale dépendante du Royaume de Tunis.

La Religion Mahometane eſt ſuivie dans toute l'Egypte, la Barbarie, le Biledulgerid.

4. Zaara pays defert, fterile, rempli de Sables brûlans, qui comprend plufieurs vaftes Provinces.

5. La Nigritie, vafte pays qui comprend plufieurs Royaumes & Provinces, *Gaoga, Bournou, Tombut.*

La traite des Negres fe fait dans une étendue de plus de 800. lieues de côtes depuis le Cap-Verd juſqu'au Royaume d'Angola.

On appelle piece d'Inde tout Negre fans défaut notable, depuis 15. juſqu'à 35. ans, de même que les Negreffes ayant des enfans à la mamelle ou non.

Ceux qui font d'un âge moindre ou excédent font évalués à deux pour un, ou à trois pour deux, &c.

C'eſt ſur ce pied-là qu'on les achete en Afrique, & qu'on les vend en Améri-que.

6. La Guinée comprend :

La Haute Guinée, *Iſle S. Louis*, & *l'Iſle de Gorée* aux François.

La Guinée propre, *le petit Dieppe*, aux François ; *S. George de la Mina*, & le Fort *Naſſau* aux Hollandois ; *Cap-Corſe* aux Anglois ; *Frederiſbourg*, aux Danois.

La baſſe Guinée ou le Congo, *San-Salvador, Loango, Loando, Benguela* aux Portugais.

7. La Nubie Royaume peu connu, *Dangala.* Capitale.

8. L'Ethiopie intérieure, où l'Abyſſi-nie a un Roi appellé le Grand Ne-gus, & des peuples Chrétiens, infec-tés de diverſes erreurs.

L'Ethiopie extérieure comprend les Royaumes de *Monoemugi*, de *Mono-motapa*, la *Cafrerie*, le *Zanguebar*, la côte d'*Abex*, la côte d'*Ajan.*

Le *Cap-de-Bonne-Eſperance*, aux Hollandois.

Ce lieu prête la main à l'Aſie, l'Amérique, & l'Europe, & eſt d'une commodité infinie aux Hollandois pour y arrêter leurs Vaiſ-ſeaux, les radouber dans le beſoin, & re-

tablir les paſſagers s'ils ſont malades ; on
y eſt incommodé de gros Singes qui viennent ravager les melons ; les Hollandois
y ont tranſporté des vignes du Rhin ,
qui y ont parfaitement réuſſi , & qui produiſent des vins recherchés par les connoiſſeurs.

Sofala ,
Mozambique. } aux Portugais.

Brava République ſous la protection
des Portugais , *Melinde* , *Magadoxo* ,
Adea , *Adel.*
  Voyez ce qui regarde les Iſles d'A-
frique pag. 243.

A M E R I Q U E.

Cette vaſte partie qui conſiſte en deux
grandes preſqu'Iſles , jointes par l'Iſthme de Panama , tire ſon nom *d'Améric*
Veſpuce , Florentin qui la découvrit
l'an 1497. Chriſtophe Colomb avoit
découvert dès l'an 1492. quelques
Iſles.
  On diviſe les Habitans de l'Amérique en quatre ſortes , en Américains
naturels , en Européens , en Métis ou
Créoles qui ſont nés d'une Américaine

& d'un Européen, & en Negres qu'on
y tranſporte d'Afrique pour travailler
aux Mines, & à la Fabrique du Sucre
&c.

AMERIQUE SEPTENTRIONALE.

L'Amérique Septentrionale ſe diviſe
en Eſpagnole, Françoiſe & Angloiſe;
les Eſpagnols poſſedent les deux Méxiques & la Floride; les François poſſedent le Canada arroſé par la Rivière S. Laurent, & la Louiſiane arroſée
par la Riviere de Miſſiſſippi; l'Amérique Angloiſe comprend la Nouvelle
Angleterre, & toutes les parties les
plus Septentrionales.

I. Le Méxique ou Nouvelle Eſpagne
ſe diviſe en trois Audiences ou Gouvernemens.

1°. De *Guadalajara. Zacatecas, Ci-
naloa, Xaliſco.*

2°. De Méxique, *Mexico*, ville grande,
riche, la plus conſidérable du Nouveau
Monde, c'eſt la réſidence du Viceroi.
On dit en proverbe qu'il y a quatre
belles choſes à voir à México, les
femmes, les *habits*, les *caroſſes*, & les
rues,S.Jean de Ulhua, Acapulco. Le Com-

merce du Perou, de la Chine, du Japon se fait par la Mer du Sud & par les Isles Philippines, les Cargaisons se chargent à *Acapulco*, d'où on les conduit par Terre au Méxique.

La presqu'Isle de *Yucatan*, le Golfe de *Honduras*, *Merida*.

3°. De *Guatimala*, *Nicaragua*, *Costarica*, *Vera Pax*, *Chiapa*.

II. Le Nouveau Méxique, *Santa-Fez*.

La Californie, est une presqu'Isle unie au Méxique.

III. La Floride, *S. Augustin*, *S. Matthieu*.

IV. Le Canada, *Tadoussac*, *Quebec*, les trois Rivieres, *Montréal*.

V. La Louisiane. *La Nouvelle Orléans*, *l'Isle aux Vaisseaux*, *le Natchez*, *le Fort Louis*.

Toutes ces Colonies ne sont pas assez nombreuses pour tirer de ces vastes Pays, les marchandises, & les productions qui y sont, & même pour nous mettre à l'abri de toute insulte de la part des différentes Nations sauvages, comme on l'a vû le 2. Décembre 1729. où les Natchez se souleverent, massacrerent plus de 200. François, & pillerent les vases sacrés & les ornemens d'Eglise.

On en tire des pelleteries de toutes especes, des cuirs verds de taureaux, & d'autres bestiaux dont les Sauvages apportent les chairs & les peaux à la Colonie presque pour rien, des bois propres aux constructions de Marine & aux bâtimens.

VI. La Nouvelle Angleterre comprend les Provinces qui suivent.

L'Acadie, *Port-Royal.*
La Nouvelle *Angleterre, Boston,* Capitale de tout le Pays.
La Nouvelle *Yorck.*
Le Nouveau *Jersey.*
La *Pensilvanie, Philadelphie.*
Le *Mariland.*
La *Virginie, Jamestown.*
La *Caroline, Charlestown.*
La Georgie.

Toutes ces Provinces servent aux Isles Angloises de l'Amérique, en les fournissant de farine, & d'autres vivres que ces derniers ne pourroient tirer de l'Europe qu'à grands frais, & leur ont facilité le commerce du Castor avec les Canadiens.
VII. Au Nord de l'Acadie est

La Terre de Labrador , ou Canada Sauvage , vaste Pays habité par des Barbares Idolâtres & Antropophages ; les Anglois ont trois Forts & des Colonies à Baye d'Hudson.

Isles de l'*Amérique Septentrionale.*

1°. Isles de Terre Neuve. ⎫
2°. Les Bermudes. ⎬ aux Anglois.
3°. Les Lucaies , Guana- ⎪ hani , Anticosti , St. ⎪ Jean. ⎭

A l'Occident de la Terre Neuve est le grand Banc où se fait la pêche de la Morue.

Cap-Breton aux François Capitale, Evêché & résidence du Gouverneur.

4. Les Açores , *Tercera , Angra ,* aux Portugais.

5°. Les grandes Antilles. ⎧ 1 *Cuba , la Havane.* ⎫ 2 *Portò-rico.* ⎬ aux Partie de S. Domin- ⎪ Espagnols. gue , *San-Do-* ⎪ *mingo.* ⎭

3. La Jamaique , aux Anglois .
4. Partie de *S. Domingue.* ⎱ Aux François

Leogane ,

Leogane , le grand & le petit *Goave* ,
aux François.

PETITES ANTILLES.

Aux François.	*Aux Anglois.*
S. Martin en partie.	L'Anguille.
S. Barthelemi.	Barbade , bonne
Ste Croix.	Ifle.
Guadaloupe.	S. Chriftophe.
Marie-Galande.	Newis.
La Martinique , la	Antigoa.
plus floriffante de	Montferrat.
ces Ifles.	S. Dominique.
Ste Lucie.	S. Vincent.
La Grenade.	La Barboude.

AUX HOLLANDOIS.

S. Martin , en partie.
Saba.
S. Euftache.
Tabago,
Aruba., Curaçao , & Bonaire , près le
Golfe de Venezuela.

Aux Efpagnols.	*Aux Danois.*
La Marguerite.	Ste Croix.
La Trinité.	S. Thomas.

Q

OBSERVATIONS.

Comme les Espagnols ont donné de tout tems une entiere exclusion aux autres Nations pour tous les lieux qui appartiennent à la Couronne d'Espagne, il y a trois sortes de Vaisseaux Espagnols qui font le commerce dans ce Pays.

1. La Flotte est composée d'un certain nombre de Vaisseaux tant du Roi que des Marchands, destinés pour le Méxique, & qui déchargent à la Nouvelle Vera-Crux ; elle part de Cadix vers le mois d'Août, met 18. à 19. mois à son voyage.

Ce qu'on appelle la Flotille est une Frégate ou deux, quelquefois davantage, qui précede l'arrivée des Galions & de la Flotte, & qui en apporte des nouvelles.

2. Les Galions ou Vaisseaux de guerre destinés pour Porto-Bello sont ordinairement 8. ou 10. servant de convoi à 12. ou 15. Navires Marchands ; ils passent à Carthagene où il se tient une premiere Foire, pour recueillir les richesses du Popayan & de la Côte, de-là à Porto-Bello où se tient la plus célébre Foire de l'Univers pour ramasser celles du Perou

& de la Terre-Ferme ; les Galions reviennent de nouveau à Carthagene où se tient
une troisiéme Foire, après laquelle ils
reviennent en Espagne par la route de la
Havane.

Après l'arrivée à Porto-Bello on en
détache un, qu'on appelle Patache-Royale
qui va recueillir le tribut de la Côte à la
Marguerite, à la Hache, à Ponta Guia-
re, &c.

3. Les Navires de Regitre, c'est-à-dire ceux que la Chambre des Indes permet
à des Marchands particuliers de freter,
dont les uns vont à Porto-Cavallo pour
les Honduras, à Macaraibo pour la Ve-
nezuella, aux Caraques, à Buenos-
Ayres, &c.

AMERIQUE MERIDIONALE.

L'Amérique Méridionale se divise
entre les Espagnols, les Portugais, &
les Naturels du Pays. Les Espagnols
possedent la Terre-Ferme, le Perou,
le Chili, les Terres Magellaniques, &
Rio de la Plata ; le Brésil est aux Portugais, & le Pays des Amazones à ses
anciens Habitans.

I. La Terre-Ferme ou la Castille d'Or a huit Gouvernemens.

1. Terre-Ferme, *Panama*, sur la Mer du Sud; *Porto-Bello*, sur le Golfe de Méxique.
2. *Carthagene.*

C'est à Carthagene qu'arrivent les Gallions d'Espagne; aussi-tôt leur arrivée on dépêche des Couriers à Lima & à Quito pour avertir de porter à Panama les tréfors du Roi; après 40. ou 60. jours les Galions se rendent à Porto-Bello.

3. Ste *Marthe.*
4. Rio de la Hache.
5. Venezuela, *S. Jacques de Leon*, ou *Caracas.*
6. La Nouvelle Andaloufie; *Comana.*
7. La Guyane. Les Hollandois ont deux Colonies à *Berbice*, & à *Surinam.* Les François font Maîtres de l'Ifle de *Cayenne.*
8. La Nouvelle Grenade, ou le Po-payan, *Santa-Fé de Bagota.*

II. Le Perou le plus riche Pays de l'Amérique a trois Gouvernemens.

1. *Quito* fous la Ligne, *Porto-Vejo*, *Baeça.*

2. *Lima*; Capitale, *Callao*, Port de Lima; *Arequipa*, *Truxillo*.

3. Los Charcas, *Potofi* ; ville très-peuplée, & fameufe par fes Montagnes, inépuifables en Mines d'Argent, *Arica*, *Atacama*.

III. Le Chili a trois Gouvernemens.

1. Le Chili propre, *San-jago*, Capitale, *Valparaifo*, *Copiapo*, *Baldivia*.
2. Le Gouvernement Imperial, la *Conception*, *Villa-Rica*.
3. Chicuito.

IV. Les Terres Magellaniques, vafte Pays peu connu, *Corduba*.

V. Rio de la Plata, *Guaira*, *Santa-Fez*, *Buenos-ayres*, Capitale, réfidence d'un Viceroi.

Le Paraguai fitué entre le Bréfil & la Riviere de la Plata eft peu connu ; au Sud eft le Détroit de Magellan par où on paffe de la Mer du Nord, dans la Mer du Sud, & au Midi eft une Ifle appellée *Terre de Feu*.

VI. Le Bréfil fe divife en Capitaineries, dont les principales font *San-Salvador*, Capitale & Archevêché,

Q iij

réſidence du Viceroi ; celles de *tous les Saints, de S. Vincent, du S. Eſprit, de Rio Janeiro, de Pernambouk, de Maragnan, de Paraiba. &c.*

C'eſt à San-Salvador qu'aborde tous les ans en Juin la Flotte de Liſbonne, & où ſe raſſemblent au mois d'Août pour le retour, tous les Vaiſſeaux qui ſe ſont ſéparés de cette Flotte pour aller à Pernambouk, Maragnan, Rio Janeiro, Paraiba, Tamaraca ; c'eſt où ſe rendent auſſi les Vaiſſeaux qui viennent des Indes Orientales, des côtes d'Afrique, & qui y fourniſſent les épiceries & les marchandiſes de l'Orient, & les Negres dont ces colonies ont beſoin pour le travail des Moulins à Sucre.

Les Marchandiſes qu'on y charge ſont du tabac qui eſt la principale de toutes, du ſucre candi, de l'indigo, des huiles de Fanons, & de Baleines, qui viennent échouer en quantité dans la Baye, du coton, du beaume de copahu, de l'hypecacuana, des cuirs du Pays, de l'ambre gris, des amethiſtes, de l'or qui ſe trouve dans le gravier de quelques Rivieres, des fruits confits & ſecs.

la flotte y apporte des vins., des eaux-de-vie, des farines, de l'huile, du fromage, des toiles, des draps, des merceries, du papier, du fer, & toutes sortes d'uftenciles.

La Politique empêche la culture des vignes, & la femence des grains, afin que le Brefil foit toujours dépendant du Portugal & dans la dure néceffité d'y avoir recours.

VII. Le vafte Pays des Amazones, très-peu connu.

DE
L'HISTOIRE.

Iᵉ. EPOQUE * ANCIENNE.

La Création du Monde, 1-1696.

D. **P**AR où commence l'Hiſtoire Sainte.

R. Par le récit de la création du Monde que Dieu tira du néant par ſa parole en ſix jours.

Le *premier jour,* Dieu créa le Ciel & la Terre & commanda que la *lumiere fût faite.*

Le *ſecond,* il fit le firmament qu'il nomma *Ciel.*

Le *troiſiéme jour,* il ſépara la terre d'avec les eaux.

Le *quatriéme* il fit les corps lumineux qui ſont dans le Ciel, le Soleil & la Lune.

* On ne comprend dans ces époques, que la ſuite de la Religion, & l'Hiſtoire Romaine. La priſe de Troye n'y entre qu'incidemment parce qu'elle forme une époque célèbre.

Au *cinquiéme jour*, Dieu forma les poiſſons & les oiſeaux.

Enfin le *ſixiéme jour* fut deſtiné à la production des animaux terreſtres mais ſurtout à la formation de l'homme, qu'il fit à ſon image, c'eſt-à-dire, qu'il lui donna en partage l'eſprit, l'entendement, la volonté, la liberté, enfin les traits & l'image de ſa divinité.

D. Comment appellez-vous le ſeptiéme jour où Dieu s'eſt repoſé ?

R. Le jour du *ſabath* ; c'eſt-à-dire le jour du repos, qui fut ſanctifié par la ſuite & uniquement conſacré à ſon culte.

D. De quoi fut formée la premiere femme?

R. D'une côte de l'homme que Dieu lui tira pendant le ſommeil ; de ſorte que l'homme pouvoit dire que la *femme étoit l'os de ſes os, & la chair de ſa chair.*

D. Comment nommez-vous le premier homme ?

R. *Adam*, & la premiere femme *Eve*. Dieu les plaça dans le Paradis terreſtre, jardin délicieux, où ils trouvoient ſans ſoin & ſans travail tout ce qui leur étoit néceſſaire.

D. Qu'eſt-ce que Dieu leur défendit.

R. De manger d'un certain fruit qu'il leur montra ; Eve ſubornée par le Dé-

Q v

mon caché fous la figure du Serpent
& féduite par un principe d'orgueil,
de curiofité, & de fenfualité, en man-
gea la premiere, & porta fon mari à la
même défobéiffance.

D. Quelles furent les fuites de cette
offenfe ?

R. La malédiction fur Adam & fur fa
poftérité, le travail, la honte, la mort.

Dieu le chaffa du Paradis terreftre,
& le condamna à travailler à la fueur
de fon vifage, pour faire produire à la
terre les fruits néceffaires à la vie.
» Ce grand Dieu qui l'avoit fait à fa ref-
» femblance, dit M. Boffuet, qui fe
» plaifoit à fe montrer à lui fous une
» forme fenfible ; l'homme ne peut
» plus fouffrir fa préfence, il cherche
» le fond des forêts pour fe dérober à
» celui qui faifoit auparavant tout fon
» bonheur, la confcience l'accufe avant
» que Dieu parle ; notre fentence eft
» prononcée dans la fienne. Nous fom-
» mes tous maudits dans notre princi-
» pe ; notre naiffance eft gâtée & in-
» fectée daus fa fource.

Eve mit au monde fes enfans avec
douleur; l'écriture en nomme trois *Cain,*
Abel, & *Seth.*

D. Sçait-on en quel lieu étoit le Paradis terreftre ?

R. Plusieurs Auteurs célébres croient que ce lieu de délices étoit sur l'Euphrate vers l'endroit où il se joint au Tigre ; d'autres croient qu'il étoit dans l'Armenie majeure, où ils prétendent qu'on trouve la source des quatre fleuves marqués dans l'Ecriture Sainte.

D. Que sçait-on de Cain ?

R. Qu'il tua son frere Abel , jaloux de voir que Dieu regardoit plus favorablement les sacrifices de son frere que les siens. Cain fut maudit de Dieu , il porta toute sa vie la terreur de son crime dans ses inquiétudes & ses agitations ; quelques uns croient qu'il fut tué par Lamech qui le voyant dans un buisson, le prit pour une bête.

D. Qui sont ceux que l'Histoire sacrée appelle *les enfans des hommes* ?

R. Ce sont les descendans de Cain, qu'elle nomme ainsi pour les distinguer de ceux de Seth qu'elle appelle *les enfans de Dieu.*

Les fils & les filles de Cain se distinguerent par leur malice & par l'invention des arts ; Jubal inventa la musique instrumentale & Tubalcain fondit le fer & en forgea des instrumens.

D. Quel Portrait fait Monsieur Bossuet de cette époque ?

R. » La terre, dit ce grand Prélat,
» commence à se remplir & les crimes
» s'augmentent ; Cain le premier en-
» fant d'Adam, fait voir au monde naif-
» fant la premiere action tragique, & la
» vertu commence dèflors à être persé-
» cutée par le vice ; là paroiffent les
» mœurs contraires de deux freres ; l'in-
» nocence d'Abel, fa vie paftorale, &
» fes offrandes agréables ; celles de
» Cain rejettées, fon avarice, fon im-
» piété, fon parricide, & la jaloufie
» mere des meurtres, le chatiment de
» ce crime, la confcience du parrici-
» de agitée de frayeurs, la premiere
» ville bâtie par ce méchant, l'inven-
» tion de quelques arts par fes enfans,
» la tirannie des paffions & la prodi-
» gieufe malignité du cœur humain tou-
» jours portée à faire le mal.

D. Quelle fut la durée de la vie des premiers Patriarches ?

R. Adam vêcut 930. ans.

Seth.   912.

Enos invoqua le nom du Seigneur & inftitua un culte public, il vêcut

                                          905.

Cain   910
Malaleell,   895
Jared,   962.

Henoch fut enlevé du
monde âgé de   365. vers l'an 1000.
du monde.

Mathusalem vécut, 969.
Lamech,   777.

II EPOQUE. 1686-2083.
Noé ou le Déluge.

D. Pourquoi Dieu envoya-t'il un déluge d'eau qui fit périr tous ceux qui étoient sur la terre, à l'exception de ceux qu'il avoit résolu de sauver ?

R. Parce que les hommes étoient pervertis au point que Dieu se crut obligé pour faire cesser leurs crimes de détruire toute l'humanité, sa colere fut dénoncée aux pécheurs par son serviteur Noé fils de Lamech.

Qu'est-ce que Dieu ordonna à Noé ?
R. De bâtir une arche, c'est-à-dire, un grand vaisseau en forme de coffre pour lui, sa famille, & pour tous les animaux que Dieu lui ordonna d'y faire entrer.

Noé employa 100 ans à bâtir l'arche pour donner le tems aux hommes répandus par toute la terre d'être avertis du déluge, de rentrer en eux-mêmes & de faire pénitence mais ils méprifèrent les avis de Noé ; leurs inclinations se corrompirent de plus en plus, leurs débordemens allerent à l'excés, & l'iniquité couvrit toute la face de la terre ; alors Dieu fit tomber du Ciel pendant quarante jours & quarante nuits des pluies si abondantes qu'elles surpasserent de 20 pieds les plus hautes montagnes. Ce déluge dura presque un an.

D. Que fit Noé après ce déluge?

R. Il cultiva la terre avec ses enfans, Sem, Cham & Japhet, & renouvella les arts pratiqués avant le déluge ; comme il ne connoissoit point la force du vin, il s'enyvra & s'endormit dans une posture indécente, il en fut raillé par Cham ; Noé maudit ce fils, & combla les deux autres de bénédictions.

D. Qu'est-ce qui donna occasion aux descendans de Noé de se répandre par toute la terre ?

R. Leur multitude qui se trouva trop reserrée aux environs de l'Euphrate & la confusion du langage dont Dieu punit leur entreprise ; avant que de se séparer, ils voulurent laisser un monument considérable à la postérité, c'est-à-dire une Tour, qu'ils prétendoient élever jusqu'à une hauteur prodigieuse. Cette Tour fut nommée *Tour de Babel*, qui veut dire *confusion* parce que tous ces descendans d'une même famille ne s'entendoient plus. Cette division occasionna leur dispersion qui donna lieu à la fondation des nouvelles monarchies; on croit que la langue dont ils se servoient auparavant se conserva dans la famille *d'Heber* descendant de Sem, c'est lui qui a donné le nom aux *Hebreux*.

D. Quelle durée la vie des hommes eut-elle après le déluge ?

R. Quoique jusqu'alors la plûpart des hommes eussent prolongé la leur jusqu'à huit ou neuf cens ans, depuis le déluge, la vie des hommes alla toujours en diminuant. Dieu permit aux hommes de manger de la chair des animaux en place des fruits qui étoient dans les premiers siécles du monde leur seule nourriture.

D. Qu'elle est la premiere Monarchie du Monde ?

R. Celle des Assyriens ; Nemrod ou Belus en fut le premier Roi. Il bâtit la Ville de Babylone. Ninus son Successeur bâtit Ninive, qui fut augmentée & embellie par *Sémiramis* sa femme, Ninus second ou Ninyas &

30 Rois régnerent enfuite. Ils furent tous plus infâmes les uns que les autres & quoiqu'ils euffent tous le nom de Rois, ils n'étoient en effet que de vils efclaves de la volupté.

» Tout commence, dit ici M. Boffuet, » il n'y a point d'hiftoire ancienne où » il ne paroiffe dans ces premiers tems, » mais encore long-tems après des vef- » tiges manifeftes de la nouveauté du » monde ; on voit les Loix s'établir, » les mœurs fe polir & les Empires fe » former à mefure que les hommes fe » multiplient ; la terre fe peuple de pro- » che en proche, on paffe les monta- » gnes & les précipices, on traverfe » les fleuves & enfin les mers, & on » établit de nouvelles habitations.

III. EPOQUE. 2083-2513.
La Vocation d'Abraham.

D. Quelle Religion fuivirent les Peuples après leur féparation.

R. A peine les hommes venoient de renaître, & d'échapper aux eaux du déluge, qu'ils s'abandonnerent à l'Idolâtrie & furtout au culte du Soleil & des Aftres. Alors Dieu choifit dans la famille de Tharé, un homme nommé

Abraham, & le tira de cet affreux déluge de vices qui couvroient toute la
face de la terre ; de sa postérité il se fit
un peuple, qui l'adora par un culte
extérieur accompagné de cérémonies.

Il lui ordonna de quitter la Ville d'Ur
en Chaldée où il étoit né, ce qu'Abraham
exécuta avec la plus prompte soumission,
menant avec lui Sara sa femme, Loth son
neveu, & beaucoup d'esclaves & de troupeaux qui étoient la principale richesse
de ces premiers tems ; la vie de ce Patriarche fut un voyage continuel, où
il eut bien des traverses à essuyer ;
la famine l'obligea de fuir en Egypte,
où on lui enleva sa femme ; son neveu
Loth l'abandonna, & il se vit obligé
d'attaquer le Roi des Elamites qui avoit
pris & pillé la Capitale du Roi de So-
dome, où Loth s'étoit retiré ; Abraham touché du malheur de son neveu
se mit à la tête d'une troupe de Domesti-
ques choisis, chargea brusquement les
vainqueurs, les défit & leur enleva le
butin dont ils étoient chargés. Melchisedec vint alors à sa rencontre & Abraham lui donna la dixme (ou dixiéme
partie) du butin qu'il avoit fait dans
cette action : Melchisedec étoit la figure de J. C.

D. Quels font les enfans d'Abraham ?

R. 1°. Il eut de fa fervante Agar que Sara lui fit prendre pour femme, un fils nommé *Ifmael*; Dieu enfuite lui ordonna la circoncifion pour lui, pour tous les mâles qui étoient à fon fervice & pour tous fes defcendans, & lui affura qu'il auroit de fa femme, quoique ftérile, un fils, dont la poftérité feroit auffi nombreufe que les étoiles.

2°. Ce fils Ifaac naquit lorfqu'Abraham avoit 100 ans. Dieu mit enfuite fa foi à l'épreuve la plus fenfible, en lui ordonnant de facrifier ce cher fils Ifaac ; ce Patriarche obéit. Il efpéra contre toute efpérance, & perfuadé que Dieu pourroit reffufciter Ifaac d'entre les morts, puifqu'il l'avoit fait naître par miracle, il fe mit en état de l'immoler. Ifaac fe foumit à l'ordre de Dieu, il porta fur fes épaules le bois fur lequel il devoit être offert en facrifice, il fe laiffa lier fur le bucher où il alloit être immolé. Dieu fe contenta de fon obéiffance & de la foi du pere & du fils ; Abraham prit un belier embaraffé avec fes cornes dans un buiffon, & l'offrit en facrifice à la place de fon fils.

3°. Abraham fe maria à Cethura dont

il eut six fils, mais Isaac fut le seul héritier ; Abraham se contenta de faire des présens à ses autres enfans, & il ne voulut pas que pendant sa vie, ils demeurassent avec Isaac.

Ce Patriarche maria son fils avec Rebecca, qui fut stérile pendant 19 ans ; l'année suivante étant enceinte elle sentit un combat dans ses entrailles, & il lui fut révélé qu'elle portoit les Chefs de deux grands Peuples. Elle accoucha de deux Jumeaux, *Esau* & *Jacob*, ce dernier fut comblé des bénédictions du Ciel & reçut la bénédiction du droit d'ainesse de son pere Isaac : comme Isaac & Jacob étoient les imitateurs d'Abraham, attachés comme lui à l'ancienne croyance, à l'ancienne maniere de vie, qui étoit la vie pastorale, à l'ancien gouvernement du genre humain où chaque pere de famille étoit Prince dans sa maison, Dieu réitéra à Isaac & à Jacob les mêmes promesses qu'il avoit faites à Abraham, & comme il s'étoit appellé *le Dieu d'Abraham*, il prit encore le nom de *Dieu d'Isaac* & de *Dieu de Jacob.*

Jacob que Dieu protegeoit en tout, pour éviter la colere de son frere Esau, se retira chez son oncle Laban, qu'il fervit 14 ans pour avoir fa fille Rachel en mariage ; on lui avoit fubftitué au bout de fept ans Lia : ces deux femmes lui donnerent deux efclaves, Bala & Zelpha pour femmes.

Jacob eut 12 fils & une fille nommée Dina.

Lia lui donna Ruben, Simeon, Levi, Juda, Iffachar, Zabulon & Dina ; Rachel fut mere de Jofeph & de Benjamin.

Bala lui donna Dan, Nephthali.

Il eut de Zelpha, Gad & Afer.

L'écriture nomme ces douze enfans les douze Patriarches.

D. Dites moi en peu de mots l'hiftoire de Jofeph ?

R. Il fut vendu par fes freres à des Marchands Madianites : les fonges qu'il rapportoit à fon pere, qui défignoient fon élévation, le rapport qu'il fit d'un crime qu'il avoit vu commettre à fes freres, & l'amitié plus étroite que Jacob lui témoignoit, lui attirerent l'inimitié de fes freres. Les Marchands qui l'acheterent le vendirent à un Officier de Pharaon, nommé Putiphar, dont la femme, n'ayant pû parvenir à le corrompre, le fit mettre en prifon comme ayant attenté à fa pudeur. Il y expliqua

les songes de deux Officiers de Pharaon
même, ce qui l'éleva à la premiere dignité du Royaume, & le fit devenir
le Sauveur de son pere, de ses freres
& de toute l'Egypte. Jacob vint s'y établir avec sa famille, & Pharaon lui accorda la terre de Gessen; mais ses descendans après la mort de Joseph furent
traités très durement.

Dieu les tira de cette servitude par
son serviteur Moyse, qui frappa l'E-
gypte de dix playes pour obtenir de
Pharaon la liberté de son peuple & la
sortie de l'Egypte : Pharaon affligé de
la mort de son fils aîné, consentit à
leur départ. Tout sembloit désespéré
pour eux, se voyant arrêtés par la mer
rouge, & attaqués par Pharaon ; Moyse frappa de sa verge la Mer, qui
divisa ses eaux & forma un vaste chemin aux Israélites, qui le passerent à
pied sec. Lorsque Pharaon fut entré
avec toutes ses troupes dans ce nouveau chemin formé au milieu des eaux,
la puissance qui les avoit divisées, les
rejoignit, tout fut noyé sans qu'il restât
un seul homme pour porter la nouvelle d'un événement si terrible. Moyse
chanta alors un sublime cantique en
action de grace des faveurs que Dieu

accordoit à fon Peuple ; Dieu continua fes bontés à l'égard des Ifraelites malgré leurs plaintes & leurs murmures. Il les nourrit de la manne : il adoucit l'amertume des eaux, il les rendit victorieux de leurs ennemis ; enfin il leur donna la loi, c'eft-à-dire dix préceptes qui forment toute la fubftance de la religion & de la morale.

Cette loi fut gravée fur la Pierre pour fignifier la dureté du cœur des Juifs appellés dans l'Ecriture, *Cœurs de Pierre*.

IV EPOQUE. 2513-2820.

La Loi écrite, ou la Loi de Moyfe.

D. Pourquoi appelle-t'on cette époque *la Loi écrite* ?

R. Parce que Dieu donna à Moyfe fur le Mont Sinai les tables fur lefquelles les dix commandemens étoient gravés ; » cette datte, dit M. Boffuet, eft remar-» quable, parce qu'on s'en fert pour » défigner tout le tems qui s'écoule de-» puis Moyfe jufqu'à J. C. le tems qui » précéde s'appelle *le tems de la Loi de* » *nature*, parce que les hommes n'a-» voient pour fe gouverner que la rai-» fon naturelle, & les traditions de » leurs ancêtres.

» Il étoit tems, continue M. Boſſuet,
» de donner de plus fortes barrieres à
» l'idolâtrie qui inondoit tout le genre
» humain, & achevoit d'y éteindre le
» reſte de la lumiere naturelle ; on
» adoroit juſqu'aux bêtes & juſqu'aux
» reptiles ; tout étoit Dieu, excepté
» Dieu même ; l'homme crut pouvoir
» renfermer l'eſprit divin dans des ſta-
» tues, & il oublia ſi profondement
» que Dieu l'avoit fait, qu'il crut à ſon
» tour pouvoir faire un Dieu ; & le
» monde que Dieu avoit fait pour ma-
» nifeſter ſa gloire, ſembloit être de-
» venu un Temple d'Idoles. Le genre
» humain s'égara juſqu'à adorer ſes
» vices & ſes paſſions, la cruauté y
» entra en même-tems, l'homme cou-
» pable qui étoit troublé par le ſenti-
» ment de ſon crime, & regardoit la
» Divinité comme ennemie, crut ne
» pouvoir l'appaiſer par des victimes
» ordinaires : il fallut verſer le ſang
» humain avec celui des bêtes : une
» aveugle frayeur pouſſoit les peres à
» immoler leurs enfans, & à les brû-
» ler à leurs yeux au lieu d'encens. «

Dieu annonça à ſon peuple les dix
Commandemens parmi les tonneres &
les éclairs, les Iſraelites promirent

folemnellement de les obferver : après
cette promeffe , Moyfe monta fur la
Montagne pour y recevoir ces Commandemens gravés , il y refta 40. jours.
Ce délai fit croire aux Ifraelites que
Moyfe étoit perdu , ils demanderent
des Idoles ., & Aaron eut la condefcendance de leur faire un Veau d'Or ;
Moyfe ayant vû cette abomination
brifa les Tables de la Loi , réduifit l'I-
dole en cendre , & la fit avaler au
peuple , fit prendre les armes à la Tribu de Levi , qui tua vingt-trois mille
hommes fans diftinction ; Moyfe retourna fur la Montagne , obtint le pardon du peuple , reçut de fecondes Tables , & des inftructions fur le culte ,
Aaron fut confacré pour être Grand-
Prêtre ; ceux qui s'éleverent contre
Aaron ayant à leur tête Choré , Da-
than , & Abiron ., furent exterminés par
le feu du Ciel , & les Chefs engloutis
tous vivans ; le dégoût pour la manne
fut puni par des ferpens dont la mor-
fure brûloit comme le feu , Moyfe fit
élever au milieu du Camp un Serpent
d'airain qui étoit la figure de Jefus-
Chrift en Croix , & dont la vûe gué-
riffoit tous ceux qui le regardoient.
Arad , Roi des Cananéens, & Sehon,
Roi

Roi des Amorrhéens s'opposerent à la
marche des Ifraëlites , ils furent défaits tous deux , leurs pays pillés &
brûlés ; Og Roi de Bafan eut le même fort ; Balac Roi des Moabites par
le Confeil de Balaam qui paffoit pour
Prophete envoya dans le Camp des Ifraëlites les plus belles filles pour les
engager dans l'idolâtrie , le peuple fe
laiffa aller à l'impureté , & enfuite à
l'idolâtrie. Dieu ordonna à Moyfe qu'on
fît pendre tous ceux des Chefs du peuple qui fe trouverent criminels : vingt-
quatre mille Ifraëlites furent tués ;
Phinées petit-fils d'Aaron fignala fon
zele en tuant Zambri & la Madianite
avec laquelle il offenfoit le Seigneur ;
enfuite Phinées avec deux mille com-
battans défit les Madianites , on ne
réferva que les filles , Moyfe donna
alors fa bénédiction au peuple , monta
fur la Montagne de Nebo, & y mourut.

Jofué choifi du vivant de Moyfe fe
chargea de la conduite du peuple.

Sa premiere expédition fut le paffage du Jourdain à pied fec. La feconde
fut la prife de Jericho dont les murs
tomberent à la préfence de l'Arche ;
les Habitans de cette ville furent maf-
facrés , à l'exception de Raab & de fa

R

famille, parce qu'elle avoit fauvé les efpions, que Jofué avoit envoyés à Jericho.

La troifiéme, fut la prife d'Hay, dont on fut d'abord repouffé à caufe de la défobéiffance d'Achan, qui s'étoit refervé une regle d'or, & un manteau d'écarlatte du faccagement de Jericho;

La quatriéme, fut la victoire que Jofué remporta contre Adonifedech, & quatre autres Rois; ce fut en cette occafion que Dieu arrêta le cours du Soleil jufqu'à l'entiere défaite des ennemis d'Ifraël.

Enfin Jofué partagea la terre promife aux Tribus qui fe chargerent de donner la dixiéme partie de leurs biens, à celle de Levi uniquement confacrée au fervice du Tabernacle; après la mort de Jofué, les Ifraëlites s'abandonnerent à l'idolâtrie, & Dieu les livra plufieurs fois à leurs ennemis. Ce peuple paffoit par une viciffitude continuelle de biens ou de maux à mefure qu'il s'éloignoit de Dieu par fes crimes, ou que Dieu par fa miféricorde fe laiffoit fléch'r à fes prieres & à fes larmes; de tems en tems il envoyoit des Juges pour les tirer d'oppreffion, les plus célebres font Barac,

Debora Prophetesse, Gedeon, Jephté,
Samson & Samuel.

HISTOIRE PROFANE.

Du tems des Juges parurent ces He-
ros célebres de la Grece, dont les actions fournirent aux Poëtes une si riche moisson, Hercule, Orphée, Castor,
Pollux, les Argonautes qui firent bâtir
le vaisseau *Argo*, & firent voile de
Thessalie sous la conduite du brave
Jason pour aller dans la Colchide.

V^e. E P O Q U E.

La Prise de Troye 2820-3000.

HISTOIRE PROFANE.

D. Quelle fut la cause du Siege de
Troye?

R. La beauté d'Helene qui fut enlevée par Paris, fils de Priam, dernier
Roi de Troye.

Helene étoit fille de Tyndare & de
Leda, elle épousa Menelas Roi de
Sparte, & fut enlevée par Thésée qui
la rendit peu après, ensuite Paris la
vint enlever, & la conduisit à Troye,

ce qui caufa un foulevement général dans toute la Grece, Agamemnon Roi de Micenes fe chargea du Siege de Troye qui dura 10. ans, & finit par la prife de la Ville qui fut pillée & brûlée. Ce Siege a été chanté par Homere qui l'a embelli de plufieurs menfonges agréables.

HISTOIRE SACRE'E.

D. Quand les Ifraëlites commencerent-ils à avoir un Roi?

R. Dégoutés du Gouvernement des Juges ils prefferent Samuel de leur donner un Roi, le Prophete s'y oppofa inutilement : Saül de la Tribu de Benjamin que fon pere avoit envoyé chercher fes troupeaux s'adreffa à Samuel pour en avoir des nouvelles : ce Prophete lui dit que Dieu le choififfoit en qualité de Roi pour être à la tête de fon peuple ; Samuel le facra & l'embraffa enfuite comme Souverain ; le peuple confirma ce choix, parce que le fort tomba fur lui ; le nouveau Roi attaqua & défit les Philiftins : fon fils Jonathas fit des prodiges contre eux: la défobéiffance de Saül aux ordres de Dieu en épargnant le Roi des Amaleci-

tes , & refervant le plus précieux butin , fit que Dieu lui ôta le Royaume ,
l'Efprit de Dieu s'en retira , & l'efprit
malin s'en faifit , & le tourmenta. Le
Seigneur choifit David pour conduire
Ifraël , Samuel le facra , & Saül le prit
pour fon Ecuyer. Les talens qu'il avoit
pour les inftrumens de mufique diffi-
poient Saül dans fes fureurs ; il fignala
les commencemens de fon Regne par
la défaite de Goliath Géant des Philiftins. Saül jaloux de cette victoire
commença à le prendre en averfion ,
cependant il lui donna Michol fa feconde fille en mariage dont il vouloit fe
fervir pour perdre David ; mais Michol
aida David à fe fauver. Ce Prince mena
une vie errante jufqu'à la mort de Saül,
il fe fauva en différentes occafions chez
Samuel , chez Achimelech Grand Prêtre , chez Achas Roi de Geth , dans
le Défert de Ziph ; Saül même tomba
plufieurs fois entre fes mains , entre
autres lorfqu'il entra dans une caverne
où David étoit caché , & où il fe contenta de lui couper un morceau de fa
robe,& une autrefois lorfque David lui
enleva fubtilement fa coupe & fa pique
après être entré de nuit dans fa propre
Tente pendant que tout le monde étoit

endormi ; ainſi au lieu de ſe venger de tant de perſecutions ſi injuſtes , il lui rendit toutes ſortes de reſpects , comme à une perſonne qui portoit l'Onction , & le caractere ſacré de Roi.

Samuel étant mort à l'âge de 77 ans, Dieu permit que les Philiſtins fiſſent une guerre ſanglante à Saül , où ayant été défait , & ſon fils *Jonathas* tué , ce malheureux Prince ſe laiſſa tomber ſur la pointe de ſon épée , & un Amalecite qui ſe trouva auprès de lui l'acheva.

David qui voyoit la fin de ſes miſeres dans la mort de Saül ne laiſſa pas d'en être extrêmement affligé , & lui donna des larmes véritables & ſinceres. Il condamna à mort l'Amalecite qui vint lui en apporter la nouvelle , & qui ſe vanta d'avoir contribué à faire mourir ce Prince infortuné. Il pleura très-amerement la mort de Jonathas dont il avoit été aimé pendant toute ſa vie de l'amitié la plus parfaite , & favoriſa toujours depuis les Hahitans de *Jabés* qui enſevelirent le corps de Saül avec tous les honneurs , & toute la pompe qui leur fut poſſible.

David alors âgé de 30. ans, pour obéir aux ordres de Dieu s'en alla à la ville d'*Hebron* y prendre poſſeſſion du Royau-

me qui lui avoit été donné. Il y fut fa-
cré de nouveau, & les Tribus de Juda
& de Benjamin le reconnurent pour leur
Roi; *Ifbofeth* un des fils de Saül ayant été
proclamé en même tems par les autres
Tribus, il y eut une guerre civile qui
dura fept ans, & qui ne finit que par
la mort d'Ifbofeth qui fut affaffiné par
Baana & *Rechab* Chefs de la Tribu de
Benjamin. Alors David fut élu par les
dix autres Tribus, & reçut pour la troifiéme fois l'Onction Royale à Hebron.

Après la réunion des douze Tribus,
David s'étant rendu maître de Jerufalem, y établit fa demeure, & voulut y
faire tranfporter l'Arche d'Alliance.
Pendant le voyage ce Prince animé
d'un efprit divin, danfa devant l'Arche
en jouant de la Harpe, & Michol fa
femme s'en étant raillée, devint ftérile.
Il avoit formé le deffein de bâtir le
Temple le plus fomptueux qu'il y eût
alors au monde, mais l'exécution en
fut réfervée à Solomon fon fils.

Dans fes grandes profpérités, David
ne fe défiant pas affez de lui-même eut
un commerce criminel avec *Betfabée*,
femme d'*Urie*, qu'il fit périr devant la
ville de *Rabba*. Dieu irrité de fon péché lui fit prononcer l'arrêt de fa con-

damnation par le Prophete *Nathan*. Il fut détrôné par son fils *Absalom* qui dèshonora les femmes de son pere. Mais David ayant fléchi la colere de Dieu par son humilité, défit Absalom, & rentra dans la possession de son Royaume où il fut un illustre exemple de la colere de Dieu & de sa miséricorde.

David déclara pour son successeur *Salomon* un des enfans qu'il avoit eus de Betsabée. Il lui ordonna de faire bâtir le Temple dont il avoit préparé les matériaux, & de faire punir *Joab* & *Semeï,* l'un pour avoir commis trois meurtres, & l'autre pour l'avoir poursuivi en l'accablant d'injures. Salomon exécuta les ordres de son pere, & fit aussi mourir son frere *Adonias* qui s'étoit voulu faire reconnoître Roi du vivant de David.

D. Rapportez-nous les faveurs que Dieu fit à David ?

R. 1°. Dieu le choisit pour le faire Roi, quoiqu'il fût le dernier de ses freres ;

2°. Il le préserva des dangers qu'il courut sous Saül, & le rendit toujours victorieux de ses ennemis.

3°. Il lui donna un cœur droit, sincere, & l'esprit de pénitence, & d'humilité après son péché ; Dieu lui donna aussi l'esprit de prophétie , & lui dicta ces Cantiques divins qui font l'instruction & la consolation de l'Eglise.

4°. Il conserva la Royauté dans sa famille , & lui promit que le Messie sortiroit de sa Race.

Après Saül , dit M. Bossuet , paroît un David ; » cet admirable Berger, vain-
» queur du fier Goliath , & de tous les
» ennemis du Peuple de Dieu , grand
» Roi, grand Conquerant, grand Pro-
» phete , digne de chanter les merveilles
» de la toute puissance Divine , hom-
» me enfin , selon le cœur de Dieu ,
» & qui par sa pénitence a fait même
» tourner son crime à la gloire de son
» Créateur.

VIe. EPOQUE.

La Dédicace du Temple de Salomon.

3000-3250.

HISTOIRE SACRE'E.

D. En quelle année Salomon ache-
va-t-il le Temple que David son Pere
avoit eu dessein de bâtir ?

R. L'an du monde 3000, la dixié-

R v

me année de son regne. Il étoit pour
lors en paix avec ses voisins. Ce Temple fut l'un des plus beaux & des plus
riches ouvrages du monde, il a passé
pour un des prodiges de l'Univers.
Plus de quatre-vingt mille ouvriers y
étoient journellement employés, &
l'on fut sept ans à le construire. Les
Cérémonies de la Dédicace durerent
15. jours. Pour honorer cette Fête,
Salomon immola 20000. bœufs, &
plus de 100000. brebis. La présence
de Dieu se manifesta visiblement par
une nuée qui distilla une rosée sur
les habits des Sacrificateurs, & par
un feu qui consuma entierement les
Victimes. Salomon y avoit fait trans-
ferer l'Arche & le Tabernacle avec
l'Autel d'airain, sur lequel on offroit les
Holocaustes, & ils y demeurerent jusqu'à ce que Nabucodonosor ayant pris
Jerusalem fit aussi brûler le Temple.

Salomon demanda à Dieu le don de
la Sagesse qui lui fut accordé : il eut
pour surcroît les richesses & la gloire ;
il fit d'abord éclater la sublime Sagesse
dont il étoit rempli dans un jugement
qu'il rendit entre deux femmes qui se
disputoient la propriété d'un enfant.
Dans l'incertitude de trouver la mere, il
alla chercher la preuve de ce jugement

jufques dans le cœur de ces femmes,
il ordonna que l'enfant feroit partagé,
& que les deux moitiés leur feroient
diftribuées ; la véritable mere aima
mieux céder fon enfant tout entier,
que de le voir mettre en pieces, & Salomon la reconnut à ce figne par où la
nature fe manifeftoit fi vifiblement.

Le commencement du malheur de ce
Prince fut la condefcendance aveugle
qu'il eut pour fes femmes & fes con-
cubines ; elles l'engagerent à facrifier
aux Idoles & à paffer fon tems dans
l'oifiveté. Les plaifirs dont il étoit comme enivré le firent tomber de la plus
haute Sageffe dans le dernier excès de
folie, tant il eft difficile même à un
homme fage d'accorder la paffion de
l'amour avec la fageffe. Dieu irrité
contre ce Prince le menaça par le Prophete Ahias que fon Royaume feroit
divifé , & qu'il le donneroit à Jeroboam : Salomon pourfuivit Jeroboam ,
mais celui-ci fe mit à couvert de fes
perfécutions en fe retirant en Egypte ;
enfin Salomon mourut âgé de près de
60. ans après en avoir regné 40 & fut
enfeveli dans la Cité de David fon pere.
L'Ecriture Sainte ne parle point de fa
pénitence ; il compofa plufieurs beaux

R vj

ouvrages, outre ceux qui nous restent de lui dans l'Ecriture.

D. Quel fut le Successeur de Salomon ?

R. Roboam son fils, sous lequel arriva la division du Royaume prédite à Salomon. Le peuple l'ayant conjuré de diminuer les impôts excessifs, dont son pere l'avoit chargé, ses vieux Conseillers furent d'avis qu'il se rendît aux prieres de ses Sujets ; mais les jeunes gens de son Conseil ayant été d'un sentiment contraire, Roboam préféra leurs avis, & fit au peuple une réponse très-rude. Cette injustice donna lieu à une sédition, dont Jeroboam se déclara le Chef. Dix Tribus révoltées élurent celui-ci pour leur Roi, à l'exception de celles de Benjamin & de Juda, qui resterent à Roboam. Ainsi le Royaume fut partagé en deux, dont l'un fut appellé *Royaume de Juda* ou de *Jerusalem ;* & l'autre d'*Israël* ou de *Samarie.*

Roboam voulant rentrer dans ses Etats, assembla une armée de 180 mille hommes tirés de la seule Tribu de Juda : mais Dieu, par un Prophete, lui fit congédier ses troupes, & voulut que ces deux Royaumes demeurassent divisés pour punir les crimes de Salomon. Roboam obéit à cet ordre, & se contenta des deux Tribus qui lui étoient restées fideles ; & depuis livré à lui-même, il se jetta dans l'idolâtrie, par complaisance pour sa mere, & pour sa femme.

Jeroboam le premier Roi des dix Tribus craignit que ses Sujets allant rendre leurs devoirs au Temple de Jerusalem, ne se reconciliassent enfin avec le Roi de Juda leur premier Prince ; pour prévenir cet inconvénient, il fit fondre des veaux d'or dans les deux extrémités de ses Etats, à *Dan*, & à *Bethel*, leur dressa des Autels, institua des Fêtes, & consacra des Prêtres. Ses Successeurs userent tous de la même politique, nonobstant les remontrances & les menaces des Prophetes : c'est pourquoi ils furent à la fin entierement ruinés par les Assyriens.

Roboam après avoir regné 17. ans, laissa le Royaume à son fils Abia, dont le regne ne dura que 3. ans. Il imita son pere dans l'idolâtrie ; néanmoins il vainquit les troupes de Jeroboam après avoir imploré l'assistance de Dieu. Il laissa en mourant 22. fils, dont l'un nommé *Asa* fut mis en sa place. Ce

dernier fut un Prince fage & vertueux
que Dieu protegea, il purifia la ville de
Jerufalem, & donna tous fes foins à
l'embelliffement du Temple. Il regna
pendant 41. ans, & Dieu lui fit rem-
porter plufieurs victoires fur fes ennemis. Il défit entr'autres Zara Roi d'E-
thiopie qui étoit venu le combattre à la
tête d'un million d'hommes, & ne leur
en oppofa qu'environ 5. à 6. cens mille.
Ce Prince vers fa fin chercha des fecours humains pour combattre le Roi
d'Ifraël, Dieu l'en reprit par fon Prophete : il méprifa ces juftes remontrances, & éprouva bien-tôt la colere de
de Dieu.

Jeroboam Roi d'Ifrael étant mort,
fon fils *Nadab* ne lui furvêcut que
deux ans, & Dieu permit que *Baafa*,
un de fes Sujets le mit à mort avec
tout ce qui fe trouva de fa Race. C'eft
ainfi que fut éteinte la famille de Jeroboam. *Baafa* regna, & après lui plufieurs
autres Rois idolâtres & impies ; dont
le plus célebre fut *Achab*. Ce dernier
monta fur le Trône la 3 2.e année du regne d'Afa, Roi de Juda. L'Ecriture dit
de lui, que c'étoit un Prince vendu au
crime. Il avoit époufé *Jezabel*, fille du
Roi des Sidoniens, l'une des plus mé-

chantes femmes de fon tems ; elle l'engagea à faire mourir *Naboth* pour avoir fon bien, mais Dieu lui fit dire par le Prophete Elie, qu'en punition de ce crime, il périroit miférablement, lui & toute fa race, & que Jefabel feroit un jour mangée des chiens. Cet avertiffement fe vérifia, car Achab fut percé d'une fléche dans fon chariot, pendant qu'il combattoit avec Jofaphat, fils & fucceffeur d'Afa contre le Roi de Syrie, & Jefabel jettée par les fenêtres par l'ordre de *Jehu*, fut dévorée par des chiens, felon la prédiction d'Elie ; Jehu fit cette expédition après avoir été confacré Roi de Samarie de la part de Dieu, & après avoir tué Joram, petit-fils d'Achab, précifément auprès de la vigne de Naboth où fon corps fut jetté. Il s'attacha enfuite à exterminer toute la race d'Achab, mais il négligea de détruire l'idolâtrie, & la Couronne d'Ifraël ne refta dans fa famille que jufqu'à Zacharias qui fut détrôné par Sellum.

Les Prophetes les plus célebres furent Ozée, Joel, Amos, Abdias, Zacharie, Ifaïe, Jonas, & Michée.

Les Prophetes faifoient retentir de tous côtés & de vive voix, & par écrit

les menaces de Dieu , & le témoigua-
ge qu'il rendoit à la vérité , ils parloient avec force, reprenoient hardi-
ment les crimes , & autorifoient leur
Miffion par de grands miracles.

HISTOIRE PROFANE.

C'eft ici le tems où les Rois d'Egypte
commencerent à élever ces fuperbes
Piramides , à l'envie les uns des autres;
que Lycurgue donna des Loix aux La-
cédémoniens ; que Didon jetta les fondemens de Carthage ; que les Jeux
Olympiques inftitués par Hercule furent retablis par Iphitus ; que Remus
& Romulus vinrent au monde ; que
Sardanapale dernier Roi des Affyriens
fe brûla dans fon Palais , pour ne pas
tomber entre les mains d'Arbacès,
Gouverneur des Medes qui venoit le
détrôner.

VII. EPOQUE. 3250-3468.
La fondation de Rome.

HISTOIRE PROFANE.
D. Racontez-nous les particularités

de la naiſſance de Remus & de Romulus ?

R. Ils étoient fils de la Veſtale Rhea Silvia dont le Pere étoit Numitor. Auſſitôt qu'ils furent nés, Amulius leur grand oncle qui avoit détrôné *Numitor*, ordonna qu'on les précipitât dans le Tibre, mais celui qui reçut cette commiſſion n'eut pas la force de l'exécuter, il ſe contenta de les expoſer ſur le bord. *Fauſtulus* Intendant des troupeaux du Roy, les ayant apperçus, les ſauva ſecretement & les fit élever par ſa femme. Etant devenus grands, ils reconnurent leur grand pere Numitor, & le rétablirent dans ſes états, après avoir maſſacré Amulius qui en étoit l'uſurpateur. Depuis ayant ramaſſé une troupe de Bergers & de vagabonds, ils fonderent ſur le mont Aventin, qui étoit le lieu où ils avoient été nourris & élevés, une nouvelle ville qui devoit être un jour la maîtreſſe du monde.

Rome fut bâtie au commencement de la ſeptieme Olympiade, 430. ans après la priſe de Troye, environ l'an du monde 3250. Romulus donna ſon nom à cette Ville, ayant eu l'avantage ſur ſon frere dans un augure dont ils étoient convenus enſemble pour ce

fujet & il l'entoura de murailles. Il fouil-
la les commencemens de fon régne
par le meurtre de fon frere, ne voulant point partager la couronne avec
lui , & colora fon fratricide du mauvais prétexte, qu'il avoit fauté par deffus les nouveaux murs de la ville , à deffein de l'infulter. Pour lors Rome ne
contenoit pas plus d'un millier de maifons, ou plûtôt de chaumieres , il n'y
avoit point de femmes pour perpétuer
cet établiffement, parce que les Peuples voifins ne vouloient pas donner
leurs filles à ces brigans. Ceux-ci enle-
verent les filles des Sabins dans une fête publique qu'ils donnerent exprès,
ce qui produifit entre ces deux Nations une guerre qui fe termina enfin
par leur réunion.

Romulus reconnu Roi commença à
policer fes nouveaux Citoyens dont le
nombre n'alloit qu'à 3300. il les di-
vifa en trois tribus chacune de mille
hommes, & chaque tribu en dix Cu-
ries de cent hommes , il forma un
corps de Cavalerie de 300 hommes,
& choifit pour lui fervir de confeil
100 perfonnes plus expérimentées que
les autres auxquelles il donna le nom
de *Sénateurs*.

Romulus fut affafiné. Son orgueil fut la véritable caufe de fa mort. Les Sénateurs qui lui devoient fervir de confeil pour régler les affaires du Peuple, ne pouvant plus fouffrir fes mépris, réfolurent de le maffacrer. En effet comme il étoit occupé à faire la revue de fes troupes hors d'un fauxbourg de Rome auprès du marais de *Caprée*, il s'éleva tout à coup un orage & une éclipfe de Soleil, les Sénateurs prirent ce tems pour faire leur coup & firent accroire au Peuple que Romulus avoit été enlevé dans le Ciel par un tourbillon. Il régna 38. ans, on remarque parmi fes loix qu'il défendit aux femmes de boire du vin & qu'il regardoit l'adultere comme un effet de cette pernicieufe liqueur.

C'eft lui qui fit les années de 10 mois, commençant par celui de Mars; fon Succeffeur y ajouta Janvier & Février.

Le Peuple refta une année fans fe choifir de Roi, mais enfin il donna la couronne à *Numa Pompilius*, qui commença fon régne par pacifier la Ville & par faire des Loix touchant la Religion ; il fit battre monnoye & conftruire le Temple de *Janus*. Le chef d'œu-

vre de sa politique consiste à avoir re-
serré les premiers liens de l'union des
Romains & des Sabins, en les ran-
geant selon les professions en différentes classes, & en accordant à chacune
de ces Communautés, une Cour de Justi-
ce séparée. Pour s'attirer la confiance des
Peuples crédules, il se retiroit souvent
dans les bois, où il feignoit avoir communication avec la Divinité qui l'instrui-
soit de tout ce qu'il avoit à faire ; il
mourut après un régne de 43 ans.

Tullus Hostilius lui succéda. Ce Prince apprit aux Romains l'art de faire la
guerre & remporta de grands avantages sur ses voisins. Ce fut sous lui que
se donna le combat de trois *Curiaces*
& des trois *Horaces*, qui fixa les Habitans d'Albe sous la domination de
Rome.

Trois Curiaces & deux Horaces pé-
rirent : Rome triompha par l'adresse
du dernier des Horaces. Celui-ci ren-
trant dans Rome victorieux rencontra sa sœur qui devoit épouser un des
Curiaces, elle lui fit les plus violentes
imprécations ; Horace fier de sa victoire, lui passa son épée au travers du
corps, on l'arrêta, il fut condamné
par les Duumvirs à mourir. Il en ap-

pella devant le Peuple, où il fut ab-
fous plûtôt par admiration de fon courage que par la juftice de fa caufe. Tullus Hoftilius mourut après avoir régné
32 ans.

Ancus Martius fut le quatriéme Roi
de Rome. Il s'appliqua à policer & à
augmenter la Ville de Rome. Il fçut
faire la guerre avec vigueur lorfqu'il
le fallut & foutint par les armes la réputation que Rome s'étoit déja faite.
Il mourut après un régne de 24 ans,
laiffant la Tutelle de fes enfans à Tarquin, qui avoit quitté fa Patrie pour
s'établir à Rome, où fes richeffes, fa
valeur, fa fageffe & fes manieres nobles lui gagnerent la confiance & l'a-
mitié du peuple.

Tarquin dit *l'Ancien* fuccéda à Ancus
Martius ; on ne le prit d'abord que
comme tuteur des enfans de fon pré-
déceffeur ; mais il fit tant qu'il fe mit
la couronne fur la tête, il augmenta le
nombre des *Sénateurs* & des *Chevaliers*,
fit conftruire le cirque, & pour entretenir
l'humeur guerriere, il y faifoit combattre des gladiateurs & des bêtes farouches,
il vainquit les *Tofcans* & prit de cette
Nation les faifceaux d'Armes & les autres marques de la royauté.

Le 6e Roi fut *Servius Tullius*, né d'une captive qui avoit été donnée à Tarquin à caufe de fa noblefse & de fa beauté. Il fut élevé dans le Palais avec les enfans de Tarquin l'Ancien, qui en fit fon gendre à la follicitarion de fa femme *Tanaquile*. Ainfi ils travaillerent à fon élévation à l'exclufion de leurs propres enfans à qui le Peuple Romain le préféra, par ce qu'ils étoient trop jeunes. Il fit de beaux réglemens pour le bien public, foumit les Tofcans révoltés & dompta les Veiens. Enfuite il fit une exacte numération des Citoyens de Rome, & leur impofa une taxe proportionnelle qui fe levoit tous les cinq ans.

Ce Roi avoit deux filles d'un caractere bien différent, qui épouferent les deux Tarquins Aruns & Lucius : ces deux freres étoient auffi différens que les deux fœurs ; la vertueufe avoit époufé le vicieux Tarquin, & le vertueux Tarquin la vicieufe Tullie.

Lucius & Tullie confpirerent contre le Roi leur pere, & fe preparerent à l'exécution de ce crime, Lucius en affaffinant fon époufe, fœur de Tullie, & Tullie affaffinant fon époux frere de Tarquin. Dégagés alors des nœuds qui empêchoient leurs efforts criminels, unis par des liens d'un mariage monſtrueux, ils s'animerent au parricide. Tarquin ſe plaça ſur le Trône, en chaſſa ſon beau-pere, & le fit aſſaſſiner après un regne de 44. ans.

Le célébre Eſope, & les ſept Sages de la Grece parurent pendant cette Epoque. Voici leurs noms.

1. *Thalès de Milet* qui vivoit du tems de Créſus.

2. *Pittacus*, Prince de Mitilene : une de ſes maximes étoit *de ne mentir jamais*.

3. *Bias*, natif de Priéne, ville de Carie, il répondit à un impie railleur qui lui demandoit ce que faiſoit la divine Providence au Ciel ; *Qu'elle abaiſſoit les choſes hautes, & qu'elle élevoit les baſſes.*

Il diſoit encore, *Qu'il falloit rapporter tout aux Dieux. L'étude de la Sageſſe devoit*, ſelon lui, *occuper toute la vie ; c'étoit un Viatique dont il falloit faire proviſion dès ſa jeuneſſe, pour n'en point manquer dans la vieilleſſe.*

4. *Solon* de Salamine qui reforma les Loix des Athéniens ; il tenoit pour maxime ſure, que *pour bien commander*

il faut avoir appris auparavant à bien obéir.

Myson natif de Chêne, village de Sparte.

6. *Cleobule* de Linde.

7. *Chilon* de Lacédémone, dont il fut le premier Magistrat ou Ephore; sa maxime étoit, *de se donner de garde de soi-même.*

HISTOIRE SACRE'E.

D. Combien y eut-il de Rois de Juda ?

R. Vingt, donc voici les noms, 1. Roboam. 2. Abias. 3. Asa. 4. Josaphat. 5. Joram. 6. Ochosias. 7. Athalie Reine. 8. Joas. 9. Amasias. 10. Osias. 11. Joathan. 12. Achas. 13. Ezechias. 14. Manassès. 15. Amon. 16. Josias. 17. Joachas. 18. Joachim. 19. Jechonias. 20. Sedecias.

D. Combien y eut-il de Rois d'Israel ?

R. Dix-neuf, dont voici les noms, 1. Jeroboam. 2. Nadab. 3. Basa. 4. Ela. 5. Zambri. 6. Amri. 7. Achab. 8. Ochosias. 9. Joram. 10. Jehu. 11. Joachas. 12. Joas. 13. Jeroboam. 14. Zacharie. 15. Sellum. 16. Manahem. 17. Phacée

fils

fils de Manahem. 18. Phacée fils de Romelie. 19. Ozée.

D. Comment vêcurent les Rois de Juda ?

R. La plûpart ont eu de grands défauts, dont le principal est d'avoir souffert dans leurs Etats des Autels illégitimes, qu'on appelloit *les hauts lieux*. Plufieurs fe font diftingués par leurs crimes & leur impiété. Tels ont été Roboam, Abias, Joram, Ochofias, Athalie, Joas à la fin de fon regne, Amazias, Achas, Manafsès, qui en punition de fon impiété, fut mené captif à Babylone, où il fe convertit à Dieu, fit pénitence, fut retabli fur fon Trône, & mourut faintement ; Amon qui imita Manafsès fon pere dans fon impiété, & non dans fa pénitence ; Joachas, Joachim & Sedecias qui fut mené captif à Babylone, avec tout le peuple, & fut le dernier des Rois ; Ezechias un des meilleurs Princes de la Maifon de David, fit rouvrir le Temple de Jerufalem, ordonna de purifier le lieu Saint qui avoit été profané, abbatit les bois facrés où l'on adoroit de fauffes Divités, brifa le Serpent d'airain que Moyfe avoit élevé, & dont on avoit fait une

S

Idole, retablit les Prêtres & les Lévites dans toutes leurs fonctions. Dieu pour le récompenser de sa fidélité, permit qu'il battît les Philistins, & dans toutes ses afflictions lui donna le Prophete Isaïe pour consolateur.

Sennacherib fils de Salmanasar étant venu mettre le siege devant Jerusalem, disoit hautement que le Dieu des Juifs ne pouvoit délivrer cette ville de sa puissance ; mais le Prophete Isaïe vint rassurer Ezechias, & lui prédit que l'ennemi se verroit en très-peu de tems obligé de lever le siege ; en effet la nuit suivante un Ange extermina 185000. hommes de son armée avec tous leurs Chefs, & Sennacherib ayant été contraint de retourner à Ninive, y fut tué par ses deux fils. Ces parricides se retirerent en Arménie, & abandonnerent le Royaume à *Assar Addon* qui étoit leur cadet. A peine Ezechias fut-il délivré de ses ennemis qu'il tomba malade, & le Prophete Isaïe vint lui annoncer qu'il en mourroit. Mais ce Prince ayant eu recours aux larmes & aux prieres obtint non-seulement de Dieu sa guérison, mais encore une prolongation de 15. ans ; trois jours après le Roi alla remercier Dieu des 15. années de vie qu'il venoit de lui accorder ; il regna 29. ans avec beaucoup de gloire & une grande piété.

Après la mort d'Ezechias, Manassès son fils âgé seulement de 12. ans monta sur le Trône de Juda. Son regne fut de 55. ans. Il commit toutes les impiétés dont l'esprit humain est capable, & se livra tout entier à l'idolâtrie, & fit couper en deux le Prophete Isaïe, qui étoit du Sang Royal ; mais Dieu le punit en permettant qu'il fût mené captif à Babylone, où le Roi Merodac l'enferma dans une affreuse prison. Il y reconnut sa faute, en demanda pardon à Dieu, & fut retabli sur le Trône.

Josias fut le seul de ses descendans qui profita de son châtiment, & qui donna des marques de sa piété en détruisant les bois & les Autels consacrés aux faux Dieux. Il mourut au grand regret de ses Sujets, après les avoir gouvernés pendant 31. ans. Joachas le cadet de ses fils, s'empara de ses Etats ; mais il en fut chassé au bout de trois mois par Nechao Roi d'Egypte, qui mit Joachim à sa place ; Nabuchodonosor irrité de l'alliance de Nechao

avec Joachim leur déclara la guerre,
& après avoir défait leurs troupes, il
mit le siege devant Jerusalem, la prit,
& fit prisonnier Joachim la quatriéme
année de son regne. Après avoir resté
quelque tems à Babylone, il fut ren-
voyé à Jerusalem, à condition qu'il
payeroit un tribut ; mais il se revolta
une seconde fois, & Nabuchodonosor
le fit tuer, & fit jetter son corps à la
voirie, ainsi que Jeremie l'avoit prédit :
ce Prince plaça sur le Trône Jechonias,
qui n'y demeura que trois mois ; lui
ayant manqué de reconnoissance, il le
fit conduire à Babylone, lui, sa femme, ses enfans, & les Grands du Royaume, dont Ezechiel & Mardochée furent du nombre, & donna ce Royaume délabré à Sedecias, oncle de Jechonias.

Ce nouveau Prince, nonobstant tout
ce qui étoit déja arrivé, & quoique lui
eût prédit le Prophete Jeremie, ne laissa
pas de continuer dans les impiétés &
dans les cruautés de ses Prédécesseurs.
Il se révolta même contre Nabuchodonosor ; ce Prince revint assieger Jerusalem, & après l'avoir prise, il en fit
raser les murailles, brûla le Temple
& tout le reste de la ville, & fit mou-

rir en fa préfence les enfans & les amis de Sedecias, lui fit crever les yeux à lui-même, & l'enchaîna avec les autres captifs pour le conduire à Babylone. C'eft ainfi que finit le Royaume de Juda, après avoir fubfifté 487. ans fous le regne de 20. Rois. Le Prophete Jeremie & quelques autres eurent la liberté de refter en Judée.

D. Comment avoit fini le Royaume d'Ifraël, avant la deftruction de celui de Juda?

R. Salmanafar, Roi d'Affyrie, ayant découvert qu'Ozée qu'il avoit rendu fon tributaire, avoit envoyé des Ambaffadeurs au Roi d'Egypte pour s'affranchir du joug des Affyriens & du tribut qu'il leur payoit, vint l'affiéger dans Samarie, fe rendit maître de cette ville, & après un fiége de trois ans, fit mettre le Roi aux fers, & difperfa le refte des Ifraëlites dans les terres de fon obéiffance, où ils furent tellement confondus qu'on ne put plus en découvrir aucune trace. Ainfi finit le Royaume d'Ifraël, après avoir duré 255. ans.

Tous les Rois d'Ifraël ont été les imitateurs de Jeroboam, & comme lui, ont adoré les veaux d'or, & fomenté par impiété ou par politique le fchifme

S iij

& l'idolâtrie des dix Tribus.

Cependant Dieu n'abandonna pas absolument les peuples du Royaume d'Ifraël. Ils eurent auffi toujours des Prophetes, pour les faire rentrer en eux-mêmes, & pour foutenir dans la véritable Religion ceux d'entre les Ifraëlites qui ne participoient pas au culte impie, & facrilege des veaux d'or. Elie & Elifée ces deux grands Prophetes, par qui Dieu opéra tant de merveilles, vêcurent dans le Royaume d'Ifraël.

VIIIe. EPOQUE. 3468-3802.

La liberté rendue aux Juifs.

HISTOIRE SACRE'E.

D. Combien de tems les Juifs resterent-ils captifs à Babylone ?

R. Soixante-dix ans, les crimes des Juifs étant montés à leur comble, Dieu fufcita le Roi de Babylone qui fe rendit maître de la Judée, prit & brûla Jerufalem, en rafa les murailles, & emmena les Juifs avec leur Roi Jechonias captifs à Babylone.

Il y eut divers grands hommes qui foutinrent ce peuple, & par leur crédit, & par leurs inftructions ; tels furent Zorobabel, Daniel, Ezechiel, Nehemias, Efdras, &quelques-autres ; mais comme la captivité devoit durer 70. ans felon la Prophétie de Jeremie, ils ne recouvrerent leur liberté que fous le Roi *Cyrus* que Dieu avoit défigné près de 200. ans auparavant pour être le protecteur de fon peuple, & qui s'étoit rendu maître de tout l'Orient. Ce Prince ayant fçû que les Prophetes avoient prédit que le Temple de Jerufalem feroit rebâti fous fon regne, permit à tous les Juifs de retourner en Judée fous la conduite de *Zorobabel*, qui defcendoit des Rois de Juda. Cyrus ne fe contenta pas de leur accorder leur liberté, il leur rendit encore tous les vafes facrés, & tout ce qui fervoit aux facrifices ; il fit même donner de l'argent aux plus pauvres d'entr'eux pour faire leur voyage, & ils fe rendirent à Jerufalem au nombre de 42360. hommes ; dès-lors il n'y eut plus de diftinction entre les Juifs des dix Tribus qui purent revenir avec les deux autres ; la Tribu de Juda donna fon nom à toute la Nation qui fut ap-

R. *Tarquin le Superbe*, ainſi nommé
à cauſe de ſon inſolence & de ſon
orgueil, étoit fils du premier Roi de ce
nom, & épouſa la cruelle Tullie fille
de ſon prédéceſſeur. Ce fut par l'avis
de cette femme qu'après avoir jetté
Servius *Tullius* ſon beau-pere à bas du
Trône dans le Sénat même, il fit tuer
ce vénérable vieillard. Comme on l'em-
portoit tout meurtri de ſa chute, cette
barbare Princeſſe dans l'impatience de
ſe placer ſur le Trône avec ſon mari,
aima mieux fouler aux pieds de ſes chevaux le corps ſanglant de ſon pere, que
de ſe détourner un peu de ſon droit
chemin. Tarquin fut le premier qui fit
mettre les fers aux mains & aux pieds
des priſonniers, il ſe livra à toutes
ſortes de violences, & conduiſit Rome en Tyran plûtôt qu'en Roi. Ses
enfans même autoriſés par ſes excès,
s'abandonnerent aux paſſions les plus
brutales, & les Romains ennuyés de ſa
domination, & choqués de l'outrage
que ſon fils Sextus Tarquin avoit fait
à *Lucrece* femme de *Collatin*, le chaſſe-
rent, & abolirent la Royauté qu'il
avoit tenue 25. ans.

Lucrece, cette vertueuſe Romaine,
ne pouvant ſurvivre à la violence
qu'elle venoit de ſouffrir, ayant fait

à fon pere, à fon mari, & à quelques amis le récit de fa malheureufe aventu-re, les engagea par ferment à venger un honneur qu'on lui avoit ravi, fans qu'elle l'eût perdu, & leur remit entre les mains le poignard dont elle fe per-ça le fein à leurs yeux.

Le gouvernement des Rois de Ro-me dura près de 245 ans fous la puiffan-ce de fept Rois confécutifs.

L'autorité de deux Confuls fuccéda à celles des Rois, leur pouvoir ne du-roit qu'un an, L. Junius Brutus avec Tarquinius Collatinus furent nommés les premiers.

Les deux enfans de Brutus s'étant laiffés gagner par Tarquin, Brutus leur fit couper la tête en fa préfence; *Por-fenna* Roi d'Etrurie entreprit de re-mettre les Tarquins fur le Trône & pour cet effet il arma pour eux, & vint affiéger Rome; mais *Horatius Cocles* s'étant préfenté feul fur un pont de bois, fit tête à l'armée ennemie & en foutint tous les efforts, jufqu'à ce que le pont ayant été rompu par derriere, cet intrépide Romain fe jetta dans le Tibre & regagna fain & fauf le camp des Romains, malgré les traits aux-quels il étoit en bute de tous côtés.

Mutius Scevola voulut auffi par quelqu'action hardie obliger Porſenna à lever le ſiége. Il ſe gliſſa ſecrettement
dans ſon camp dans le deſſein de le
tuer, mais trompé par la reſſemblance qu'un de ſes Sécretaires avoit avec
ce Prince ; il tua le Sécretaire au lieu
de Porſenna & ayant été conduit à ſon
tribunal, il mit avec une contenance
ferme & hardie ſa main droite dans le
feu, la brûla, pour la punir de ſon erreur ; il déclara en même tems à Porſenna que 300 des plus conſidérables
de la jeuneſſe Romaine avoient formé
le même deſſein contre ſa perſonne.
Ces menaces effrayerent Porſenna,
& l'obligerent à préſenter des conditions de paix aux Romains. Tarquin
n'ayant plus de reſſource, fut contraint
de ſe retirer à *Cumes* où il mourut.

Valerius ſuccéda au Conſulat, on
lui donna le nom de *Publicola* ; à cauſe des différens réglemens qu'il établit
en faveur du Peuple, & ſurtout la Loi
qui permit d'appeller des Conſuls à
l'aſſemblée du Peuple, & qui fut appellée de ſon nom la Loi *Valeria*.

Comme on n'avoit point d'égard aux
richeſſes quand on faiſoit des Sénateurs,
mais à l'intégrité des gens, & à leurs

bonnes mœurs, Valerius mourut fi pauvre qu'on fut obligé de faire une col-
lecte pour l'enterrer. On régla enfuite
le bien que devoit avoir un *Sénateur*
pour foutenir fa dignité.

D. Combien les Romains eurent-
ils de guerres à foutenir pendant cette
époque ?

R. Dix :

La Premiere fut celle d'Etrurie ou
de Porfenna.

La deuxiéme celle des Latins ou
Manlius gendre de Tarquin, fut battu près du *Lac de Regille*.

La troifiéme eft celle contre les Volfques.

La richeffe des Sénateurs & la pauvreté des Plebeïens donna naiffance
aux *Tribuns du Peuple*, ce qui forma une
efpece de *Démocratie*, qui donnoit au
Peuple la meilleure partie du Gouvernement ; les Tribuns convoquoient à
leur choix l'affemblée du Peuple. Coriolan trop hautain s'oppofa à leurs en-
treprifes, les Tribuns l'obligerent à rendre compte de fa conduite devant le
Peuple. Il refufa ce Tribunal, & le Sénat
l'ayant abandonné, il fut exilé & fe
refugia chez les Volfques. Avec le fecours qu'il en reçut, il conquit pref-

que tout l'état des Romains & les réduifit à députer vers lui fa mere & fa femme accompagnées de toutes les Dames Romaines revêtues de deuil. Un
fpectacle fi touchant défarma Coriolan. Mais les Volfques le firent mourir à fon retour par le dépit de *Tullius Accius*, jaloux de fa gloire &
qui avoit eu le commandement avec
lui.

Les Romains pour conferver la mémoire de ce bienfait procuré par des
femmes, édifierent un Temple qu'ils
confacrerent à la fortune des femmes.

Cependant le pouvoir des Tribuns
étoit redoutable, ils vouloient exterminer tout le Sénat.

Caffius propofa la Loi *Agraria* pour
les pauvres Plébéiens, Loi qui parta-
geoit les terres nouvellement conqui-
fes, & celles qui appartenant de droit
à la République, avoient été ufurpées
par la Nobleffe. Le Peuple monftre
féroce & fans raifon, que les largeffes feules adouciffent, animé par les
Tribuns, ne vouloit point s'enrôler
qu'on n'eût mis cette Loi à exécution.

Rome à la veille de fa perte fut
chercher Cincinnatus à fa charue, pour
commander en qualité de Conful, il

la délivra de ses ennemis & retourna
à sa chaumiere ; il fut rappellé de nouveau en qualité de Dictateur , il tira
un Consul des mains des ennemis
& rentra triomphant dans Rome.

La guerre des Veiens & des Falisques fut la quatriéme.

L'illustre famille des Fabiens donna
imprudemment dans une embuscade , &
perit presque entierement. Les Romains
irrités de ce mauvais succès , attaque-
rent *Veyes* & la prirent après un siége
de dix années. Veyes fut pillée & sac-
cagée , & le Sénat la convertit en colonie Romaine.

Les Falisques craignant le même sort
fondirent sur le territoire des Romains ,
on marcha droit à Falere Capitale des
Falisques.

Camille Général de l'armée Romaine fit une action bien remarquable ;
dans le tems qu'il assiégeoit cette Place , un maître d'école s'avisa de conduire au Camp des Romains tous les
jeunes gens de la Ville , de l'éducation
desquels il étoit chargé , prétendant par
ce crime donner des otages aux Romains , & en recevoir quelque récompense ; mais Camille ayant horreur de
ce lâche procédé , renvoya les enfans

dans la Ville avec leur Précepteur; qu'il abandonna à la discrétion de ses disciples. Cette générosité fit faire la paix.

Cependant Camille s'opposoit avec fermeté aux Tribuns du Peuple qui proposoient de nouveau le partage des Terres conquises; on l'accusa de malversations, on le condamna à une amende pécuniaire, & on l'exila; ce grand homme partant pour son exil, jetta les yeux sur le Capitole, & pria les Dieux de venger son bannissement.

La cinquiéme guerre & la plus désavantageuse que les Romains eurent à soutenir, fut celle des *Gaulois. Brennus* leur Général prit Rome, la pilla, & la réduisit en cendres; il alloit infailliblement détruire toute la République sans la vigoureuse résistance que fit *Manlius Torquatus* enfermé dans le Capitole. Ce grand Général ayant recueilli les débris de l'armée défaite, repoussa les Gaulois dans cinq batailles consécutives & étendit le domaine des Romains par de nouvelles victoires sur leurs voisins. Torquatus ayant ensuite été soupçonné de s'être voulu faire élire Roi, fut précipité du haut du Capitole qu'il avoit si généreusement défendu.

La guerre des *Samnites* fut la sixié-me. Les Romains y furent défaits & contraints de passer sous le joug ; mais ils se vengerent de cet affront & firent le même traitement aux Samnites. Cette guerre dura 50 ans.

La septiéme fut la seconde guerre des *Latins*, où Manlius condamna son fils à mort pour avoir combattu sans en avoir reçu l'ordre, quoiqu'il revînt tout couvert de gloire. Il crut qu'il devoit par un exemple si terrible affermir la discipline militaire même aux dépens de sa propre douleur. P. Decius sacrifia aussi sa vie pour sauver sa patrie, il se jetta au plus fort de la mêlée parmi les ennemis. Cette action redonna du courage aux Légions & les Romains remporterent une victoire complette.

La huitiéme guerre fut celle qu'ils firent contre ceux de *Tarente* pour tirer raison de l'outrage que ce Peuple avoit fait à leurs Ambassadeurs ; Pirrhus Roi d'Epire étant venu au secours des Tarentins, trouva des ennemis redoutables dans les Romains & fut forcé de quitter l'Italie. Il gagna cependant la premiére victoire, mais il avoua qu'elle lui avoit autant couté, que s'il l'avoit perduë. Les Tarentins firent leur

paix en se soumettant aux Romains ;
Tarente fut démolie , son luxe y fit
trouver des dépouilles immenses.

La querelle des *Messinois* Alliés des
Romains avec *Hieron* Roi de Siracuse Allié des Carthaginois , donna lieu
à la neuviéme guerre que l'on nomma
premiere guerre *Punique.* Les Romains
envoyerent du secours aux Messinois, &
les Carthaginois en donnerent à Hieron
Roi de Siracuse. Les premiers après
avoir obligé ce Prince de leur demander
la paix, qu'ils lui accorderent, réduisirent
à leur obéissance plusieurs Villes de la Sicile. Ce Traité fut extrêmement avantageux aux Romains ; ils tirerent de ce Roi
Allié & puissant la subsistance de leurs
Troupes en Sicile & y trouverent des
moyens efficaces d'augmenter leurs forces maritimes , & de se former à cette nouvelle manœuvre. C. Duillius Amiral de la Flotte Romaine vainquit aussi
sur Mer les Carthaginois , & reçut les
honneurs du premier triomphe naval.
Peu de tems après *Attilius Regulus* prit
les Isles de *Lipari* & de *Malthe,* emporta *Tunis* de force & quelques autres
Villes des dépendances de *Carthage* &
vint mettre le siége devant cette Ville ; mais il fut vaincu par *Xantippe* La-

cédémonien, qui étoit venu au secours de la Ville, & tomba entre les mains des ennemis qui le firent prisonnier; cette disgrace fit plus éclater la vertu de ce grand homme, que n'auroit fait une victoire. Les Ennemis l'ayant envoyé sur sa parole à Rome pour traiter de la rançon des prisonniers, il employa les plus fortes raisons pour détourner les Romains d'un traité qui étoit désavantageux à sa Patrie, quoique son salut & & celui de sa famille dépendît de l'exécution de cette affaire.

Pour ne point manquer à la parole qu'il avoit donnée à l'ennemi, il retourna à Carthage, où on le renferma dans un tonneau rempli de pointes de cloux, dans lequel il expira. Cependant les Carthaginois furent forcés par le Consul *Catulus* de recevoir la paix aux conditions que leur avoit offert Regulus, sçavoir d'abandonner la Sicile, la Sardaigne & les autres Isles, & de payer un tribut de 1200 talens pendant vingt années. Telle fut la fin de la premiere guerre *Punique*, qui ne put être terminée qu'en vingt ans. On ferma le Temple de *Janus* pour la deuxiéme fois environ l'an 500 de Rome.

Dans l'intervalle de la premiere à la feconde guerre Punique, le Senat arma contre Teuta Reine d'Illyrie dont les Corfaires avoient pillé des Marchands Sujets & Alliés de la République, & qui avoit eu l'audace de faire affaffiner un Ambaffadeur Romain. Battue de toutes parts, cette Reine fut obligée de demander la paix, qu'elle obtint, à condition de payer un tribut annuel, & de céder une partie de fes Etats.

D. Quel fut le fujet de la feconde guerre Punique ?

R. Carthage laffe de payer le Tribut & d'obéir, reprit la guerre, & mit à la tête des Troupes Annibal né Soldat, grand Capitaine, infini dans fes reffources, habile à jetter les autres dans le péril & à s'en tirer lui-même. Il commença par s'emparer de *Sagonte* en Efpagne, qui s'étoit mife fous la puiffance des Romains, il la pilla, fit prifonniers tous les Habitans & y trouva des richeffes fuffifantes pour faire la guerre aux Romains. Le Senat de Rome envoya des Députés à Carthage pour demander juftice contre Annibal, qui de fon chef avoit violé la paix qui étoit entre les deux Républiques. Les Carthaginois ayant fait examiner les plaintes des Romains, firent réponse aux Députés, que la paix qui étoit entre Rome & Carthage, n'étoit qu'une paix particuliere faite par Asdrubal sans le consentement du Sénat de Carthage, & qu'ainsi les Carthaginois la pouvoient rompre, ajoutant que cette paix ne regardoit point l'*Espagne* & moins encore *Sagonte*, qui n'étoit pas dans l'alliance des Romains au tems de cette guerre. Les Députés leur déclarerent qu'ils avoient ordre de leur proposer ou la paix ou la guerre : les Carthaginois laisserent l'option aux Romains, qui se déterminerent à la guerre. Ainsi la deuxiéme guerre Punique fut résolue & déclarée par les Romains. Elle fut moins longue, mais plus sanglante & plus dangereuse pour Rome qu'aucune guerre précédente. Rome y pensa périr, mais son bonheur & son courage la rendirent victorieuse de Carthage qui fut presque entierement détruite.

Le Sénat de Rome chargea *Titus Sempronius* & le Consul *Cornelius Scipion* d'attaquer les Carthaginois en Afrique & en Espagne. Annibal après la prise de Sagonte se mit en chemin par les Gaules pour entrer en Italie & se fraya un chemin à travers les Alpes. Les neiges, les glaces, le froid, les précipices, des montagnards sauvages & furieux ne firent que retarder sa course. Le Consul *P. Cornelius* Scipion vint à sa rencontre jusqu'à la Ville de *Tesin* à présent nommée *Pavie*. Annibal remporta la victoire, Scipion eut été pris ou tué, si la valeur de *Scipion* son fils ne l'eut dégagé des mains de l'ennemi ; Sempronius son Collegue ne fut pas plus heureux que lui, car il fut battu proche la rivière de Trebie dans le tems qu'il venoit à son secours. Annibal renforcé par les Gaulois, quitta le Milanez & s'avança dans la Toscane, préférant le plus court chemin ; il s'engagea dans un marais dont il ne put sortir qu'après quatre jours de marche & des fatigues incroyables, il y perdit un œil, ses bagages, ses Eléphans, excepté celui qu'il montoit. Rome s'oubliant dans le choix de ses Généraux, avoit créé pour Consul Flaminius bon Orateur, mais mauvais Capitaine. Annibal le brava; le Consul sans vouloir attendre son Collegue attaqua Annibal près du Lac de Trasimene où il fut défait avec quinze mille des fiens fans compter fix mille prifonniers.

Rome mit alors à la tête de fes troupes Fabius le *Temporifeur*, Général admirable, qui fçavoit af[f]ervir tous fes reffentimens à l'amour de fa Patrie. Ce grand homme borna fes opérations à fuivre les Carthaginois fans quitter les hauteurs, à les harceler dans leurs marches, à leur couper les vivres, à refferrer leurs quartiers, & à éviter l'effort impétueux de la Cavalerie Numide.

La Dictature de Fabius expirée, on créa des Confuls auffi mal affortis entr'eux qu'il le falloit pour achever de ruiner l'état. Le premier, Paul Emile, étoit un Patricien illuftre, le fecond, Terentius Varron, un Plébeien fans mérite. Fabius avertit Paul Emile de fe précautionner autant contre la témérité de fon Collegue que contre les rufes d'Annibal; ce Général ayant choifi un terrain avantageux préfenta la bataille à Varron qui commandoit ce jour là. La victoire d'Annibal fut fi complette, que les Carthaginois ne cefferent le carnage que par laffitude, & jufqu'à ce qu'Annibal leur criât, *c'eft affez*. Telle fut la celébre journée de Cannes où il demeura sur le champ de bataille plus de 45000 Citoyens Romains. Le Conful *Paul Emile* & 80 Sénateurs furent trouvés parmi les morts. Il y périt un si grand nombre de Chevaliers Romains, qu'on envoya un boiffeau rempli d'anneaux d'or à Carthage. Enfin Rome fut réduite à de telles extrémités, que fa ruine auroit été infaillible fi Annibal eût fçu profiter de fa victoire. Mais s'étant emparé de *Capoue*, il se laiffa amollir par les délices de cette Ville & par celles de la *Campanie* ; il oublia que Rome étoit aux abois & qu'il l'auroit prise, s'il eût marché de ce côté là.

Les Romains après s'être remis de leur frayeur remporterent fur Annibal à la journée de Nole un avantage qui les raffura, il envoyerent en Efpagne les freres Scipions qui y furent tués, mais le jeune Scipion y fit de grands progrès, emporta de force Carthage la neuve, fit prifonnier Magon Général des Carthaginois, se rendit maître de tout ce que les Carthaginois y poffédoient & en chaffa Afdrubal frere d'Annibal. Ce dernier cependant se réveilla de fa lethargie & vint, mais trop tard, se préfenter aux portes de Rome.

Il

il la trouva trop bien gardée pour ofer rien entreprendre : Afdrubal s'avança vers l'Italie pour fe joindre à fon frere Annibal, mais il fut arrêté en chemin par les Confuls *Salinator* & Claudius *Nero* qui le battirent dans le Duché d'*Urbin* près de la riviere de Metaurus. Il y perdit la vie, & plus de 50000 hommes qu'il avoit avec lui furent taillés en piéces. Claudius Nero fit jetter fa tête dans le camp d'Annibal, qui perdit pour lors toute efpérance de fe maintenir en Italie. Quelques tems après les Carthaginois le rappellerent en Afrique pour l'oppofer au jeune Scipion que la fortune accompagnoit par tout ; mais il y fut auffi malheureux qu'en Italie. Alors les Carthaginois reçurent la paix que Scipion leur accorda à condition qu'ils rendroient aux Romains les Captifs, les Déferteurs & tout ce qu'on avoit pris jufqu'alors, & une rançon de trente millions ; & ce Général fut furnommé l'*Africain*.

ALEXANDRE LE GRAND.

La Monarchie des Macédoniens commença avec Philippe pere d'Alexandre le Grand ; ce Prince malgré les oppofitions des Perfes, & les dif-

T

ficultés que lui fufcitoit dans Athenes
l'Eloquence de Demofthene , affujettit
toute la Grece à la journée de Che-
ronnée , & fon fils dans cette fameufe
bataille à l'âge de 18. ans enfonça les
troupes Thebaines de la difcipline d'E-
paminondas , & entre autres la *Troupe
Sacrée* qui fe croyoit invincible ; enfin
ce jeune Prince plein des plus hauts
deffeins , médite la ruine des Perfes ,
diftribue tous fes biens à fes amis , &
ne fe réferve que l'efperance.

La premiere bataille qu'il gagna
contre Darius , fut celle du *Granique*
dans la *Phrigie* , l'an 420. de Rome.

La feconde en *Cilicie* , près de la
ville d'*Iffus* , où la mere , la femme , le
fils & la fille de Darius furent faits prifonniers.

La troifiéme auprès d'*Arbelles* l'an
423. de Rome. Darius après cette derniere bataille fe fauva dans la Médie ,
où *Beffus* qui l'avoit accompagné , le
fit tuer. Alexandre touché de cette mort
pourfuivit Beffus , lui fit couper le nez
& les oreilles , & le fit attacher fur une
Croix.

En 427. Alexandre défit encore Po-
rus Roi des Indes. On lui donna le
furnom de *Grand* , à caufe des grandes

Conquêtes qu'il fit en très-peu de tems. Peu s'en fallut qu'il ne fît auſſi la guerre aux Juifs qui lui avoient refuſé du ſecours, mais Dieu lui changea le cœur à l'approche du Grand-Prêtre *Jaddus*, qui vint au-devant de lui avec ſes habits Pontificaux. Ce Prince ſaiſi de reſpect ſe proſterna devant le Pontife. Il confirma enſuite aux Juifs tous leurs privileges, & leur fit des préſens. Ce Monarque permit à *Manaſsès* frere de Jaddus Gouverneur de Samarie de bâtir un Temple ſur la montagne de Gariſim, & mourut dans Babylone de poiſon ou de débauche. Il étoit âgé de 32. ans. Après ſa mort ſes conquêtes furent partagées entre trois de ſes Capitaines qui formerent trois Royaumes, celui d'Egypte en Afrique, de Macedoine en Europe, & de Syrie dans l'Aſie. Par la ſuite les Romains s'en emparerent, & en firent des Provinces dépendantes de leur Empire.

Dans le courant de cette Epoque il y eut un grand nombre d'Hommes illuſtres dans les Sciences & dans les Arts. Voici les principaux ;

Les Philoſophes, *Anaximandre*, *Pythagore*, *Heraclite*, *Démocrite*, *Socrate*, *Platon*, *Diogene*, *Anaxagore* &c.

T ij

Les Orateurs, *Isocrate*, *Xenophon*, *Demosthenes*.

Les Peintres, *Zeuxis*, *Phidias*, *Appelles*, &c.

Hippocrate, l'inventeur de la Médecine. *Apollon* le Géometre.

Les Historiens, *Herodote*, *Thucidide* & *Polybe*.

Les Poëtes, *Anacreon*, *Eschile*, *Sophocle*, *Pindare*, *Aristophane*, *Menandre*, *Timon*, *Zoile*, *Théocrite*, *Ennius*, *Plaute*, & d'autres encore qu'il seroit trop long de nommer.

IXe. EPOQUE. 3802-4000.

Scipion ou Carthage vaincue.

HISTOIRE PROFANE.

D. En quelle année Carthage a-t-elle été vaincue ?

R. En 3802. Scipion ayant battu les Carthaginois en Espagne, & jugeant qu'une forte diversion pourroit délivrer l'Italie du long & fâcheux séjour des Carthaginois, fit voile vers l'Afrique, vint à bout en une seule bataille d'abbatre toutes les forces de son en-

nemi, il tua 40. mille Carthaginois, &
cette ville orgueilleuse fut si bien soumise, que depuis elle ne put se relever.

Annibal desespéré du triste état de sa
Patrie s'addressa à Antiochus Roi de
Syrie ; après trois ans de sollicitations
& d'importunités il le détermina à se
déclarer contre les Romains ; Antiochus fut battu sur mer & sur terre par
Scipion l'*Asiatique*, frere de l'Africain,
& réduit à la triste nécessité de mandier
la paix qu'il ne reçut qu'à condition
de payer les frais de la guerre, d'abandonner ses conquêtes en Asie, &
de livrer Annibal. Cet infortuné Capitaine se retira chez Prusias Roi de Bithynie, & ne s'y trouvant pas en sureté, il aima mieux finir ses jours par
le poison que de tomber entre les mains
des Romains.

Ecoutons encore ici le célébre Prélat * rassembler toutes ces circonstances ; » à l'âge de 24. ans Scipion entre-
» prend d'aller en Espagne où son pere
» & son oncle venoient de périr, il at-
» taque Carthage la Neuve, comme
» s'il eût agi par inspiration, & ses
» Soldats l'emporterent d'abord ; tous

* Bossuet Hist. Univers.

T iij

» ceux qui le voient, font gagnés au
» peuple Romain : les Carthaginois lui
» quittent l'Espagne à son abord, en
» Afrique les Rois se donnent à lui,
» Carthage tremble à son tour, &
» voit ses armées défaites, Annibal
» victorieux durant 16. ans est vaine-
» nement rappellé, & ne peut défen-
» dre sa Patrie, *Scipion* y donne la Loi,
» le nom d'*Africain* est sa récompense.

Scipion joignoit à la grandeur de sa
naissance des mœurs douces, affables,
irréprochables, accompagnées d'un
grand courage & de toutes les vûes nécessaires à un Général ; ayant pris Carthage la Neuve, il éleva un Temple à
la Chasteté pour empêcher la licence
du Soldat qui se croit tout permis dans
le pillage des villes conquises ; lui même pour en montrer l'exemple refusa
de voir une jeune Princesse d'une beauté accomplie qui étoit entre les pri-
sonnieres, & la renvoya au Prince des
Celtibériens, à qui elle étoit destinée
& promise.

La famille des Scipions ne fut pas
long-tems à éprouver de fâcheux revers,
on l'accusa de péculat, c'est-à-dire,
d'avoir reçu de l'argent d'Antiochus
pour faire la paix ; le Grand Scipion

se contenta de dire en plein Sénat, *qu'à pareil jour qu'on l'accusoit, il avoit vaincu les Carthaginois, qu'il étoit juste d'en remercier les Dieux*, & il sortit du Sénat suivi du peuple.

D. Les Romains entreprirent-ils une troisiéme guerre contre les Carthaginois ?

R. Carthage remuoit encore, & souffroit avec peine les Loix que Scipion lui avoit imposées, les Romains résolurent sa perte totale, & la troisiéme guerre Punique fut entreprise. Carthage fut prise, & réduite en cendres par Scipion Emilien ; la ville fut rasée, les Citoyens dispersés, les fortifications démolies, & cette ancienne rivale des Romains qui lui disputoit l'Empire du monde depuis un siécle, anéantie : on en transporta toutes les richesses à Rome.

Différentes causes contribuerent à donner à Rome la supériorité sur Carthage.

1°. Deux partis opposés divisoient perpétuellement le Sénat de Carthage, les riches ne vouloient que la paix, & les pauvres y souhaitoient la guerre pour s'enrichir.

2°. L'avarice donnoit le ton aux délibérations , on ne vouloit conquérir que pour amaffer.

3°. Carthage ne combattoit qu'avec des troupes étrangeres , de l'or & de l'argent , l'unique avantage qu'elle avoit fur les Romains confiftoit dans la Marine.

4°. L'Etat étoit pauvre , & le particulier très-riche.

5°. Carthage étoit en Afrique fans Alliés , une defcente la réduifoit à l'extrémité.

A Rome l'amour de la guerre étant l'ame de tous les ordres de l'Etat , tout le monde y étoit foldat , la gloire y décidoit , on ambitionnoit l'Empire du monde , on oppofoit à des troupes étrangeres des Citoyens , des vertus, de la pauvreté , des Alliés fans nombre & autour de la Capitale , des colonies difperfées çà & là , qui étoient comme autant de remparts vivans & animés.

D. Quelles font les autres guerres célébres de cette Epoque ?

R. 1°. Celle de Perfée & des Grecs.

2°. Celle contre Numance & contre Viriate.

3°. Celle contre Jugurtha.

4°. Celle contre les Teutons & les Cimbres.

5°. Celle contre Mithridate.

1°. Paul Emile ayant vaincu & pris *Persée Roi de Macedoine*, le fit servir d'ornement à son triomphe. Metellus battit & fit prisonnier le faux Philippe usurpateur du Trône ; ainsi la Macedoine fut entierement assujettie & réduite en Province de l'Empire Romain.

La République des Achéens avoit pour Capitale Corinthe, cette ville étoit célébre par son commerce, les Ambassadeurs des Romains y furent insultés, Rome déclara la guerre à ces fiers Républicains, prit leur ville, & la détruisit la même année que Carthage.

2°. Les Romains regardoient Numance en Espagne comme une seconde Carthage ; Scipion Emilien le destructeur de Carthage vint l'assiéger, elle soutint un siége de dix ans. Cette guerre fut vive & meurtriere, enfin les Romains forcerent la ville & la raserent, tous les habitans se tuerent de désespoir 14. ans après la destruction de Carthage.

Viriate insigne brigand ayant fait une invasion dans la Lusitanie, s'y maintint avec beaucoup de valeur contre les armées Romaines ; on traita même de la paix à des conditions avantageuses pour l'Usurpateur. T y

Dans ces circonſtances, Tiberius Gracchus petit-fils du premier Scipion ſe fit élire Tribun du Peuple , & pour ſe venger du Sénat & de la Nobleſſe , il porta une Loi qui défendoit à tout particulier de poſſéder plus de cinq cens acres de terre , & qui ordonnoit que le ſurplus fût diviſé au peuple; les troubles ſuivirent de près, Gracchus fut aſſommé ſur la place publique où il haranguoit avec trois cens hommes de la multitude ; Caïus ſon frere ſuccéda à ſon animoſité contre la Nobleſſe , il ſe fit élire un des Triumvirs , & hâta l'exécution du partage des terres ; le jeune Scipion l'Africain qui ſoutenoit la Nobleſſe fut trouvé mort dans ſon lit , on ſoupçonna Caïus de ce parricide , ſa tête fut miſe à prix , il prévint le coup en ſe faiſant tuer par un de ſes eſclaves , on caſſa enſuite le Plebiſcite des Gracches , & le peuple fut obligé de ceder à la force.

3°. Maſiniſſa Prince Africain , illuſtre par l'amitié des deux Scipions , laiſſa en mourant ſes Etats à Micipſa , ſon ſucceſſeur ; ce Prince eut deux enfans , *Adherbal* l'aîné , & *Hiempſal*; il avoit encore un Neveu appellé *Jugurtha*. Micipſa le trouvant bien fait ,

& de beaucoup d'efprit, l'éleva avec les Princes fes enfans, & l'envoya fe-courir Scipion Emilien qui affiégeoit Numance en Efpagne.

Jugurtha de retour en Numidie après la mort de Micipfa, dreffa des embû-ches à fes cohéritiers, tua Hiempfal; & Adherbal étant allé à Rome pour de-mander juftice, Jugurtha y envoya de l'argent qui lui tint lieu de bon droit. Après différentes attaques, Adherbal fut pris & tué; la cruauté de cet Ufur-pateur obligea enfin les Romains à faire paffer des troupes en Numidie; Ju-gurtha après avoir employé avec fuc-cès contre ces rédoutables ennemis l'argent, la rufe, & la force, fut livré par Bocchus, Roi de Mauritanie, con-duit à Rome, & enfin jetté dans une baffe foffe, où on le fit étrangler.

4°. Marius, dont les talens pour la guerre égaloient l'ambition, étoit en Afrique, lorfqu'il fut mandé pour s'op-pofer au torrent impétueux de peuples inconnus, qui menaçoient Rome d'une ruine totale; il délivra les Gaules & l'Italie de trois cens mille Barbares ve-nus de la Germanie fous le nom de *Teutons* & de *Cimbres*. Il en défit près de la ville d'Aix en Provence deux cens

mille, & en prit quatre-vingt mille,
& dans une feconde action, il en tua
cent quarante mille, & en prit foixante mille. Les femmes vengerent la mort
& la captivié de leurs maris en fe défen-
dant opiniâtrement de deffus les cha-
riots qui les voituroient, mais quand
elles virent que tout étoit défefperé, elles
maffacrerent leurs enfans, & fe tuerent
elles-mêmes. Cette guerre valut à Marius le glorieux furnom de *Conferva-*
teur de la Paix.

5°. Mithridate Roi de Pont dont la
haine contre les Romains égaloit celle
d'Annibal, ayant défait deux Rois alliés des Romains, & ayant ordonné
qu'on fît mourir Aquilius Général Romain en lui verfant de l'or fondu dans
la bouche, fupplice nouveau qui for-
moit une fatyre fanglante & naturelle
de l'avarice & de la cupidité des Romains, on envoya contre lui une
armée fous la conduite de Sylla; Marius ne put fouffrir qu'on eût donné à
Sylla fon Lieutenant en Afrique la conduite d'une guerre qui devoit être pour
lui une fource féconde de triomphes &
de gloire, il mit dans fes intérêts le
Tribun du peuple pour fe faire donner
le commandement général.

Sylla offensé contraignit son Rival de sortir de Rome, marcha en Asie, défit Mithridate, & regagna la Bithinie, la Capadoce, & l'Asie Mineure : sur ces entrefaites, Marius qui entretenoit des intelligences avec le Consul Cinna, fit une irruption dans Rome, massacra le Consul Octavius, l'Orateur * Antoine & tous les Partisans de Sylla, & s'empara du Consulat. Presque en même-tems, Sylla apprennant ce qui se passoit à Rome, & préférant sa cause particuliere à l'intérêt public, ayant réduit le Roï de Pont à payer les frais de la guerre, à se contenter de ses Etats héréditaires, ramena d'Asie son armée victorieuse, passa sur le ventre de ceux du parti de Marius, remplit Rome & l'Italie de meurtres & de carnage, & mit en usage ces cruelles proscriptions qui avoient été jusqu'alors inconnues, & qui portoient une sentence de mort sur 2000. personnes de l'ordre du Sénat & des Chevaliers. Enfin après avoir inondé Rome & l'Italie du sang des Citoyens, il parut touché de la reflexion d'un de ses favoris qui lui représenta que *pour être maî-*

* Il étoit Ayeul de Marc-Antoine Triumvir avec Auguste & Lepide.

tre des *Romains*, *il ne falloit pas les détruire tous*; il fe démit de la Dictature,
& paffa tranquillement le refte de fes
jours dans l'état de fimple particulier.

Cependant Mithridate remit de nouvelles troupes fur pied ; on envoya
contre lui Lucullus, qui le contraignit
à fe fauver chez Tigranes fon Allié.
Lucullus le demanda au Roi d'Armenie,
qui répondit, *qu'il ignoroit quel étoit
ce Lucullus dont il voyoit un Ambaffadeur à fa Cour ;* il fe détermina à marcher droit aux Romains, & dit en rail-
lant, *que fi les Romains venoient comme
Ambaffadeurs ils étoient trop de monde,
mais qu'ils étoient trop peu, s'ils venoient
comme ennemis.* Lucullus campé fur une
éminence avantageufe, profita de tous
les mouvemens qu'il vit faire, tomba
fur les Afiatiques à propos, & en fit
un carnage affreux ; Tigranes donna
à Mithridate le commandement d'une
nouvelle armée qu'il leva fur le champ,
& ce grand Prince ayant rompu toutes les mefures du Général Romain,
trouva le moyen de rentrer dans le
Pont, & d'infecter toutes les Mers
par cinquante mille Corfaires qu'il animoit par de grandes largeffes.

Pompée rappellé de l'Efpagne où il

faifoit la guerre à Sertorius, paffa en Afie pour fe mettre à la tête des troupes que commandoit Lucullus ; ces deux Romains fe féparerent ennemis déclarés : Pompée créé Généraliffime des troupes de la République par la Loi du Tribun Manilius confirmée par le fuffrage de Ciceron,& de Jules-Céfar, chaffa Mithridate de fes Etats, obligea Tigranes fon Allié à céder la Syrie & la Phénicie, & Mithridate trahi par fon propre fils, ayant fait plufieurs tentatives inutiles pour s'ôter la vie par le poifon fut réduit à fe jetter fur fon épée. Ainfi périt ce Prince, la terreur des Romains : Ciceron l'appelle *le plus grand Roi de la terre après Alexandre.*

D. Quels font les autres évenemens remarquables ?

1°. La conjuration de Catilina. Ce miférable ayant attiré à fon parti les troupes que le Peuple Romain avoit dans la Tofcane, forma avec une troupe de jeunes gens débauchés, des bandits, quelques Sénateurs, des femmes perdues d'honneur, cette fameufe confpiration qui devoit être fuivie du maffacre des Confuls, des Sénateurs, du fac & de l'embrafement de Rome. Ciceron en eut connoiffance. Il fit mettre des corps de garde dans tous les endroits suspects de la Ville, & convoqua le *Sénat* dans le Temple de la concorde ; *Catilina* s'y rendit, mais aucun Sénateur ne voulut se placer auprès de lui. *Cicéron* profita de cette circonstance pour prononcer un discours véhément, où il exposa la vie, les débauches, le projet de *Catilina*, & lui ordonna de sortir de *Rome* ; l'accusé voulut répliquer, on refusa de l'écouter, il se retira la nuit en *Etrurie* escorté de 300 hommes, comptant rentrer à *Rome*, lorsque *Cethegus* & *Lentulus* y auroient mis le feu, mais ces deux conjurés s'ouvrirent sur leurs desseins aux Ambassadeurs des *Gaulois*. *Cicéron* muni de cette nouvelle preuve, fit arrêter tout ce qu'il put découvrir de Conjurés, assembla le peuple & l'instruisit de toute la conspiration ; dans une troisième harangue, il exposa la conviction & l'instruction du procès de *Cethegus*, de *Lentulus* & des autres, & le *Sénat* s'assembla pour délibérer sur ce que l'on feroit des prisonniers. *Silanus* conclut à la mort, *Tiberius Nero* opina differemment, & *Jules Cesar* appuia son sentiment par un éloquent discours, *Caton d'Utique* le réfuta fortement, en le soupçonnant d'une amitié trop étroite avec quelques Conjurés. Alors Cicéron harangua pour la quatriéme fois, & conclut hautement pour l'avis de Caton. Il persuada, & sur le champ on fit exécuter l'Arrêt de mort sur tous les Complices. Catilina ayant ramassé quelques Troupes fut battu & tué aussi bien que la plupart de ses Soldats. Le Peuple & le Sénat décernerent à Cicéron le glorieux titre de *Pere de la Patrie.*

2°. Le Triumvirat de Pompée, de César & de Crassus.

Jules Cesar enrichi par ses conquêtes, ayant obtenu par des prodigalités immenses la Questure, l'Edilité, la grande Prêtrise, la Préture, le gouvernement d'Espagne, demanda le Consulat & le Triomphe ; le Sénat ne lui accorda que le Triomphe, il en conçut un violent dépit, il s'unit à Crassus le riche, & à Pompée l'amour des grands & du peuple ; époque célébre du premier Triumvirat & de la destruction du pouvoir consulaire & populaire ; Caton disoit que ce *n'étoit pas l'inimitié de ces trois hommes qui avoit perdu la République, mais leur union.*

Cesar obtint le Consulat & le signala par la distribution au peuple d'une

grande quantité de terres fituées dans
la Campanie, il gagna l'ordre des Chevaliers en leur obtenant en dépit du
Sénat la remife du tiers de leur ferme, maria la fille à Pompée & partit
pour conquérir les Gaules, où il foumit par des conquêtes continuelles
tous les peuples qu'il rencontra.

Cependant Pompée & Craffus gou-
vernoient à Rome, où le Tribun Clodius établi par Céfar, pourfuivit fi vivement Ciceron, fous prétexte qu'il
avoit manqué à quelques formalités
dans la condamnation de Catilina,
que ce grand Orateur s'enfuit précipi-
tamment en Sicile. Clodius obtint un
Plebifcite, qui ordonnoit que fes maifons feroient rafées & fes biens ven-
dus & employés à bâtir un Temple à
la liberté; Clodius tourna enfuite fa
haine fur Luculle & Caton, deux puif-
fans ennemis du Triumvirat : tant de
violences le rendirent odieux. Il fit pro-
pofer fourdement le rappel de Ciceron, qui revint après dix neuf mois
d'exil; & le Sénat fit bâtir fes maifons
aux dépens du Public.

Céfar au bout de deux ans revint
paffer fon quartier d'hiver à Lucques
en Italie, où le Triumvirat reprit de

nouvelles forces ; on fut forcé à donner le Consulat aux deux Collegues de Cesar, qui obtint la continuation du Gouvernement des Gaules pour cinq ans. Pompée eut celui d'Espagne & d'Afrique, & Crassus eut la Syrie, l'Egypte & la conduite de la guerre contre les Parthes. Crassus passa en Asie, où Surena Général des Parthes le défit ; sa tête fut présentée à Orode Roi des Parthes qui y fit verser de l'or fondu, en disant. *Rassasie toi de ce métal dont tu as été insatiable.*

Crassus étant mort & Pompée ayant perdu Julie, qui maintenoit la bonne intelligence entre son mari & son pere, leurs jalousies commencerent à éclater, ils vouloïent tous deux se rendre maîtres de la République.

Pompée avoit terminé la guerre des Pirates, battu Mithridate, & plusieurs Rois en Asie, réduit la Syrie & la Judée en Provinces Romaines.

La gloire que Cesar avoit acquise par les victoires remportées dans les Gaules, le rendoit redoutable. Pompée mit dans son parti le Sénat & une partie de la Noblesse ; Cesar se contenta des troupes qui l'avoient accompagné dans la conquête des Gaules.

Pompée fut nommé Conful, fans lui affocier perfonne dans cette haute dignité , contre la coutume pratiquée depuis l'établiffement ; il fut revêtu en même tems de la dignité de Dictateur.

Céfar ayant pacifié les Gaules, dompté l'Angleterre, abbatu la fierté des Allemands, demanda le Confulat , mais comme fa puiffance exceffive étoit fufpecte, on s'oppofa à fa démande ambitieufe. Céfar faififfant avec joie l'occafion de s'élever fur les ruines de la liberté publique , fe mit à la tête de fes Troupes marcha droit à Rome , dont la Nobleffe s'étoit honteufement retirée. Il fe fit élire *Dictateur* , pilla le tréfor public , chaffa Pompée & tout ceux de fon parti , & fut le chercher dans les plaines de Pharfale qui décida de l'Empire du monde entre ces deux Citoyens Romains. La victoire demeura à Céfar , & Pompée ayant abandonné fon armée, lui fit perdre courage. Il fe retira chez Ptolomée qui le fit mourir.

Céfar punit Ptolomée d'avoir manqué au droit des gens, & verfa des larmes en voyant la tête de fon illuftre rival qu'on lui préfenta au bout d'une pique. Il lui fit élever un tombeau magnifique fur le rivage avec cette infcription fimple ; *fuit, il fut.*

Cependant Rome créa César Conful pour cinq ans, Dictateur pour un an, Tribun du Peuple pour toute fa vie ; mais ce grand Général languiffoit fous la fervitude honteufe de l'amour de Cléopatre.

Pharnace fils de Mithridate avoit remporté quelques avantages fur un Lieutenant de Cefar ; il crut fa préfence néceffaire, il alla le combattre. Pharnace prit la fuite au premier choc ; ce fut en cette occafion que Cefar écrivit au Sénat, *je fuis venu, j'ai vu, j'ai vaincu.*

Scipion, Caton, & Juba Roi de Mauritanie ranimoient en Afrique les débris de l'armée de Pompée. Cefar y paffa promptement, Juba fe tua, & Caton fe retira à Utique, où la crainte de la préfence de Cefar le força à fe défaire. Cefar parut à Rome, où le triomphe dura quatre jours, le premier pour les Gaules, le fecond pour l'Egypte, le troifiéme pour Pharnace, le quatriéme pour Juba.

Les deux fils de Pompée étoient encore redoutables en Efpagne, Cefar fe hâta de les aller combattre, il y courut de grands périls ; les ayant défaits, il reparut à Rome, où il entra en triomphe sans s'en être expliqué avec le Sénat. Quelques jours après il négligea de se lever devant ce corps qui lui déferoit de certains honneurs : ce mépris le fit traiter de tyran, on sentit le joug qu'il vouloit impofer. Trois cens Sénateurs à la tête desquels étoient Brutus & Caffius, conjurerent sa perte. Cefar se rendit au Sénat pour y recevoir le commandement de la guerre contre les Parthes, & le titre de *Roi.* A peine étoit-il entré, qu'une troupe de Conjurés fondit tumultuairement fur lui, son courage commençoit à le débarraffer, lorfqu'appercevant Brutus, qui venoit à lui le poignard à la main, il dit, *& toi auffi mon cher Brutus* & s'enveloppant la tête dans fa robbe, il tomba mort percé de 24 coups de poignard à l'âge de 56 ans.

Lepide & Antoine ne respiroient que la vengeance ; Antoine lut le teftament de Cefar, qui adoptoit Octave fils de fa fœur Julie, qui donnoit fes jardins au Peuple & une fomme à chaque Citoyen particulier, qui gratifioit les principaux Conjurés, & entre autres Brutus qu'il fubftituoit à Octave ;

l'éloge funebre qu'il prononça enfuite, l'action des vieux foldats éplorés qui jetterent leurs armes & leurs couronnes dans le bucher de leur illuftre Général, les larmes des Dames Romaines qui y jettoient leurs bijoux, tout cet appareil tranfporta le peuple au point qu'il courut mettre le feu aux maifons des Conjurés.

Octave qui étoit en Grece pendant le maffacre de fon oncle, ne trouva point Antoine difpofé à lui reftituer la fucceffion dont il s'étoit emparé. Brutus étoit revêtu du Gouvernement des Gaules, Antoine l'obtint du peuple malgré le Sénat, & marcha contre Brutus aidé d'Octave. Cette démarche offenfa les Sénateurs. Antoine battu fe retira vers Lepide dans les Gaules ; le Sénat décerna des récompenfes à Brutus. Octave piqué de cette partialité fe lia à Antoine & à Lépide, ils convinrent entr'eux que l'Italie, & l'Orient feroient en commun aux trois Triumvirs, qu'Antoine commanderoit dans les Gaules, Lépide en Efpagne, & Octave en Afrique & en Sicile ; que Lépide refteroit à Rome pour défendre l'Italie, tandis que les deux autres iroient combatre Brutus & Caffius ;

que tous leurs ennemis communs feroient immolés à la caufe du Triumvirat , & leurs amis particuliers au ref-
fentiment & à la haine refpective d'un
chacun. Octave facrifia Ciceron , on
coupa la tête & les mains à ce grand
homme, & on les attacha à la Tribune ,
où ce fameux Orateur avoit fait l'étonnement & l'admiration de Rome par des
harangues , qui font le plus grand effort
de l'éloquence humaine ; Antoine facrifia fon oncle, Lepide fon frere, 300
Sénateurs furent profcrits , & 2000
Chevaliers : Rome devint un théâtre
d'horreur & d'infamie.

Cependant Brutus & Caffius furent
battus & ne trouverent de reffource
que dans le *Suicide*. Octave revint à
Rome , & Antoine paffa en Afie , il
cita Cléopatre à fon tribunal pour avoir
pris le parti des meurtriers de Céfar ;
Antoine épris de fa beauté lui facrifia fa gloire & fes intérêts ; il ne revint
en Italie qu'au bout d'un an , où il
époufa Octavie fœur d'Octave veuve
de Marcellus ; on fit un nouveau partage. tout l'Orient fut cédé à Antoine , l'Occident à Octave & l'Afrique à
Lépide , ce dernier contefta la Sicile à
Augufte, on en vint aux mains , Lépide
abandonné

abandonné des siens fut relégué dans une petite Ville du Latium.

Cependant Antoine languissoit auprès de Cléopatre; il lui donnoit de superbes fêtes à Samos, il voulut même justifier sa conduite par des manifestes extravagans ; le Sénat lui déclara la guerre. Octave vint aborder en Epire auprès d'Actium, où il remporta cette fameuse victoire qui le laissa seul maître de la République. La Reine d'Egypte allarmée du danger fit voile vers le Péloponese. Antoine abandonna sa flotte & sa gloire pour accompagner sa maîtresse, se retira ensuite en Afrique & delà en Egypte; le vainqueur l'y suivit. Antoine se tua lui-même; Cléopatre n'ayant pu mettre dans ses fers ce troisiéme maître du monde, s'enferma dans le tombeau d'Antoine, où s'étant fait piquer par un aspic elle tomba morte au pied de la Statue d'Antoine. Octave de retour à Rome triompha pendant trois jours. Devenu le maître, il feignit de vouloir remettre toute l'autorité au Sénat, il prit l'avis d'*Agrippa* qui lui conseilla de rétablir la République & celui de *Mecenas* qui fut d'un sentiment contraire. Auguste suivit l'opinion de celui-ci, &

V

laiſſa une apparence d'autorité au Sénat, en partageant avec lui les Provinces de l'Empire, & ſe retenant celles dans leſquelles on entretenoit des
armées, afin d'être toujours maître des
Troupes. Ainſi commença la plus puiſ-
ſante Monarchie qui fût jamais. Suivons encore ici le célébre Boſſuet.

» Rome retomba entre les mains de
» Marc-Antoine, de Lepide & du jeu-
» ne Céſar Octavien petit Neveu de Ju-
» les Céſar, & ſon fils par adoption,
» trois inſuportables tyrans, dont le
» Triumvirat & les proſcriptions font
» encore horreur en les liſant. Mais
» elles furent trop violentes pour durer
» long-tems. Ces trois hommes parta-
» gent l'Empire. Céſar garde l'Italie, &
» changeant incontinent en douceur ſes
» premieres cruautés, il fait croire qu'il
» y a été entraîné par ſes collegues. Les
» reſtes de la République périſſent avec
» Brutus & Caſſius. Antoine & Céſar,
» après avoir ruiné Lepide ſe tournent
» l'un contre l'autre. Toute la puiſſan-
» ce Romaine ſe met ſur la Mer. Cé-
» ſar gagne la bataille Actiatique : les
» forces de l'Egypte & de l'Orient
» qu'Antoine menoit avec lui furent
» diſſipées, tous ſes amis l'abandon-

» nerent , & même fa Cléopatre pour
» laquelle il s'étoit perdu. Tout céde à la
» fortune de Céfar : Alexandrie lui ou-
» vre fes portes : l'Egypte devient une
» Province Romaine : Cléopatre qui
» défefpere de la pouvoir conferver , fe
» tue elle-même après Antoine. Ro-
» me tend les bras à Céfar , qui de-
» meure fous le nom d'*Augufte* , &
» fous le titre d'Empereur feul maître
» de tout l'Empire.

HISTOIRE SACRE'E.

D. Q'arriva-t-il après la mort d'Alexandre au peuple Juif ?

R. Du débris de l'Empire de ce Prince fe formerent trois Royaumes , celui
de Macedoine , celui d'Egypte , & celui
de Syrie. La Judée fe trouva confinée
à ces deux derniers ; fçavoir l'Egypte,
où regnerent les Ptolomées , & la Syrie , où regnerent les Seleucides. Les
Juifs effuyerent d'abord quelque revers fous *Ptolomée-le-Lagide* , premier
Roi d'Egypte depuis Alexandre ; car
ayant pris Jerufalem par furprife, il
emmena en Egypte cent mille captifs ; mais il ceffa bien-tôt de les per-
fécuter : il ne vouloit que les ôter

aux Rois de Syrie ſes ennemis. Il les
fit Citoyens d'Alexandrie, & il en remplit ſes armées.

La Verſion Grecque des Saintes Ecri-
tures doit ſon origine à Ptolomée-Phi-
ladelphe ſon ſucceſſeur.

Les Succeſſeurs de Philadelphe furent Ptolomée Evergete, Ptolomée
Philopator & Ptolomée Epiphanes, qui
regnerent ſucceſſivement de pere en fils.
Ces deux derniers firent ſouffrir beaucoup de maux aux Juifs pour les porter à changer de Religion.

D. Quel fut le ſort des Juifs ſous les
Rois de Syrie?

R. Antiochus ſurnommé le Grand
Roi de Syrie, ſe joignit à Philippe Roi
de Macedoine, pour dépouiller Ptolomée Epiphanes, Roi d'Egypte, de ſon
Royaume; la Judée fut alors dans des
vexations continuelles de la part de ces
Princes.

Antiochus Roi de Syrie, eut pour
Succeſſeur Seleucus Philopator, qui
touché de la piété du Souverain Pontife
Onias, lui fournit tout ce qui étoit néceſſaire pour les dépenſes des Sacrifices.

Seleucus eut pour ſucceſſeur Antiochus, ſurnommé Epiphanes, c'eſt-à-dire l'Illuſtre, qui ſe rendit célébre par

ses impiétés : car il chassa le saint Pontife Onias ; il se rendit maître de la souveraine Sacrificature , laquelle il donna & ôta selon sa fantaisie , tantôt à l'un , tantôt à l'autre ; il pilla le Temple de Jerusalem. Il voulut obliger les Juifs à changer de Religion. Il fit mourir pour ce sujet le saint homme Eleazar , & fit souffrir les plus horribles supplices aux sept freres Machabées & à leur Mere , & il fit tuer en un jour de Sabath , tous ceux qui s'étoient assemblés pour les Sacrifices. Enfin , il mourut misérablement , par une juste punition de Dieu.

Pendant cette persécution d'Antiochus , Matathias se retira lui dixiéme dans le désert ; où il aimoit mieux vivre d'herbes , que de manger des viandes défendues par la Loi.

Il prit ensuite les armes ; & après lui son fils , le célébre Judas Machabée , pour la défense de sa Religion & de sa Nation.

D. Quelles ont été les actions les plus célébres de Judas Machabée ?

R. Il remporta un grand nombre de victoires sur Antiochus , sur les Rois de Syrie ses Successeurs , & sur plusieurs peuples voisins de la Judée. Il prit Jerusalem. Il purifia le Temple, & en fit la Dédicace. Il institua une Fête à perpétuité pour honorer la mémoire de cette Dédicace, Fête que Jesus-Christ a célébrée. Plein d'un courage intrépide, il ne se confia que dans la puissance du Seigneur : l'éclat de ses victoires & de son mérite rendit son nom célébre par toute la terre. Ce grand homme fut tué dans un combat qu'il soutint avec huit cens hommes, contre une armée formidable ; il donna dans cette journée des preuves étonnantes de sa foi & de sa valeur.

Jonathas lui succéda, & réunit en sa personne le pouvoir temporel avec l'autorité spirituelle de Grand Prêtre. A Jonathas succéda Simon son frere, qui se rendit très-célébre par sa valeur & par sa vertu, & qui le premier de sa Nation, depuis le retour de Babylone, fut le maître paisible & absolu de toute la Judée ; il fut tué dans un festin par trahison, & laissa, par sa mort, la souveraine Sacrificature, & la principauté à Jean son fils qui fut surnommé Hircan.

Celui-ci eut pour successeur Judas, surnommé Aristobule ; qui le premier, depuis le retour de la captivité de Ba-

bylone, prit la qualité de Roi de Juifs.
Après lui regna Alexandre, surnommé Jannœus. Celui-ci eut deux fils
d'Alexandra sa femme ; sçavoir Hircan
& Aristobule. Alexandra fut Reine des
Juifs après la mort de son mari ; &
mit la souveraine Sacrificature, & la
Couronne sur la tête d'Hircan, mais
cette Reine étant morte, Aristobule fit
la guerre à son frere, & le dépouilla
de son Royaume.

Sous le regne d'Aristobule, les Romains, dont l'armée étoit commandée
par Pompée le Grand, se rendirent la
Judée tributaire.

Pompée rétablit Hircan, qui l'avoit
appellé à son secours, sans lui permettre néanmoins de porter le titre
de Roi ; & emmena Aristobule à Rome,
pour servir à la gloire de son triomphe.

Pachorus Roi des Parthes vint en
Judée, déposa Hircan, & mit en sa
place Antigone fils d'Aristobule. Mais
bien-tôt après Herode, surnommé le
Grand, qui n'étoit point Juif de naissance, mais Iduméen ; obtint des Romains la permission de porter le titre
de Roi des Juifs. Il alla aussi-tôt en
Judée faire la guerre à Antigone,

qu'il défit. Après cette victoire, il regna paisiblement. Ce fut vers la fin
de son regne que Jesus-Christ le Sauveur des hommes vint au monde.

Après la mort d'Herode, qui arriva
peu de tems après la naissance de Jesus-Christ, ses Etats furent partagés
entre ses enfans par Auguste Empereur
des Romains, qui en donna la moitié
à Archelaüs; & partagea le reste entre
Herode Antipas, & Philippe, freres
d'Archelaüs.

Au bout de neuf ans & quelques
mois, Auguste déposséda Archelaüs,
l'envoya en exil à Vienne dans les
Gaules, où il mourut, & il réduisit les
Etats de ce Prince en Province Romaine.

D. Quel étoit l'état de la Religion
parmi ce peuple?

R. Il s'introduisit plusieurs Sectes,
& les Pharisiens ajouterent à la Loi de
Dieu un grand nombre d'interpréta-
tions humaines, ou indifférentes ou su-
perstitieuses, ou entierement opposées
à cette sainte Loi.

Les Sectes les plus célébres furent
celles des Pharisiens, des Saducéens,
des Esseniens, des Samaritains, des
Herodiens.

Les Pharisiens sont assez connus par les reproches que leur a fait Jesus-Christ. C'étoit des Juifs qui affectoient une grande régularité de vie, mais qui dans le fond étoient très-corrompus, & qui en plusieurs choses alteroient la sainteté de la Loi.

Les Saducéens étoient des impies & des libertins, qui nioient l'immortalité de l'ame, l'existence des esprits ; la résurrection des corps, par conséquent les peines de l'autre vie : cette Secte étoit composée des plus grands Seigneurs & des plus riches d'entre les Juifs.

Les Esseniens étoient des Juifs qui vivoient en commun, & qui menoient une vie très-édifiante. Ils n'avoient ni dans leur créance, ni dans leurs mœurs, rien de repréhensible. Les uns ne se marioient point du tout ; les autres ne le faisoient qu'en observant des regles très-exactes. Ils étoient tous fort détachés de la volupté.

Les Samaritains ne connoissoient d'autre Ecriture Sainte que les cinq Livres de Moyse. Ils nioient que Jerusalem fût le seul lieu où Dieu voulût être servi. Pour le reste, ils étoient assez d'accord avec les Juifs qui leur ont attribué plufieurs erreurs qu'ils n'avoient pas.

Les Herodiens étoient ainfi appellés, parce qu'ils prétendoient qu'Herode le Grand étoit le Meffie.

Les Romains ont eu pendant cette Epoque plufieurs grands Hommes.

Ciceron, Hortenfe, Terentius Varron pour l'éloquence.

Virgile, Horace, Terence, Lucrece, Catulle, Tibulle, Properce, Ovide, Phedre, tous Poëtes fameux.

Nepos, Tacite, Tite-Live, Salufte, Hiftoriens célébres.

TABLE

CHRONOLOGIQUE

Des Principaux Evénemens,

Arrivés pendant les neuf Epoques
anciennes.

Depuis la Création jusqu'au Déluge
1656. ans.

1————1656.

LA premiere Epoque contient
l'Histoire de la création, celles
d'Adam & d'Eve, la mort d'Abel,
la réprobation de Cain, la Naissance
de quelques Patriarches, les crimes
qui causerent le déluge, & les ordres
que Dieu donna à Noé pour s'y préparer.

Depuis le Déluge jusqu'à la Vocation
d'Abraham 427. ans.

1656.————2083.

1656. Le Déluge.

V vj

Depuis la Vocation d'Abraham jufqu'à la Loi donnée 430. ans.

2083.————2513.

2298. Jacob fe rend en Egypte avec toute fa famille.

2315. Mort de Jacob.

Quelques Auteurs placent vers ce tems l'Hiftoire de Job.

2369. Mort de Jofeph.

Vers l'an 2400. Cecrops fonda Athenes dans la plus noble contrée de la Grece. Cette ville fut gouvernée,

1°. Par 17 Rois, depuis Cecrops jufqu'à Codrus.

2°. Par des Archontes ou Magiftrats Souverains, on en compte 13.

3°. Par des Archontes créés pour dix ans; il y en eut fept. L'an 3273. il n'y eut plus d'Archontes que pour un an.

Le Port de Pirée étoit fameux. On y a vu jufqu'à 400 vaiffeaux Athéniens.

Cette République étoit fi floriffante, qu'elle commandoit à la plus grande partie des Ifles de la Grece, & dans la plûpart des villes qui bordent les côtes de l'Europe & de l'Afie.

4°. Sous des Rois avec cinq Ephores ou Inspecteurs surveillans.

Lacedemone tomba ensuite sous la domination d'Antigone Roi de Macédoine, & enfin sous la puissance des Romains.

Depuis la Loi donnée jusqu'à la prise de Troyes 307. ans.

2513.————2820.

2513.	Sortie miraculeuse d'Egypte. La Loi donnée.
2553.	Mort d'Aaron. Election de Josué. Mort de Moïse.

Juges d'Israël.

2607.	Othoniel premier Juge.
2679.	Aod.
2719.	Debora.
2659.	Gedeon.
2772.	Thola.
2795.	Jaïr.
2817.	Jephté.
2823.	Abezan.

Depuis la prise de Troyes jusqu'à la Dédicace du Temple 180. ans.

2820.————3000.

2820.	Embrasement de la Ville de Troyes.
2830.	Ahïalon neuviéme Juge en Ifraël.
2840.	Abdon.
2848.	Heli.
2849.	Naiſſance de Samſon.
2869.	Prodiges de Samſon.
2888.	Samuel.
2909.	Saül premier Roi.
2934.	David ſecond Roi.
2990.	Salomon.
2992.	Conſtruction du Temple.

Depuis la Dédicace du Temple jusqu'à la Fondation de Rome 250. ans.

3000————3250.

3000	Dédicace du Temple.

Division des Tribus.

Rois de Juda.

3029. Roboam réduit à deux Tribus par la révolte de Jeroboam.

3046. Abia.
3049. Asa.
3090. Josaphat.
3112. Joram.
3119. Ochosias.
3120. Athalie.
3126. Joas.
3165. Amasias.
3194. *Osias , ou Azarias.*
3234. *Jonas à Ninive.*
3246. Jonathan.

Rois d'Israël.

3029. Jeroboam élu Roi par les Dix Tribus révoltées.

3046. Nadab.
3049. Baasa.
3070. Ela.
3071. Zambri.
3073. Amri I. Rival Tebni.

Depuis la Fondation de Rome jufqu'à la liberté rendue aux Juifs 218. *ans.*

3250.———3468.

ROMULUS.

chies finirent à Codoman,
ou Darius troisiéme, l'an
3674.

Suite des Rois de Juda.

3262.	Achas.
3277.	Ezechias.
3306.	Manaſſes.
3361.	Amon.
3363.	Joſias, ou Oſias.
3394.	Joachas, ou Sellum ; Elia-cim, ou Joachim.
3398.	Commencement des 70 ans de captivité.
3405.	Jechonias mené à Babilone, Sedecias eſt mis en ſa place.
3416.	Priſe de Jéruſalem par Na-buchodonoſor.

Ezechiel, Daniel, Tobie.

Hiſtoire Romaine.

Rois de Rome.

3285.	Numa Pompilius. Création des Prêtres *Saliens*. Ses Loix. Diſtinction des Etats.
3328.	Tullus Hoſtilius.

3466. Tarquin le Superbe. Viol de Lucrece. Tarquin eft chaffé.

3490. Premiers Confuls, Brutus & Collatinus.

3501. Premier Dictateur.

3511. Coriolan fléchi par fa mere & fa femme.

3513. Loi *Agraria*.

3545. On envoye demander à Athenes les Loix de Solon.

3609. Rome prife par les Gaulois.

3632. Création du Préteur.

3644. Naiffance d'Alexandre le Grand.

3652. Les Gaulois vaincus.

3724. Pirrhus vaincu.

3785. Guerre contre Philippe Roi de Macedoine.

Depuis Scipion ou Carthage vaincue jufqu'à naiffance de J. C. 198. ans.

3802.———4000.

3802. Carthage détruite.

Princes de Judée.

3838. Judas Machabée.

Histoire Romaine.

connoît Octave pour Em-
pereur.

4000.   Naiffance de Jefus-Chrift.

Fin de la Table Chronologique &
du premier Tome.

www.ingramcontent.com/pod-product-compliance
Lightning Source LLC
Chambersburg PA
CBHW052351020726
47503CB00001B/195